LES AVENTURES DE CHARLOTTE HOLMES

L'autrice

Universitaire, romancière et poète, **Brittany Cavallaro** est une grande lectrice de *Sherlock Holmes*. Après un master de poésie, elle écrit une thèse de littérature anglaise. Elle vit dans le Wisconsin avec son mari, son chat et sa collection de casquettes de chasseur de cerfs.

Dans la même série :

2. Le dernier des Moriarty
3. Une affaire pour Jamie

BRITTANY CAVALLARO

LES AVENTURES DE CHARLOTTE HOLMES

Traduit de l'anglais (États-Unis)
par Isabelle Chapman

POCKET JEUNESSE
PKJ·

Titre original :
A Study in Charlotte

Publié pour la première fois en 2016
par Katherine Tegen Books,
un département de HarperCollins

Loi n° 49 956 du 16 juillet 1949 sur les publications
destinées à la jeunesse : juin 2022

ISBN 978-2-266-31455-8
Dépôt légal : juin 2022

Pour Kit et moi. À nos seize ans.

« Je n'imaginais pas que des personnages comme ça pouvaient exister en dehors des romans. »

Sir Arthur Conan Doyle,
Une étude en rouge

Un

La première fois que je la rencontrai, c'était à la fin d'une de ces interminables journées comme il n'y en a qu'à Sherringford. Il était minuit. Je venais de passer plusieurs heures allongé, une poche de glace sur l'épaule que je m'étais foulée lors d'une mêlée de rugby, quelques minutes après le coup d'envoi. C'était fréquent à l'entraînement. Je l'avais compris dès la rentrée avec la poignée de main de Kline, le capitaine. Il m'avait écrasé les phalanges, comme s'il voulait me réduire tout entier en bouillie. Depuis des années l'équipe de rugby de Sherringford perdait en finale. Mais cette année, ce serait différent ; Kline tenait à me le rappeler, souriant de toutes ses drôles de petites dents. J'étais leur botte secrète, leur champion du ballon ovale. Ce qui expliquait pourquoi l'école prenait non seulement en charge mes frais de scolarité, mais aussi mes déplacements – pas une mince affaire vu qu'à toutes les vacances je rentrais chez ma mère à Londres.

Le seul problème, c'était ma haine du rugby. L'année précédente, j'avais par inadvertance fait gagner l'équipe de mon école londonienne. Mais si j'avais tout donné, c'était parce que, parmi les spectateurs, se trouvait Rose Milton dont j'étais éperdument et secrètement amoureux. Si seulement j'avais pu deviner que le directeur sportif de Sherringford était à l'affût dans les tribunes…

Qu'ils aillent tous se faire voir.

À commencer par mes coéquipiers au regard bovin et au cou de taureau. Franchement, je haïssais Sherringford, les vertes pelouses du campus, le ciel bleu marine et le centre commercial plus étriqué encore que ma chambre à Michener Hall, ma résidence. En ville, il y avait quatre pâtisseries mais un seul marchand de curry. Pour couronner le tout, je me trouvais à une heure de route de chez mon père. Celui-ci me menaçait sans arrêt d'une visite. Me « menacer », oui, il n'y a pas d'autre mot. Ma mère souhaitait que nous nous connaissions mieux : ils avaient divorcé quand j'avais dix ans.

Londres me manquait comme à un amputé son bras ou sa jambe. Pourtant j'y avais vécu juste quelques années. Ma mère me serinait qu'en retournant dans le Connecticut j'aurais l'impression de rentrer à la maison. Moi, j'avais plutôt la sensation d'être enfermé dans une prison pour gosses de riches.

Si je vous raconte ça, c'est pour vous faire comprendre pourquoi, en ce mois de septembre, j'aurais volontiers craqué une allumette et regardé avec bonheur Sherringford partir en fumée. Malgré tout, avant même d'avoir rencontré Charlotte Holmes, je savais qu'elle serait ma seule amie dans ce détestable endroit.

— Non, c'est pas possible, tu es *ce* Watson !…

La nouvelle enchanta Tom qui s'appliqua à produire un accent cockney plus vrai que nature.

— … Watson ! Vieille branche ! Dans mes bras !

La chambre que nous partagions était si minuscule qu'en le repoussant je faillis l'éborgner.

— Tu es un génie, Bradford. C'est vrai. Où t'as dégoté cet accoutrement ?

— Oh, mec, il est parfait…

Mon compagnon de chambre, qui avait repris son accent américain, fourra ses mains dans les poches du gilet jacquard qu'il portait habituellement sous son blazer, et son pouce droit gigota d'excitation à travers un trou de mite.

— … Ce soir, ça se passe à Lawrence Hall. C'est Lena qui invite, sa sœur lui a encore envoyé de la vodka. Et tu sais avec qui Lena partage sa chambre.

Il me regarda en haussant les sourcils d'un air entendu. Ce qui me décida à fermer mon livre pour de bon.

— Ne me dis pas que tu essaies de me caser avec…

— Ton âme sœur ?

Avant que je ne lui saute dessus, il abattit deux mains fermes sur mes épaules.

— JE NE CHERCHE PAS DU TOUT À TE CASER AVEC CHARLOTTE, dit-il en appuyant sur chaque mot. Je veux seulement te *faire boire*.

Charlotte et Lena officiaient ce soir-là à l'entresol de Lawrence Hall, un des dortoirs des filles. Comme promis par Tom, rien ne fut plus facile que de passer sous le nez de la surveillante – chaque dortoir en avait une, assistée d'un bataillon de préfets. Ces dames étaient chargées de distribuer le courrier, de commander les gâteaux d'anniversaire et de prêter une oreille attentive à ceux qui avaient le cafard. Et bien entendu, de faire respecter le règlement. La surveillante de Lawrence Hall avait la réputation de pioncer au boulot.

La fête avait lieu dans la cuisine, au milieu de la vaisselle et des casseroles. Au mur, les poêles cabossées semblaient avoir fait la guerre. Alors que je refermais la porte derrière nous, Tom se colla contre une vieille gazinière, ce qui lui valut immédiatement une tache de graisse en demi-lune sur son gilet. La fille à côté de lui ébaucha un sourire puis se retourna vers ses amis, un gobelet suspendu entre ses doigts. Il y avait bien une trentaine de personnes entassées dans la pièce, serrées comme des sardines.

Tom m'agrippa et me guida vers le fond. Je me sentis comme aspiré dans une armoire obscure, vers un monde de Narnia pour alcooliques.

— Ça, c'est le dealer local, me chuchota-t-il. Il vend de la dope. L'autre, c'est le fils du gouverneur Schumer. Lui, il l'achète.

— Sans blague, opinai-je distraitement.

— Et ces deux nanas… Elles vont « en villégiature en Italie ». C'est comme ça qu'elles parlent, je te jure. Leur vieux est dans le pétrole off-shore…

Je levai un sourcil. Il soupira :

— … Quand on est pauvre, ce sont des choses que l'on retient.

Si c'était une blague, elle était naze. Tom avait peut-être un trou de mite dans son gilet, mais il possédait aussi l'ordinateur portable le plus design que j'avais jamais vu.

— Ouais, bien sûr, t'es pauvre.

— Tout est relatif, me cria Tom en me traînant derrière lui. Toi et moi, on appartient à la classe moyenne. On est des ringards.

Tom fendit la masse humaine bruyante et compacte, déterminé à me faire traverser toute la longueur de la pièce. Je compris finalement pourquoi lorsqu'une voix rauque, voilée, étrange s'enroula dans les volutes de fumée d'une cigarette.

— Ce jeu porte le nom de Texas Hold'em, et le pot ce soir est de cinquante dollars.

— Ou ton âme, lança une deuxième voix féminine, celle-là normale.

Les filles devant moi éclatèrent de rire et Tom me gratifia d'un grand sourire.

— Celle-là, c'est Lena. L'autre, celle qui parle comme un philosophe grec, c'est Charlotte Holmes.

Je vis d'abord un ruissellement de longs cheveux lisses et luisants sur de frêles épaules. Une poignée de jetons à la main, elle se tenait penchée sur une table de bridge. Je ne distinguais pas son visage… Je me ressaisis en me disant : Rien à faire de tout ça. Qu'importait si cent ans auparavant, à une époque radicalement différente de la nôtre, de l'autre côté de l'Atlantique, un Watson avait été le meilleur ami d'un Holmes. Les gens nouent tout le temps de nouvelles amitiés. Ici, dans cet internat, il existait sûrement des douzaines, sinon des centaines de « meilleurs amis ».

Sauf que moi, je n'en avais pas un seul.

Elle se redressa. Je vis un sourire malicieux puis, au-dessus d'une paire d'yeux gris et d'un nez aquilin, des sourcils qui dessinaient deux arcs noirs sur un visage allongé au teint clair. Tout en ayant l'air ascétique, elle était très belle. Pas belle comme on l'entend habituellement quand on parle d'une fille. Elle avait la beauté extraordinaire d'un couteau brillant que l'on a envie de tenir au creux de sa main.

— C'est Lena qui distribue les cartes, déclara-t-elle en se détournant.

Ce ne fut qu'à cet instant que j'identifiai son accent.

J'avais presque oublié qu'elle venait de Londres, comme moi. Saisi par une poignante nostalgie, je faillis me jeter à ses pieds et la supplier de me lire l'annuaire de cette voix incroyable qui n'aurait jamais dû appartenir à une fille aussi jeune et fluette.

Tom s'assit, lança cinq jetons sur la table (je reconnus les boutons en laiton de son blazer) et se frotta les mains.

J'aurais dû trouver un truc intelligent à dire, une remarque spirituelle, bizarre et un peu morbide que j'aurais marmonnée en m'asseyant auprès d'elle, la forçant à lever la tête et à penser : Ce type-là, j'ai envie de le connaître.

Rien ne me vint.

Je fis demi-tour et partis.

Tom revint plusieurs heures plus tard dans la chambre, tout joyeux et les poches vides.

— Elle m'a rincé, m'annonça-t-il en riant. Je me rattraperai la prochaine fois.

J'appris à cette occasion que, depuis son arrivée à la pension l'année dernière, Holmes organisait une partie de poker chaque semaine. Elles étaient devenues plus populaires depuis que Lena s'était mise à apporter de la vodka.

— Et c'est sans doute plus lucratif pour Charlotte, précisa Tom.

Les semaines qui suivirent, en espérant que la vie me laisserait tranquille, je me maintins dans un état de demi-sommeil. Le pire moment était le cours de français en première heure avec l'autoritaire *monsieur**[1] Cann, reconnaissable à ses bretelles rouges et à une moustache gominée qui évoquait une souris empaillée. D'aussi bon matin, j'aurais bien aimé bavarder avec un vieux pote. Mais je n'étais le vieux pote de personne, je m'installais seul à un pupitre pour deux et faisais de mon mieux pour ne pas piquer du nez en attendant la sonnerie.

— Il paraît qu'elle s'est fait cinq cents dollars hier soir, chuchota très fort la rouquine devant moi en se faisant une queue-de-cheval. Elle s'exerce sûrement à jouer au poker sur Internet. C'est pas juste. Comme si elle avait besoin de fric ! Sa famille est pleine aux as.

— Ferme les yeux, répliqua sa voisine. T'as un cil… (Elle lui souffla doucement sur la figure.) Sa mère est quoi… duchesse ? Bon, mais de toute façon, elle doit tout dépenser en *drogue*.

La rouquine dressa la tête.

---

1. Les mots et expressions en italique suivis d'un astérisque sont en français dans le texte. *(N.d.T.)*

— Je me demande si elle accepterait de me présenter son dealer.

À cet instant la sonnerie retentit. *Monsieur** Cann cria très fort en français :

— *Au revoir, les enfants* !

Pour la première fois depuis des semaines, je me sentais complètement réveillé.

Je passai la fin de la matinée à réfléchir à ce que je venais d'entendre. Car il ne pouvait s'agir que de Charlotte Holmes. Je ruminais encore cette histoire en traversant le campus à l'heure du déjeuner. Les pelouses étaient noires de monde et je me faufilais dans la foule de l'allée quand soudain la fille de mes pensées surgit comme par magie pile devant moi.

Je ne me cognai quand même pas à elle. Je ne suis pas aussi maladroit que ça. Mais en nous croisant nous fîmes une petite danse, un pas de côté pour moi, un pas de côté pour elle dans l'autre sens. Finalement, je me dis : Nous ne sommes pas si nombreux que ça dans ce bahut et je ne peux pas vivre planqué éternellement. Autant me jeter à l'eau.

Je lui tendis la main pour me présenter.

— Je m'appelle James. Je suis nouveau.

Elle abaissa son regard sur ma main en fronçant ses sourcils noirs, à croire que je lui offrais un poisson mort, ou une grenade dégoupillée. En ce beau jour ensoleillé de début octobre, il faisait une chaleur estivale et les élèves portaient leurs blazers d'uniforme sur l'épaule ou sous le bras ; le mien était roulé dans mon sac et j'avais desserré ma cravate. Eh bien, Charlotte Holmes était tirée à quatre épingles dans son pantalon bleu marine cigarette (au lieu de la jupe plissée adoptée en général par les filles), la chemise blanche boutonnée jusqu'au cou avec une fine cravate noire repassée. Elle sentait le savon, et non le parfum, et elle était aussi dépourvue de maquillage que si elle venait de se débarbouiller.

J'aurais pu la contempler pendant des heures, cette fille qui m'intriguait depuis si longtemps. Elle me dévisagea de ses yeux clairs d'un air circonspect. Je me sentis pris en faute.

— Je m'appelle Holmes, dit-elle enfin de cette étonnante voix profonde au timbre voilé. Mais ça, tu le sais déjà.

Comme elle paraissait décidée à ne pas prendre ma main, je serrai les poings et les enfonçai dans les poches de mon pantalon.

— C'est vrai. Alors tu sais qui je suis. Je suis gêné, je pensais que…

— Qui t'a mis sur le coup ? souffla-t-elle soudain. Dobson ?

Je secouai la tête, perplexe.

— Lee Dobson ? Non. Mis sur quel coup ? Évidemment, je savais que tu étais ici. À Sherringford. Ma mère m'avait dit que ta famille t'y avait envoyée. Elles se voient toutes les deux, avec ta tante Araminta. Elles se sont rencontrées à un gala de charité à l'occasion de la vente conjointe du manuscrit de *Son dernier coup d'archet*. Les bénéfices sont allés aux malades atteints de leucémie et maintenant elles correspondent par mails. Tu es en seconde comme moi, je le vois à ton livre de biologie. Simple déduction. Haha.

Je racontais n'importe quoi, comme un idiot. Elle se tenait aussi droite et immobile qu'une statue de cire. Où était passée la fille libre et impérieuse que j'avais vue officier à la table de poker ? Néanmoins, comme mes âneries semblaient l'amadouer, je continuai à dire ce qui me passait par la tête. Elle se détendit peu à peu et son regard devint moins sombre.

— Je sais qui tu es, bien sûr. Ma tante Araminta m'a parlé de toi, et mon amie Lena aussi, mais je dois dire que je t'aurais reconnu de toute façon. Bonjour, Jamie.

Elle me tendit une fine main blanche.

— Je déteste qu'on m'appelle Jamie, dis-je, peiné, en sortant toutefois ma main de ma poche. Je préfère Watson.

Holmes me gratifia d'un sourire bouche fermée.

— Très bien, Watson. Maintenant je dois aller déjeuner.

En d'autres termes, elle m'envoyait promener.

— Bon, fis-je en dissimulant ma déception. Moi j'ai rencard avec Tom.

— À toute !

Alors qu'elle s'éloignait, je lui lançai :

— Qu'est-ce que je t'ai fait ?

Holmes se retourna à moitié et, le regard indéchiffrable, rétorqua sans répondre à ma question :

— La soirée dansante est pour bientôt.

Puis elle poursuivit son chemin.

À entendre ma mère, Charlotte était « une vraie Holmes », ce qui dans sa bouche n'était pas un compliment. Il aurait paru logique qu'après tout ce temps nos familles se soient perdues de vue, mais ma mère

retrouvait toujours un ou deux Holmes aux so
de gala de Scotland Yard, à la remise du prix Ed
Allen-Poe, ou, dans le cas de la tante Araminta, à une vente aux enchères d'objets ayant appartenu à l'agent littéraire de mon arrière-arrière-arrière-grand-père, c'est-à-dire à Arthur Conan Doyle. Depuis toujours, j'avais très envie de faire la connaissance de Charlotte Holmes (enfant, je nous inventais des tas d'aventures), mais ma mère, sans m'expliquer pourquoi, avait habilement évité que nous nous rencontrions.

La seule chose que je savais d'elle, c'était que les inspecteurs de Scotland Yard l'avait autorisée à les assister dans une enquête alors qu'elle n'avait que dix ans. Des diamants d'une valeur de trois millions de livres avaient été retrouvés en partie grâce à elle. Mon père y avait fait allusion lors de notre conversation téléphonique hebdomadaire, sans doute dans l'espoir que je sortirais enfin de ma coquille.

Ce vol de diamants m'avait fait rêver. Je me figurais menant l'enquête à son côté. Un soir, je la faisais descendre au bout d'une corde dans la salle des coffres d'une banque suisse en veillant à ce que ses pieds ne touchent pas le sol piégé. Le lendemain, nous cavalions dans un train emballé, pourchassés par des gangsters masqués qui nous insultaient en russe. Un jour, voyant en première page du journal que lisait ma mère un article où il était question du vol d'une toile de maître, je jurai que Charlotte Holmes et moi allions la retrouver. Ma mère avait répliqué sèchement : « Jamie, si tu fais une chose pareille avant l'âge de dix-huit ans, je te jure que je vendrai tous tes livres dans l'heure, à commencer par celui dédicacé par J.K. Rowling. »

(Avant leur divorce, mon père avait l'habitude de répéter : « Tu sais, ta mère est uniquement une Watson par mariage. »)

Notre seule véritable discussion à propos des Holmes avait eu lieu la veille de mon départ. Nous parlions de Sherringford… Enfin, *elle* me parlait de Sherringford et essayait de me démontrer combien j'allais être heureux là-bas. Et moi, je faisais ma valise en me demandant si, dans l'éventualité où je me jetterais par la fenêtre, je serais tué sur le coup ou me casserais juste les deux jambes. Pour conclure, elle m'avait prié de trouver au moins une raison de me réjouir. Par pure méchanceté (et parce que c'était vrai), je lui avais lancé que j'étais impatient de rencontrer enfin mon alter ego chez les Holmes.

Cette dernière considération passa très mal.

— Je me demande comment ton aïeul a pu supporter ce type, avait-elle soupiré en levant les yeux au ciel.

— Sherlock ?

— Cet homme devait s'ennuyer terriblement… Entre nous, les messieurs à l'époque victorienne n'en fichaient pas lourd. Et puis cette amitié ne m'a jamais paru réciproque. Les Holmes sont des gens *étranges*. Encore aujourd'hui l'éducation qu'ils donnent à leurs enfants tourne autour de la science de la déduction. Ils les découragent de se faire des amis. Ce n'est pas sain d'élever un enfant sans camarades. Araminta est assez sympathique, mais je ne vis pas avec elle. Dieu sait comment cela se passait avec le bon Dr Watson.

Je préfère que tu ne fréquentes pas cette jeune personne.

— Ce n'est pas comme si j'allais me marier avec elle. Je suis curieux de voir comment elle est, voilà tout.

— Il paraît qu'elle est l'une des plus étranges. Ils ne l'ont pas envoyée en pension en Amérique pour rien.

J'avais marmonné entre mes dents en baissant un regard affligé sur ma valise :

— Non, en général l'internat n'est pas une récompense.

— J'espère en tout cas pour toi qu'elle est charmante, s'était empressée de dire ma mère comme si elle n'avait rien entendu. Mais fais attention à toi là-bas, mon chéri.

Hélas, ma mère a souvent raison. Par exemple, même si m'envoyer à Sherringford me semblait une très mauvaise idée, je comprenais toutefois ce qui motivait sa décision. L'école londonienne où elle m'avait inscrit parce que je voulais devenir écrivain n'était pas du tout dans nos moyens. Bon, plusieurs romanciers célèbres y enseignaient… quoique aucun ne m'ait beaucoup encouragé. Sherringford, en dépit de ses inconvénients flagrants (le Connecticut, mon père) proposait un programme en littérature tout aussi intéressant, sinon de meilleure qualité. En plus, je suivrais les cours gratuitement, du moment que je jouerais en temps utile mon rôle de pilier de rugby.

Mais une fois à Sherringford, j'avais été très discret sur mes ambitions littéraires. J'avais trop peur de montrer ce que j'écrivais. Quand on compte parmi ses ancêtres un Dr Watson, on n'a pas trop envie que l'on vous compare à lui. Ce qui explique pourquoi l'incident suivant me prit de court.

Tom et moi nous préparions à manger nos sandwiches à l'ombre d'un frêne, en compagnie de plusieurs camarades de Michener Hall. Tom fourragea dans mon sac en quête d'un bout de papier dans lequel cracher son chewing-gum. Cela m'énervait un peu, cela dit il se conduisait comme mes anciens amis de Highcombe.

— Je peux te prendre une feuille ? me demanda-t-il en levant mon cahier.

Je me retins de le lui arracher des mains.

— Ouais, dis-je d'un ton faussement détaché en enfournant une poignée de chips.

Il le feuilleta rapidement au début puis ralentit peu à peu.

— Ah, fit-il.

Je lui décochai un regard qu'il n'intercepta pas.

— Qu'est-ce que c'est ? s'enquit quelqu'un. Des poèmes d'amour ?

— Des calambours cochons, plaisanta le dénommé Dobson dont la chambre était située à mon étage.

Tom s'éclaircit la gorge, et je crus qu'il se préparait à lire à haute voix une page de mon journal intime.

— Non, des portraits de ta mère, repartis-je en prenant vivement à Tom le cahier dont je déchirai la dernière page. En fait, c'est juste des notes.

— Je t'ai vu parler à Charlotte Holmes, dit Dobson. Tu écris des choses sur elle ?

— Ça te regarde ? ripostai-je d'un ton hostile que je regrettai aussitôt.

Randall, le compagnon de chambre de Dobson, un rougeaud qui était dans mon équipe de rugby, lui lança un coup d'œil entendu et se pencha vers moi comme s'il allait me confier un secret.

— Ça fait un an qu'on essaie de se la faire, me dit-il. Elle est canon. J'adore son skinny. Hélas, elle ne sort jamais, sauf pour ses bizarres jeux de poker, en plus elle ne boit pas.

Plus bas, il ajouta :

— Elle se drogue.

Tom me tira par la manche.

— Les écoute pas. C'est des artistes de la drague, énonça-t-il d'un air attristé.

Comme je n'avais pas l'air de comprendre, il expliqua :

— Par exemple, ils lui font des compliments qui sont en fait des insultes. Dobson lui répète à longueur de temps qu'il est le seul mec à la trouver super, que tous les autres la trouvent moche et coincée, mais que lui adore le look drogué chez une fille.

Randall éclata de rire.

— Sauf que ça marche pas avec elle, en tout cas pas pour moi, dit-il. Je laisse tomber. Vous avez vu les nouvelles nanas ? C'est moins de boulot et ça rapporte plus.

— Eh bien, moi, je l'ai emballée, se vanta Dobson en souriant à son compagnon de chambre. Et il se pourrait bien qu'elle veuille remettre ça. Je suis tellement mignon.

Menteur.

— Arrête, dis-je calmement.

— Quoi ?

Quand je suis en colère, mon accent britannique devient caricatural – on dirait qu'un personnage de dessin animé parle par ma bouche.

— Répète un peu et je te tue.

En prononçant ces mots, j'eus envie de lui envoyer mon poing dans la figure.

C'était, soit dit en passant, à cause de ces bouffées d'agressivité que je jouais au rugby. D'après mon ancien conseiller d'éducation, ce sport constituait un « exutoire ». Mon père en ricanant parlait de ma « pulsion à montrer les poings ». Je ne me félicitais pas de mon tempérament bagarreur, au contraire. J'en avais honte.

Dobson s'approcha de moi en donnant des coups de poing en l'air, traînant derrière lui Randall qui tentait de le retenir par un pan de sa chemise. *Parfait, tiens-le bien, comme ça il ne pourra pas se sauver.* Mon crochet atterrit sur le menton de Dobson. Sa tête fit un bond en arrière et quand elle reprit sa place naturelle, il me nargua d'un sourire suffisant.

— T'es son petit copain ? haleta-t-il. Parce que Charlotte m'a pas parlé de toi cette nuit.

Derrière moi quelqu'un poussa un cri. Holmes ? Une main me tira par le bras. Dobson en profita pour m'envoyer sur le tapis. Puis cette brute qui tenait plus de la locomotive à vapeur que de l'être humain m'enfonça son genou dans la poitrine. Je ne pouvais plus ni bouger ni respirer. En rapprochant son visage du mien, il susurra :

— Tu te prends pour quoi, espèce de petit morveux ?

Il cracha un long jet de salive dans mon œil. Puis il me flanqua deux claques.

À travers le rugissement que faisait le sang dans ma tête, j'entendis :

— Watson ! Qu'est-ce qui te prend ?

Un peu sonné, je m'émerveillai de voir penché au-dessus de moi le visage pâle de ma camarade de jeu imaginaire. Nous avions parcouru les égouts de Londres en nous tenant par la main. Nous nous étions cachés dans une grotte pour échapper à la Stasi qui voulait récupérer la micro-puce collée sur une petite barrette rouge qui retenait ses cheveux blonds – car dans mes rêves, Charlotte Holmes était toujours blonde.

Cette image floue me plaisait, à moi qui aimais explorer la frontière entre réalité et fiction. Dobson, par ses propos insultants, avait commis le crime de précipiter Holmes dans un monde où les gens laissent traîner des papiers gras sur les pelouses, un monde où des garçons harcèlent les filles qui refusent de coucher avec eux.

Pour me maîtriser, ils durent s'y mettre à quatre – dont Tom affolé.

— Lève-toi, ordonna Holmes.

Un petit attroupement s'était formé autour de nous. Je tenais à peine debout.

— Salut, dis-je bêtement en essuyant mon nez qui pissait le sang.

Elle me dévisagea longuement, puis fit face à Dobson.

— Mon chéri, roucoula-t-elle, tu t'es battu pour moi, je suis très émue…

Des rires nerveux fusèrent. Dobson, toujours retenu par ses amis, soufflait comme un bœuf.

— … Maintenant que tu m'as gagnée, tu crois que tu peux faire ce que tu veux de moi ? Ou tu préfères tes nanas droguées et inconscientes ?

Cette fois, des cris de protestation accueillirent sa remarque. Dobson, plus choqué que furieux, se fit tout petit entre ses amis. Je ricanai bêtement. Holmes me mitrailla du regard.

— Et toi. Toi tu n'es pas mon jules. Je vois à tes discours à la noix et à la manière dont tu remues l'index que tu aimerais bien. Tu crois que tu défends mon « honneur », mais *tu n'es pas mieux que lui*, dit-elle en montrant du doigt Dobson. J'ai pas besoin qu'on se batte pour moi. Je suis tout à fait capable de me défendre toute seule.

Quelqu'un siffla. Une autre personne applaudit timidement. Holmes resta impassible. Quelques professeurs s'approchèrent, suivis du doyen. On m'interrogea, on me donna une compresse, on m'interrogea de nouveau. Je n'arrêtais pas de me repasser la scène en boucle. Tandis que je saignais tranquillement sur ma chemise à l'infirmerie en attendant le verdict – éviction ou rapatriement –, la petite phrase de Holmes tournait dans ma tête : « Tu n'es pas mieux que lui. » Elle avait tapé en plein dans le mille.

Sauf que je n'avais jamais eu l'ambition de devenir son petit ami. Ce que je voulais était tout à la fois plus modeste et beaucoup plus fou. Tellement fou que j'aurais été bien en peine de l'exprimer.

Le jour où je revis Charlotte Holmes fut le jour de l'assassinat de Lee Dobson.

Deux

L'aube pointait quand des cris retentirent.

Je les entendis d'abord dans mon rêve. Poussant des hurlements furieux, des gens armés de torches et de fourches me poursuivaient dans la nuit. Je réussissais à me réfugier dans une grange… derrière une vache.

Je n'avais pas besoin d'un psy pour m'expliquer la signification de ce rêve. Ma bagarre avec Dobson avait fait de moi une célébrité à la pension. Tout le monde chuchotait sur mon passage. Dobson, loin d'être populaire, était considéré comme un garçon brutal, odieux avec les filles. Il était entouré de quelques balourds, qui se faisaient un plaisir de me rappeler leur présence au réfectoire. Quant à Tom, il se frottait secrètement les mains : à Sherringford, les ragots servaient de monnaie d'échange, et avec moi, il avait tiré le gros lot.

C'était du pareil au même. Jamais je ne parviendrais à m'intégrer, mais ça m'était égal. En cours de français, j'étais toujours accueilli par un silence de mort. Un matin, devant le bâtiment Sciences, ses copines pouffant derrière elle, une fille de seconde m'avait invité à la grande soirée dansante.

Une adorable blonde. J'avais néanmoins répliqué que je n'étais pas *autorisé* à accepter son invitation. En fait, un demi-mensonge. J'étais privé pour un mois de toute liberté – les sorties en ville et, Dieu merci, l'entraînement de rugby –, sauf qu'ils avaient oublié la soirée dansante. Une peine légère, avait décrété l'infirmière en examinant mon nez en sang. À mes yeux, ce n'était même pas une punition.

Depuis la bagarre, j'étais à l'affût de Holmes. Elle avait annulé ses fameuses parties de poker. De toute façon, je n'y serais pas allé. Je ne voulais pas avoir l'air d'un harceleur et confirmer ses accusations. Il était malcommode d'éviter qui que ce soit à Sherringford, où cinq cents pensionnaires circulaient sur un minuscule campus. Pourtant je ne la croisais jamais nulle part, je ne l'apercevais même pas au réfectoire, ni dans les allées pendant les intercours.

Je n'aurais jamais passé autant de temps à penser à tout cela, et à Charlotte, si je m'étais intégré à Sherringford. Non que je ne me sois pas fait des amis, la plupart par l'intermédiaire de Tom, qui connaissait tout le monde, depuis les petites nanas craquantes dans mon cours jusqu'aux terminales qui jouaient au Frisbee sur les pelouses. Toutefois, j'avais la sensation que ces liens, au demeurant amicaux, étaient fragiles et ne résisteraient pas à la moindre tempête.

Primo, ils ne parlaient tous que d'argent.

Pas directement. Ils ne demandaient pas : Combien gagnent tes parents ? Mais plutôt : Qu'est-ce que font tes vieux ? Ta mère est sénatrice ? Ton père est trader ? « Pas possible ! Moi aussi je serai dans les Hamptons pour Noël », avais-je une fois entendu s'exclamer une fille. Et souvent, j'avais vu des étudiants acheter de la drogue à un type de la ville qui traînait dans nos fêtes et rôdait autour des bâtiments la nuit. Quand mes camarades n'étaient pas occupés à dépenser n'importe comment la pension versée par papa-maman, ils parlaient de leurs voyages. J'avais entendu les filles de mon cours de français départager celles qui avaient participé à la construction d'un orphelinat en Afrique (jamais un pays précis, seulement « en Afrique ») et celles qui avaient fait du *backpacking* en Espagne.

Sherringford n'était pas un de ces collèges privés prestigieux, pépinières de futurs présidents, champions de foot et astronautes. Bon, nous avions des options « écriture scénaristique » et « swahili », des profs agrégés en veste de tweed, des lycéens au cursus brillant, mais nous ne comptions pas parmi les meilleurs. C'était peut-être ça le problème. Puisqu'on n'était pas dans la course de l'excellence académique, on se rattrapait en jouant à qui serait le plus riche.

En tout cas, c'est ce qui amusait mes camarades. Pas moi. Moi, j'assistais au spectacle assis au premier rang. Et quelque part dans le noir, Charlotte Holmes jouait à son propre jeu.

La nuit de l'assassinat de Dobson, je méditais sur la manière dont je devrais m'y prendre pour me réconcilier avec elle. Convaincu que j'avais gâché mes chances, je m'étais endormi vers trois heures et demie du matin. Peu après, un bruit de cavalcade dans le couloir me réveilla en sursaut. Le lit de Tom était vide. Je me dis vaguement qu'il s'agissait sans doute d'un exercice d'évacuation en cas d'incendie et que je n'avais pas entendu la sirène.

Un attroupement bouchait le bout du couloir. Des garçons qui avaient leur chambre à l'étage, notre surveillante aux cheveux gris, l'infirmière de l'internat et des policiers en uniforme. Je me frayai un passage jusqu'à Tom debout devant une porte scellée par du ruban de balisage. La porte était entrebâillée. Derrière, l'obscurité était complète.

— Qu'est-ce qu'il y a ? soufflai-je à Tom.

— C'est Dobson.

Il tourna alors vers moi un visage livide. Je réprimai un frisson.

— Il est mort, dit-il d'une voix qui se brisa.

Consterné, je compris alors la cause de sa peur : *moi*.

Dans mon dos, j'entendis s'élever la voix d'un autre garçon.

— C'est lui, c'est James Watson, celui qui lui a cassé la figure.

Les murmures enflèrent pour se transformer en rugissement.

Soudain une main protectrice se posa sur mon épaule. Je me retournai vers Mme Dunham, notre surveillante.

— Ne vous inquiétez pas, James, me dit-elle. Je reste avec vous.

Ses yeux de myope me fixèrent derrière le verre de ses lunettes de guingois sur son nez. Je remarquai qu'elle portait sur son pyjama une sorte de kimono en soie ridicule. Ainsi, cette femme dormait dans une des chambres, me dis-je, et en plus elle connaissait mon nom ! J'étais soulagé qu'elle soit là, car à cet instant, un homme en chemise, sans veste ni cravate, quitta le groupe de policiers et piqua droit sur moi.

— James, c'est bien ça ? me lança-t-il en me montrant son insigne. Nous aimerions te poser quelques questions.

— Je vous l'interdis, objecta Mme Dunham. Il est mineur, vous n'avez pas le droit de l'interroger seul sans l'autorisation de ses parents.

— Il n'y a aucun mandat d'arrêt contre lui, bougonna le policier en civil, agacé.

— N'empêche. C'est la politique de la maison.

— Très bien, soupira le policier. Tu es d'ici ?

Il sortit de sa poche un calepin et un Bic, façon *New York, police judiciaire*.

D'ailleurs moi aussi j'avais l'impression de me retrouver dans un film.

— Ma mère vit à Londres, répondis-je d'une voix tendue.

Tom fixa sur moi un regard dur. Derrière lui, l'occupant de la chambre voisine de la nôtre pleurait en silence.

— Mon père habite le Connecticut, ajoutai-je, mais je ne l'ai pas vu depuis des années.

— Peux-tu me donner son téléphone ?

Je sortis mon portable et lui dictai le numéro que pour ma part je n'avais jamais composé. Il marmonna que je ne devais pas quitter l'école, et qu'ils repasseraient m'interroger en début d'après-midi. J'acquiesçai. Avais-je le choix ? Il me tendit une carte de visite qui m'évoqua plutôt celle d'un représentant de commerce : *Inspecteur Ben Shepard*. Il ne ressemblait pas du tout aux flics que je connaissais, ni surtout à ceux que l'on voit au cinéma. À première vue, on aurait dit M. Tout-le-Monde. En l'observant mieux, je lui trouvai le regard d'un chien qui suit des yeux la balle que vous venez de lancer. Sa vocation ne paraissait pas motivée par une tragédie dans son enfance, l'assassinat d'une mère ou d'un frère. Il me faisait plutôt penser à un père de famille qui joue à des jeux vidéo avec ses gosses. Un brave type qui fait la vaisselle sans qu'on le lui demande.

Sa gentillesse me troubla plus que s'il avait été là à se lisser la moustache avec des mines menaçantes. Parce que, de toute évidence, l'inspecteur Shepard était persuadé que c'était moi l'assassin. Et puis il n'avait pas de moustache.

Il m'adressa un sourire qui se voulait rassurant avant de s'éloigner avec ses collègues. Sur l'ordre de Mme Dunham, chacun retourna dans sa chambre. Ils passèrent tous devant moi sans un mot. Harry, Peter, Lawrence et même Tom, dans son éternel gilet jacquard. Les regards en coin dont ils me gratifièrent disaient tous la même chose : *Étranger. Assassin, tu mérites le sort qui t'attend.*

Mme Dunham me proposa un chocolat chaud. Je refusai poliment en lui disant que je retournais me coucher. Comme si j'allais pouvoir me rendormir.

Tom n'était pas dans notre chambre, ayant sans doute décidé de finir la nuit par terre, n'importe où ailleurs. Ce crétin avait peur de moi. Dans un mouvement rageur, je ramassai mon oreiller pour le jeter à travers la pièce, mais je suspendis mon geste et me contentai de le broyer contre le matelas. Si quelqu'un m'entendait piquer une colère, cela n'arrangerait pas mes affaires. Mon impulsivité m'avait joué assez de mauvais tours comme ça.

Mon impulsivité… et Charlotte Holmes.

Finalement, je me levai et me glissai dans le couloir. Le ruban adhésif jaune sur la porte de Dobson reflétait la lumière comme un miroir dans lequel je n'avais aucune envie de me regarder. Je continuai mon chemin, descendis l'escalier et sortis.

En arrivant à Stevenson Hall, je m'aperçus que je n'avais pas son numéro, ni de téléphone, ni de chambre. Je n'étais même pas certain qu'elle dormait dans ce bâtiment, constatai-je en contemplant les rangées de fenêtres obscures. Le ciel n'allait pas tarder à s'éclaircir. Des lumières se mettraient à briller à l'intérieur. Les filles prendraient leur douche, s'habilleraient, rangeraient leurs livres dans leur sac. Et ensuite, combien de mètres leur faudrait-il parcourir avant d'apprendre qu'un de leurs camarades de classe s'était fait assassiner ? Combien de temps leur faudrait-il après ça pour se persuader que c'était moi le meurtrier ?

Je ne savais même pas ce que je lui dirais si je la trouvais. Quelle raison invoquer pour la convaincre de mon innocence ? La dernière fois qu'elle m'avait vu, j'étais en train d'envoyer mon poing dans la figure de la victime.

Ma détermination s'effondra comme un soufflé. Je m'assis sur les marches du perron de Stevenson Hall afin de mettre un peu d'ordre dans mes pensées. Un profond silence m'enveloppait. Les seules lueurs dans la nuit provenaient des gyrophares des véhicules agglutinés autour de ma résidence.

— Watson, souffla une voix. Jamie Watson.

Charlotte Holmes se détacha d'un bosquet d'arbres. Elle était vêtue de manière à passer inaperçue, tout en noir : pantalon, gants, baskets, un blouson zippé jusque sous son menton, et même le sac à dos qu'elle portait en bandoulière. Son visage semblait flotter telle une lune pâle. Elle avait les lèvres serrées comme sous l'effet d'une rage contenue. Je devançai ses insultes en lançant bêtement :

— Salut ! Je te cherchais.

Elle écarquilla les yeux de surprise, puis son regard se fit méfiant. Je sentis qu'elle se livrait à une rapide mise au point.

— Pour m'annoncer que Dobson est mort assassiné, souffla-t-elle.

Pas la peine de lui demander comment elle était au courant, j'avais affaire à une Holmes. Je dus quand même manifester un peu d'étonnement, car elle m'informa :

— Tom a envoyé un SMS à Lena, qui m'a envoyé un SMS. Ça n'a pas traîné. Malheureusement, j'étais dans cette tenue quand j'ai appris la nouvelle, dit-elle en indiquant ses vêtements d'un geste agacé. J'ai préféré ne pas m'approcher du dortoir pour que personne ne me voie. Ça fait drôle de croiser quelqu'un habillé en cambrioleuse la nuit où quelqu'un est assassiné, d'autant plus que tout le monde sait que je le détestais.

— Tu cambriolais quoi ?

Un sourire fugace éclaira son visage.

— Je m'introduisais dans le bâtiment Sciences pour bosser… dans mon labo.

— Ma parole, tu es une *vraie* scientifique, la taquinai-je.

Son sourire reparut et cette fois resta en place.

— Il est où, ton labo ? poursuivis-je. Bon, on en parlera plus tard. Dobson est mort, nous sommes les suspects numéro un et on est là en train de rigoler.

— Je sais, dit-elle en se frottant les yeux. Pour tout t'avouer, j'ai cru d'abord que tu venais me dénoncer.

Je restai un instant sans voix.

— Mais ce n'était pas du tout mon inten…

— Je sais, m'interrompit-elle en me dévisageant comme si elle me passait aux rayons X.

Ses yeux s'abaissèrent brièvement sur mes mains, puis sur mes Converse.

— Je lui avais dit que je le tuerais, ajouta-t-elle de cette voix un peu rauque qui me donnait des frissons. J'aurais dû être ton suspect numéro un, non ?

Il y avait des tas de réponses à cette non-question : *Je suis un Watson. Il est inscrit dans mes gènes que je ne peux pas te soupçonner. Dans les histoires que je me suis racontées, tu as toujours eu un rôle d'héroïne, jamais de criminelle.* Craignant cependant d'avoir l'air gnangnan ou mélodramatique, je déclarai diplomatiquement :

— Je te fais confiance. Si tu l'avais tué, je parie qu'il y aurait vingt témoins pour jurer qu'il s'est mis lui-même le pistolet sur la tempe.

Holmes haussa les épaules, mais je vis qu'elle était contente. Les premières lueurs de l'aube éclaircissaient le ciel. Pendant une bonne minute, nous écoutâmes les oiseaux échanger de timides appels.

— Ce salaud me harcelait depuis que je suis arrivée. Il m'a insultée en public. Il m'a glissé des mots injurieux sous ma porte. Il m'a tapé sur les fesses au réfectoire le week-end où mon frère est venu me voir… (Elle secoua la tête.) J'ai empêché mon frangin de le *napalmiser* ou de le faire abattre par un drone. Il m'a aussi conseillé d'attendre quelques années avant de le kidnapper dans son lit : tout le monde croirait à un enlèvement par des extraterrestres. Mon frère essayait de me remonter le moral, tu vois…

Elle laissa s'écouler quelques secondes et conclut :

— … Je devrais être furax contre toi.

— Mais tu ne l'es pas.

— Et on ne devrait pas être ici en train de parler du pauvre Dobson.

— Le pauvre Dobson ? Tu disais qu'il méritait d'être *napalmisé*.

Le soleil se levait à l'horizon comme soulevé par un fil invisible. Dans la lumière dorée, ses yeux avaient la fixité hypnotique d'une médium.

À cet instant, je l'aurais suivie à l'autre bout de la terre.

— On ne devrait pas être en train de parler de Dobson, pour la bonne raison qu'on devrait être en train d'examiner sa chambre.

Je la regardai d'un air ahuri.

Il était déjà sept heures dix. Mme Dunham montait la garde à l'entrée de la résidence. Des hordes de seconde se bousculaient dans les couloirs pour prendre leur douche avant de descendre au réfectoire. Je vis que Holmes réfléchissait, les sourcils froncés.

L'instant d'après, elle tourna le coin du mur couvert de lierre.

Elle me demanda de rester en arrière, se jeta à plat ventre par terre et inspecta le sol centimètre par centimètre. Sans doute à la recherche d'empreintes. Si nous avions envisagé d'accéder à la chambre de Dobson par l'extérieur, quelqu'un d'autre aurait pu avoir la même idée. Je lançai autour de moi des coups d'œil paranoïaques… Une magnifique haie de frênes nous dissimulait aux regards. Nous avions de la chance d'avoir autant de végétaux à Sherringford.

— Une bande de quatre filles est passée par là hier soir, déclara-t-elle en se relevant. La terre a été piétinée en même temps par plusieurs paires de bottes Ugg. Mais pas de personne seule, même pas pour fumer une clope. C'est drôle, l'endroit s'y prête, pourtant… (Elle épousseta la terre et l'herbe de ses vêtements.) Ils sont donc entrés par la porte. Michener Hall n'est pas relié aux passages souterrains, comme Stevenson Hall et Harris Hall.

— Des *passages souterrains* ? répétai-je, sidéré.

— Tu devrais explorer un peu plus, mon vieux.

Holmes examina les rebords de fenêtre du rez-de-chaussée, leva les yeux vers l'étage supérieur, puis se baissa pour enlever ses chaussures.

— Tu peux les mettre dans mon sac, s'il te plaît ? dit-elle en posant un pied en chaussette sur le rebord de la fenêtre. Fais suivre aux tiennes le même chemin et mets tes gants. Il ne faut laisser aucune empreinte. Viens, vite, avant qu'ils ne lèvent les stores. Au moins le mec avec qui il partage la chambre s'est absenté pour un tournoi de rugby.

— Comment sais-tu quelle est la bonne chambre ? m'étonnai-je.

Elle me gratifia d'un regard qui me donna l'impression de lui avoir demandé si la Terre tournait autour du Soleil.

— Watson, fais-moi la courte échelle.

En quelques instants, elle avait escaladé le lierre jusqu'à la fenêtre du premier étage. Accrochée d'une main au rebord, de l'autre, elle tira de sa poche un morceau de fil de fer dont elle recourba avec ses dents l'extrémité en forme de crochet. Je ne vis pas ce qu'elle fit ensuite, mais je l'entendis fredonner une marche militaire.

— Tout à l'heure, tu m'as dit que tu allais à ton labo, lui chuchotai-je.

— Tais-toi, Watson.

La fenêtre s'ouvrit avec un léger crissement. Holmes se coula à l'intérieur avec la souplesse d'un chat.

Sa tête pointa dans l'entrebâillement.

— Tu viens ?

Je poussai un juron.

Grâce à mon entraînement de rugby, j'étais dans une forme athlétique passable. Et comme j'avais une bonne tête de plus qu'elle, je n'avais pas besoin qu'on m'aide à passer du rebord de la fenêtre aux prises qu'offrait le vieux lierre. Lorsque je déboulai dans la chambre de Dobson, elle était déjà à quatre pattes par terre.

La chambre était semblable à toutes celles de Michener Hall : un poster géant représentant une fille en petite tenue et un plancher jonché de vêtements sales. Le côté de Randall n'était pas plus propre, mais au moins le lit était fait. Les draps de Dobson étaient entortillés au bout du lit. Le légiste avait déjà procédé à la levée de corps.

Sur la table de chevet, il y avait une photo de lui avec une fille qui lui ressemblait tellement qu'elle devait être sa sœur. Devant leurs immenses sourires, mon cœur se serra. Je regrettai de m'être bagarré avec lui.

— Tiens-moi mon sac, me demanda Holmes.

Comme par magie, elle fit apparaître entre ses doigts une lampe stylo et une grosse pince à épiler.

— Tu as commandé la panoplie du parfait espion sur Internet ? la taquinai-je.

Mais en mon for intérieur, je n'étais pas du tout rassuré. N'importe qui pouvait entrer et nous surprendre en train de contaminer la scène d'un crime, un crime dont j'étais, en plus, le premier suspect.

Holmes, elle, était terrifiante d'efficacité : elle gardait la tête froide. Elle cherchait de quoi nous disculper.

— Chut, murmura-t-elle. File-moi un flacon vide… dans mon sac…

Je sortis de son sac à dos un petit flacon que je dévissai, puis je m'accroupis afin qu'elle puisse y insérer sa pince. À travers le verre, on aurait dit une minuscule pelure d'oignon. Elle en ajouta une deuxième, puis une troisième. Elle préleva un brin du tapis qu'elle glissa dans un autre flacon. Après quoi, elle se servit de son bout de fil de fer pour fouiller sous le lit, délogeant un bon nombre de crayons, une brosse à dents et autres menus objets. Elle inspecta le verre de lait sur la table de chevet et la flûte à coulisse posée à côté. D'un doigt ganté, elle traça une ligne invisible depuis la bouche d'aération haut placée sur le mur jusqu'à l'oreiller de Dobson. Puis, les yeux rivés au plafond, elle se mit à compter… Je n'aurais su dire dans quel but. De toute façon, je tremblais intérieurement. Le moindre bruit me paraissait annoncer notre arrestation imminente.

En se penchant pour examiner l'oreiller de Dobson, elle me fit signe d'approcher. L'oreiller gardait la trace en creux d'une tête et…

— De la salive ? murmurai-je.

— Excellent, Watson.

Elle fit entrer sa pince en action. Moi j'avais dit ça pour alléger l'atmosphère, mais le compliment m'avait quand même fait chaud au cœur.

— Flacon, commanda-t-elle.

Je lui en tendis un vide.

— Je ne vois pas de sang, fis-je observer.

Elle secoua la tête. En effet, il n'y avait même pas une éclaboussure.

De l'autre côté de la porte, j'entendis des pas, suivis d'un brouhaha. À ma consternation, je saisis mon nom et celui de Dobson. Une voix grave s'éleva audessus du tapage.

— C'est la chambre du garçon ?

— On se tire ! soufflai-je à Holmes.

Comme elle ne bougeait pas, je l'entraînai vers la fenêtre.

— Tout de suite, dis-je, plus pressant.

La poignée de la porte tourna. Aussitôt, je me suspendis au rebord de la fenêtre et lâchai prise.

Au-dessus de moi, la fenêtre se ferma d'un coup sec. Holmes atterrit souplement auprès de moi. Je la retins d'un bras.

— Ils t'ont vue ? haletai-je.

— Bien sûr que non.

— Holmes, dis-je, tu es *géniale*.

Un petit sourire flotta une fraction de seconde sur ses lèvres.

— N'est-ce pas ? Surtout que c'est une première.

— Tu n'avais encore jamais fait ça ?

Elle haussa les épaules, mais ses yeux brillaient.

— On a volé des preuves sur le lieu d'un crime, ce qui risque de nous rendre encore plus suspects, et toi… tu ne l'avais jamais fait avant ?

Je n'avais pas peur de passer pour un lâche. Après tout, j'avais une trouille bleue.

Holmes, quant à elle, était déjà passée à autre chose.

— Direction le labo, dit-elle en sortant ses chaussures de son sac. Il vaut mieux qu'on ne nous voie pas ensemble. Tu m'y retrouves dans vingt minutes ? Dans le bâtiment Sciences, salle 442…

Elle me lança mes Converse.

— … Et fais le plus de détours possible, d'accord ? Je tiens à arriver la première.

La salle 442 était grande comme un mouchoir de poche.

J'y trouvai Holmes déjà penchée sur ses fioles. Elle avait disposé devant elle toute la panoplie du chimiste chevronné telle qu'on peut l'admirer au cinéma : des béchers, certains plus hauts et plus gros que d'autres, avec de la fumée s'élevant d'étranges solutions verdâtres. Des becs Bunsen flamboyaient, alignés tels des projecteurs de théâtre. Et le tout était éclairé par deux lampes de bureau installées sur une étagère de manière à illuminer la paillasse, au milieu d'ouvrages écornés : *De l'origine des espèces* de Darwin. *Gray's Anatomy*. Des encyclopédies de géologie. *L'Art du bartitsu*. Un autre rayonnage était entièrement dédié à des monographies sur les poisons. Et sur celui du bas, je repérai la volumineuse biographie du Dr Watson, celle que ma mère avait qualifiée de scandaleuse et m'avait interdit de lire (ce que, forcément, je m'étais empressé de faire. Apparemment, mon ancêtre avait eu beaucoup de succès avec les filles).

J'y aperçus le seul ouvrage de fiction de cette bibliothèque : un volume relié pleine peau des *Œuvres complètes* du Dr Watson inspirées par les aventures de Sherlock Holmes, depuis *Une étude en rouge* jusqu'à *Son dernier coup d'archet*. La tranche était cassée, comme s'il avait été lu des millions de fois.

Moi qui nourrissais des doutes sur ma contribution à l'enquête, surtout depuis notre fric-frac dans la chambre de Dobson, la vue de ces vieux bouquins me rassura. J'avais ma place ici, auprès d'elle.

Tout ce que contenait son laboratoire la rendait potentiellement suspecte de n'importe quelle affaire de meurtre. Derrière deux squelettes d'oiseaux géants suspendus au plafond (un vautour me zieutait de son œil noir), je distinguai des schémas d'armes à feu punaisés au mur. Un canapé fatigué était éclaboussé de petites taches marronnasses, de l'hémoglobine ayant sans doute dégoutté des cravaches accrochées au-dessus. Les rayonnages ployaient sous le poids de bocaux remplis d'échantillons de terre, de sang et de ce qui ressemblait à des dents. Au milieu de ce capharnaüm, un étui à violon semblait le seul gage de santé mentale.

— Watson, assieds-toi, m'ordonna-t-elle en pointant sa pince vers le canapé.

Je fis la grimace.

— C'est vraiment du sang ?

— Oui. Séché, précisa-t-elle.

Trop crevé pour investiguer davantage, je demandai :

— Tu trouves quelque chose ?

— Encore douze minutes, indiqua-t-elle en s'affairant à sa paillasse.

Je rongeai mon frein.

— Ce que j'ai trouvé, finit-elle par répondre, prouve que notre meurtrier a bien étudié son coup. Il s'est servi d'au moins deux méthodes d'empoisonnement, peut-être trois.

— Du poison ? articulai-je sans cacher mon soulagement.

Je n'y connaissais rien en poisons, personne n'allait pouvoir m'accuser d'avoir tué Dobson. J'ajoutai, pour la taquiner un peu :

— Je croyais qu'on ne commençait la chimie qu'en terminale.

— J'ai suivi des cours particuliers en Angleterre, m'informa-t-elle en levant une pipette à la lumière.

Je n'étais qu'à moitié surpris, me rappelant la remarque de ma mère sur les Holmes et leur propension à favoriser l'apprentissage du raisonnement déductif. Je me demandai ce que Holmes avait appris d'autre dans leur vaste manoir au fin fond du Sussex.

Elle s'éclaircit la gorge et enchaîna comme si elle lisait dans mes pensées :

— J'ai appris à me défendre, à marcher en silence, à repérer toutes les sorties possibles au premier regard. J'ai mémorisé les plans des grandes villes, celui de Londres d'abord, les noms des commerces de toutes les rues et le chemin le plus court pour y arriver. On m'a montré comment savoir à tout instant ce que les autres font, pensent et quels sont leurs mobiles…

Son regard devint sombre tout d'un coup. Elle conclut :

— J'ai aussi étudié toutes les matières que l'on étudie à l'école. Tu es satisfait ?

— C'est incroyable, dis-je. Personnellement, je ne crois pas que j'aimerais savoir tout le temps ce que pensent les autres. D'où ils viennent, ce qu'ils veulent. Il n'y aurait plus de mystère.

Elle haussa les épaules avec nonchalance.

— Tout le monde, ou presque, peut être percé à jour. Dans la famille, on n'a jamais cultivé le mystère. On préfère l'éclaircir.

J'avais d'autres questions à lui poser mais les repoussai à plus tard, car j'étais mort de fatigue.

— Quelle heure est-il ?

— Huit heures, répondit-elle en déposant une goutte d'une substance transparente sur une lame de microscope. On ne va pas tarder à recevoir tous un SMS annonçant que les cours sont suspendus à cause du meurtre. Je pense que nous pouvons sécher l'aide psychologique.

— Réveille-moi dans deux heures.

Je me recroquevillai sur le canapé et, au moment de caser mes genoux sous mon menton, je croisai ses yeux pâles et pensifs.

Au réveil, j'avais un mauvais goût dans la bouche et le front perlé de sueur. Dans ma poche, mon portable émit le carillon de trois notes qui signalait que je n'allais bientôt plus avoir de batterie. L'espace de quelques instants, j'eus l'affreuse sensation de ne pas savoir où je me trouvais. J'ouvris les yeux sur les cravaches de Holmes et la mémoire me revint. J'ignore pourquoi, je me sentis rassuré.

— Ça fait une heure qu'il se manifeste, m'informa Holmes toujours rivée à sa paillasse.

Elle avait remonté ses manches et, dans la chaleur de son réduit, ses cheveux frisottaient joliment autour de son visage allongé.

— Et tu ne m'as pas réveillé ? Il est quelle heure ?

— T'as une montre, non ?

— *Sérieux, Holmes, il est quelle heure ?*

Elle me fixa d'un air impassible.

— Dix-neuf heures ?

Je jurai entre mes dents en sortant mon téléphone de ma poche. En fait, il était midi moins cinq. J'avais un texto du secrétariat annonçant que les cours étaient annulés et me convoquant au secrétariat pour une « aide psychologique ». J'avais aussi treize appels manqués. Dix de mon père, deux d'Angleterre

– ma mère et son *numéro caché* – et un dernier d'un numéro du Connecticut que je ne reconnus pas. J'écoutai ma messagerie vocale.

« Ici l'inspecteur Shepard, je voudrais parler à James Watson… »

Holmes colla son œil au col rétréci d'un erlenmeyer.

— Un précipité jaune, énonça-t-elle à haute voix, plus pour elle-même qu'à mon intention. Parfait. Génial.

Elle versa la solution dans un tube à essai, boucha celui-ci et le glissa dans sa poche.

La mort dans l'âme, je laissai le message de Shepard se dérouler jusqu'au bout. Puis je demandai à Holmes :

— Il y a des toilettes, dans le coin ? Je voudrais me débarbouiller.

En guise de réponse, elle me montra l'évier du doigt. Cela me fit du bien de m'asperger le visage d'eau froide.

— D'après l'inspecteur, mon père a peur que je me sois pendu à un arbre. On a tous rendez-vous dans ma chambre dans trente minutes. Qu'est-ce que je vais lui dire ? bredouillai-je dans mon affolement.

Holmes vint se percher sur le bras du vieux canapé défoncé.

— À ton père ?

— Je ne l'ai pas revu depuis mes douze ans.

— Tu peux me préciser pourquoi ?

Holmes me tendait une oreille attentive pour la forme, parce que c'est ce que font les amis, mais je voyais bien qu'elle avait l'esprit ailleurs.

— C'est toi qui vas pouvoir me le dire, grâce à tes facultés de déduction. L'observation de mon petit doigt a dû te mettre sur une piste.

— Ma méthode n'a rien à voir avec un tour de magie.

— Je sais. N'empêche que cela faciliterait les choses. Pour tous les deux.

— Faciliterait ? s'exclama Holmes, outrée, en me lançant mon blouson de cuir. Grouille-toi, on va être en retard.

Dehors, dans le vent glacé qui soufflait sous un ciel d'une limpidité cruelle, les élèves se serraient les uns contre les autres pour se protéger du froid. Des filles qui ne connaissaient sans doute même pas Dobson sanglotaient dans les bras les unes des autres.

À notre vue, les conversations cessèrent d'un coup et les larmes se tarirent, puis les chuchotements commencèrent.

Holmes glissa sa fine main blanche sous mon coude et m'entraîna vers le dortoir des garçons.

— Écoute, me dit-elle en adoptant le mode débit rapide. Tes parents sont anglais, mais tu as grandi aux États-Unis. Je le sais parce que des histoires circulent dans ma famille sur la tienne. Tu n'as qu'un léger accent, on reconnaît néanmoins que tu viens de Londres. Et tu adores cette ville. Je l'ai vu à ton expression quand tu m'en as parlé, tu t'y sens chez toi. Je dirais que tu as dû t'y installer vers onze ou douze ans. Je me trompe ?

J'acquiesçai. Décidément, on ne pouvait rien lui cacher. La tête me tournait un peu alors qu'elle poursuivait :

— Ton blouson a été porté par un autre avant toi. D'après la coupe et l'horrible marron du cuir, il est vintage années 1970. Il ne te va pas trop mal sauf que les épaules sont un peu trop larges. A priori, tu l'as acheté dans une friperie, mais comme tes autres vêtements sont neufs ou presque, je dirais que tu en as hérité, ou qu'on te l'a donné. (Elle glissa la main dans la poche de mon manteau et la retourna comme un gant.) Des taches de feutre indélébile, constata-t-elle avec satisfaction. Cela m'étonnerait que tu te sois baladé avec des marqueurs l'hiver dernier. Je pense que tu as joué au prof de dessin avec ta petite sœur.

— Je ne t'ai jamais parlé de ma sœur.

Elle me jeta un coup d'œil, style : Tu me fais pitié.

— C'était pas la peine.

— Le blouson était à mon père, et alors ? rétorquai-je avec l'impression détestable d'être disséqué.

— Tu l'as sur le dos. Donc, tu ne le hais pas. Non, je ne devrais pas parler de haine. Ce serait tomber dans la psychologie, et, désolée, je déteste la psychologie. Je pense que tu portes ce blouson parce que, au fond, il te manque. Tu as déménagé à Londres à douze ans, mais ton père, lui, vit dans ce pays. Tu dis « mon père » quand tu parles de lui, jamais « papa ». Dès qu'il est question de lui, tu es sur la défensive. Et comme il a été établi qu'il ne te maltraitait pas, je suppose que cette peur est née d'un trop long silence entre vous. Le dernier détail, bien sûr, est ta montre.

Holmes s'arrêta et tendit vers moi une paume étroite. Ne voyant pas ce que je pouvais faire d'autre, j'y déposai ma montre.

— C'est une des premières observations que je me suis faites quand je t'ai rencontré, dit-elle en l'examinant. Elle est très chère comparée à tout ce que tu portes. Le cadran est beaucoup trop grand. Tiens, et il y a une inscription au dos… *Pour Jamie qui a aujourd'hui seize ans, Baisers. JW, AW, MW et RW.*

Elle avait les yeux qui brillaient de voir sa déduction confirmée. Quant à moi, je bouillais intérieurement.

— Continue, lui dis-je en songeant : Autant qu'on en finisse.

Elle compta sur ses doigts.

— *Jamie.* Un petit nom qui fait « bébé » : ton père a perdu le fil avec toi. Et ce cadeau est trop coûteux pour un ado : il se sent coupable. Mais la clé, ce sont les noms. Il ne te l'a pas offerte seulement de sa part, il a voulu que tu saches que ça venait de toute la famille. Sa *nouvelle* famille. Le prénom de ta mère est Grace, je le sais par ma tante. Par conséquent le *A* serait, mettons, Anna, et *MW* et *RW* seraient tes demi-frères ou tes demi-sœurs. Il est maladroit s'il croit que ce cadeau va te les faire prendre en affection. Si tu ne l'as pas revu depuis tout ce temps, c'est sans doute qu'il trompait ta mère avec… Anna ? Alice ? Au moment du divorce, il est resté aux États-Unis et a fondé une nouvelle famille. Il vous a abandonnés, toi et ta sœur, en tout cas c'est ce que tu penses.

« Ta mère ne lui en veut pas. Elle ne t'a pas obligé à ranger ce cadeau pour plus tard. Cette montre vaut au moins trois mille dollars. Elle t'a permis de la porter. Ils sont restés en bons termes. Peut-être est-elle soulagée qu'il ait refait sa vie, étant donné qu'elle avait déjà refait la sienne avant leur divorce. Elle aimerait que tu te réconcilies avec lui, parce qu'un adolescent a besoin de son père, blablabla. Ta belle-mère doit être plus jeune, mais pas tant que ça puisque ta mère la respecte.

— Abigail. C'est comme ça qu'elle s'appelle.

Holmes haussa les épaules. Une erreur minime. Tous les autres détails étaient exacts, vingt sur vingt.

Une rafale de vent glacé me piqua les joues et rabattit les cheveux de Holmes sur son visage.

— Pardonne-moi, dit-elle si bas que je dus tendre l'oreille. Je n'ai pas voulu te… te faire de la peine. C'est juste le résultat de mes observations.

— Je sais. Je suis épaté.

Nous arrivâmes devant la lourde porte de Michener Hall. Ils m'attendaient à l'intérieur. Mon père. L'inspecteur. *Je suis innocent*, me répétais-je.

Elle me secoua par le bras.

— Tu portes aussi ce blouson parce que tu crois que tu ressembles à James Dean, ajouta-t-elle alors que nous franchissions la haute porte. Tes yeux, peut-être, pas la mâchoire, en tout cas. Tu es beau, mais pas dans le genre artiste torturé. Je pencherais plutôt pour le style bibliothécaire.

Après une seconde de réflexion, elle conclut :

— C'est pas si moche.

Quelle fille !

— Tu es infernale ! lui lançai-je en lui pardonnant dans le même souffle.

— *Infernale*, vraiment ? En quoi, par exemple ? Fais-moi la liste.

Soudain, une voix hésitante s'éleva derrière moi.

— Jamie ? C'est toi ?

Je me retournai pour faire face à mon père.

Trois

Toute ma vie on m'a répété que j'étais le portrait craché de mon père et, même après toutes ces années de séparation, je voyais bien que c'était plus vrai que jamais. Hormis le fait que ses cheveux commençaient à grisonner aux tempes, le reste était conforme : les mèches rebelles, les yeux noirs et ce menton obstiné. Nous autres Watson sommes peut-être têtus, m'avait-il dit quand j'étais enfant, mais notre obstination est tempérée par notre goût de l'aventure.

Eh bien, la voici, mon aventure : un connard misogyne assassiné, moi promu au rang de suspect numéro un et mon père que je n'ai pas vu depuis une éternité débarquant pour me tenir la main pendant mon interrogatoire. L'inspecteur Shepard était resté discrètement quelques pas en arrière. On avait dû le briefer sur mon histoire familiale et il nous accordait sans doute un moment d'intimité pour fêter nos retrouvailles.

Quant à Mme Dunham, elle s'affairait avec une bouilloire électrique. Des mugs dépareillés s'alignaient sur le comptoir de l'accueil.

— Je vous prépare du thé, dit-elle sans qu'on lui eût rien demandé. Avec les Anglais, c'est un must.

Elle ne mettait pas franchement à côté de la plaque. Mon père et moi nous exclamâmes d'une même voix :

— À votre santé !

Holmes laissa échapper un hoquet de rire.

Mon père se tourna vers elle avec une curiosité non dissimulée.

— Jamie, tu ne me présentes pas ta copine ?

Elle me serra le bras, sans doute pour exprimer son horreur. Je n'osai pas la regarder.

— C'est Charlotte Holmes. Elle n'est pas ma copine.

Je ne savais pas à quelle réaction m'attendre de la part de mon père. Ma mère aurait pincé les lèvres et rien dit du tout, pour mieux fourbir ses armes pour plus tard, quand nous serions seuls. « Elle n'est pas un peu pâle ? » Ou bien : « Elle semble peu aimable, non ? » Et enfin : « Tu sais, elle ne te vaudra rien au final. »

Mon père, lui, se montra enchanté.

— Charlotte ! Mais c'est merveilleux !

Et à notre stupéfaction à tous les deux, il la serra affectueusement dans ses bras, si fort qu'elle émit un couinement de protestation, un son surprenant de sa part, je dois avouer.

— J'ai envoyé à mon fils tous les articles qui sont parus sur tes exploits, enchaîna mon père. Tu as été géniale dans l'affaire des diamants Jameson, en plus si jeune ! Tu te rappelles, Jamie ? Elle a écouté le brief que Scotland Yard donnait à son frère Milo. Cachée derrière le canapé de la bibliothèque, c'est bien cela ? Puis elle leur a envoyé une carte dessinée avec des crayons de couleur leur fournissant toutes les indications pour retrouver le butin. Fabuleux.

Sur ce, il la lâcha. Elle vacilla sur ses pieds.

— Je n'ai jamais eu de crayons de couleur, répliqua-t-elle, dans le vide, car mon père n'écoutait pas.

Mme Dunham, avec des gloussements un peu stupides, donna à Holmes sa tasse de thé.

— Minute papillon ! s'exclama soudain l'inspecteur Shepard. Tu es *cette* Holmes ? Tu es… ?

— Tout à fait, confirma mon père en agitant la main. Et *ce* Watson. Allons nous asseoir quelque part pour discuter tranquillement. Où est ta chambre, Jamie ? À l'étage, j'imagine.

Il se dirigea droit vers l'escalier, l'inspecteur sur ses talons.

— Elle avait dix ans ? s'écria ce dernier à propos de l'exploit de Charlotte à Scotland Yard.

Mon père répondit par un éclat de rire qui se réverbéra sur les murs de la cage d'escalier. Holmes serra dans son poing son mug de thé, toujours incrédule.

— Ton père m'a embrassée, me souffla-t-elle.

— Je sais, opinai-je en emboîtant le pas aux deux hommes.

— Je crois que je le trouve sympa, murmura-t-elle d'un ton malheureux.

Je la pressai de monter les marches.

— Tu n'as rien à te reprocher. Tout le monde le trouve sympa, sauf moi.

Le premier élément révélé par l'enquête fut que Holmes et moi avions tous les deux un alibi pour l'heure du meurtre. Merci à nos compagnons de chambre. Le deuxième fut que ces alibis n'avaient aucune valeur.

— Nous examinons plusieurs possibilités, déclara Shepard, assis à mon bureau. Nous nous basons sur le travail de la police scientifique. Et nous élargissons nos recherches autour de la nuit dernière. Je voudrais que tu me racontes ce qui s'est passé entre Lee Dobson et vous deux. Après ça, je voudrais savoir pourquoi, alors que tout indiquerait le contraire, vous avez l'air d'être comme les deux doigts de la main. (Il toisa Holmes, puis moi, d'un regard méfiant.) Je n'avais pas l'intention de vous interroger ensemble, et je ne pense pas que ce soit une bonne idée. Mademoiselle Holmes, puisque ni l'un ni l'autre de vos parents n'est présent…

— Lisez vos mails et vous verrez qu'un de mes parents donne procuration à M. Watson pour agir en leur nom.

Shepard sortit son téléphone et mon père un carnet et un stylo de la poche intérieure de son blazer.

— Je ne vous ai pas demandé de prendre des notes, intervint l'inspecteur, déconcerté.

— Non, non, c'est pour moi, sourit mon père. Je m'intéresse aux affaires criminelles.

Shepard m'interrogea du regard. Je haussai les épaules. Je n'étais pas le tuteur de mon père.

Holmes ne fut pas longue à raconter sa version de l'histoire. Dobson l'avait importunée dès la rentrée l'année précédente. (Pour une raison compréhensible, elle tut le fait qu'il la traitait de droguée.) Comme elle n'avait jamais été scolarisée, elle n'avait pas su comment gérer la situation. Elle avait des témoins :

Lena et son frère. Au cas où l'inspecteur souhaiterait une confirmation.

— J'insiste pour vous rappeler que je n'ai jamais souhaité sa mort, dit-elle d'une voix dure. Bien sûr, je voulais qu'il arrête. Mais franchement, ça ne me dérangeait pas plus que ça. Ses insultes ne me faisaient ni chaud ni froid.

Je me souvins alors de son attitude résignée lorsque je l'avais abordée. J'entendais encore sa voix lasse me poser cette drôle de question : « Qui t'a mis sur le coup ? Dobson ? » Mais comme c'était à mon tour de débiter des demi-vérités, je n'y pensai plus.

Oui, j'avais cassé la figure à Dobson parce qu'il avait proféré des obscénités à propos d'une amie de ma famille. Oui, il y avait d'autres moyens de régler les conflits. Oui, si c'était à refaire, je me servirais de mon sens de la repartie plutôt que de mes poings. (Un mensonge.) Holmes et moi nous étions disputés en public, mais j'affirmai à l'inspecteur que j'avais été la trouver le lendemain pour faire la paix. (Encore un mensonge.)

Tout le temps, j'observai du coin de l'œil mon père qui avait du mal à contenir son bonheur. Au moment où je décrivis comment j'avais démoli Dobson, il se pencha sur son carnet pour cacher son énorme sourire. Avec un exemple pareil, il était étonnant que je ne sois pas déjà en prison.

L'inspecteur se bornait à poser des questions simples et à tripoter son enregistreur – nous l'avions autorisé à enregistrer nos dépositions. Je terminai par le récit de mon escapade matinale pour voir si Holmes allait bien (une demi-vérité quand même) et ajoutai que nous nous étions cachés dans son labo pour éviter nos camarades de classe (vrai rétroactivement).

Shepard feuilleta son calepin.

— Je crois que j'ai tout, dit-il.

Je tendis la main vers mon blouson. Il arrêta mon geste d'un :

— Sauf que l'on ne sait toujours pas pourquoi Dobson serrait dans son poing l'exemplaire de la bibliothèque des *Aventures de Sherlock Holmes*. Il y avait un marque-page à une nouvelle. Et vous avez eu un rapport sexuel avec lui… avec Dobson.

Bien qu'il fît face à Holmes, ses yeux étaient fixés sur moi. Mon père cessa d'écrire.

Rien ne m'avait préparé à ça.

Un frisson glacé me parcourut. L'instant d'après, j'étais en sueur et près de vomir sur le tapis. Ainsi Dobson avait dit la vérité. Ce gros porc de Dobson. Je le tuerais. Je le traquerais et je l'étranglerais de mes propres mains, dussé-je le ressusciter avant.

À côté de moi, Holmes ne bougeait pas plus qu'une statue.

— Oui, en effet, acquiesça-t-elle.

À travers le rugissement désormais familier du sang dans ma tête, j'entendis l'inspecteur dire :

— Y a-t-il une raison à votre silence ? Visiblement, même votre ami n'était pas au courant.

Je fourrai mes poings sous mes cuisses. Est-ce que je respirais ? J'étais tellement hors de moi que je m'en fichais.

— Je me droguais, à l'époque, répondit-elle sans se démonter. Si cela s'était su, j'aurais été renvoyée.

Votre question devrait plutôt être : Le rapport sexuel était-il consenti ? Étant donné mon état, la réponse est non… Vous avez d'autres… ?

Sa voix se brisa.

Là-dessus, je fus prié de quitter la pièce.

J'arpentai le couloir en tremblant de tous mes membres. Si je n'avais pas déjà eu la réputation d'être un mec violent, ç'aurait été désormais chose entendue : Peter, en robe de chambre, ouvrit sa porte, sa trousse de toilette à la main, et la referma dès qu'il me vit cogner du poing contre le mur. J'entendis le déclic de son verrou.

Parfait, songeai-je. *Le premier à me regarder de travers aura droit à la raclée que méritait Dobson.*

Quant à Holmes… Rien que de penser à elle, j'avais mal. Qu'elle se soit droguée ne me surprenait qu'à moitié. Son ancêtre Sherlock ne prenait-il pas de la cocaïne ? La fameuse « solution à sept pour cent »… Il prétendait avoir besoin de cette stimulation, et le Dr Watson n'avait pas ménagé sa peine pour essayer de le sevrer.

Mais une image terrible me hantait. Charlotte couchée sur le vieux canapé de son labo, un bras inerte replié devant le visage, totalement ailleurs. J'en avais l'estomac retourné. Ses yeux étincelaient sous l'effet d'une fièvre artificielle. Puis Dobson entrait en prononçant des mots obscènes. Comment s'y était-il pris ? Avait-il été obligé de la maintenir de force ?

Je me rendis soudain compte que je haletais comme si je venais de piquer un cent mètres. Je revis le visage de Dobson. Et pan ! Mon poing emboutit le mur.

Mon père sortit pile à cet instant dans le couloir.

— Jamie, dit-il d'une voix grave.

Ce fut la goutte d'eau qui fit déborder le vase. Je fondis en larmes.

En général, je ne pleure jamais. Si la violence ne mène à rien, les larmes non plus. Bon, ça soulage sur le coup, un peu, mais en ce qui me concerne, les larmes ont toujours été le prélude à la honte et à un sentiment d'impuissance.

Je m'attendais à ce que mon père me prenne dans ses bras, comme il l'avait fait avec Holmes. Il se borna à poser la main sur mon épaule.

— C'est moche, n'est-ce pas, de savoir qu'on n'y peut rien ?

— Je ne l'ai pas tué, papa, dis-je en me frictionnant rageusement le visage. Mais maintenant je le regrette.

— Ne fais pas de reproches à Charlotte. Elle s'en fait déjà assez comme ça.

Je me reculai d'un pas.

— Des reproches à Charlotte ? Pourquoi donc ? Ce n'est pas sa faute.

Mon père eut un sourire triste.

— Tu es un brave garçon, Jamie. Ta mère t'a bien élevé.

Je n'avais aucune envie de m'aventurer sur ce terrain et redoutais le moment où il me proposerait de quitter le campus et de rentrer avec lui, ce qui semblait la voie de la sagesse, au fond. Il n'en fit rien.

— Viens dîner à la maison dimanche prochain, dit-il. Avec Charlotte. Je parie que tu aimes toujours le hachis Parmentier.

Sans me laisser le temps de protester, il précisa :

— Nous serons seulement tous les trois.

Sous-entendu : pas de belle-famille. Je me surpris à accepter d'un hochement de tête.

L'inspecteur Shepard surgit à son tour dans le couloir, en compagnie d'une Charlotte livide mais digne. J'admirai son sang-froid, même si j'aurais préféré me trouver à des années-lumière.

— À dimanche prochain, alors, dit mon père en tournant vers l'enquêteur un regard qui signifiait que l'entretien était terminé.

Shepard observa un bref silence gêné, puis nous ordonna, à Holmes et à moi :

— Tous les deux, vous ne quittez pas le campus sans m'avertir. On se reparle bientôt.

Il descendit l'escalier derrière mon père.

Holmes se tourna vers moi.

— Tu as pleuré, dit-elle d'une voix plus rauque encore que d'habitude. Pourquoi ?

Elle leva la main comme pour toucher mon visage.

Je me retins de lui hurler que je ne pouvais pas faire taire mes émotions comme une machine que l'on éteint, même si son sang-froid pouvait faire croire qu'elle avait une totale maîtrise des siennes. Car il faut toujours se méfier de l'eau qui dort. Je me jurai de l'obliger un jour ou l'autre à lever le voile sur ses véritables sentiments.

— Je ne te demande pas d'explication, dis-je.

— C'est mieux comme ça, répliqua-t-elle en retirant sa main.

— Tu lui as donné ce que tu avais dans ta poche ? Le tube à essai ?

— Oui.

J'avais l'impression de lui arracher une dent.

— Tu vas me dire ce qu'il contenait ?

Après un instant de réflexion, elle me répondit en me dévisageant :

— Watson, je crois que nous sommes victimes d'un coup monté.

Mme Dunham nous laissa partir à condition que nous lui promettions de nous rendre directement à l'infirmerie. J'avais les doigts en sang. Charlotte m'accompagna et resta sagement assise pendant que l'infirmière m'examinait.

— Décidément, tu deviens un habitué, me dit la jeune femme d'un ton désapprobateur en soignant mes bobos et en me donnant une poche à glace.

Après quoi, Holmes se glissa côté cuisine pour nous préparer des sandwiches. Franchement, ça m'a étonné de sa part, elle qui n'avait jamais l'air d'avoir faim. Quant à moi, j'étais trop stressé pour m'apercevoir que j'étais affamé. Nous étions tous les deux absorbés par ce qui se passait en notre for intérieur et indifférents aux événements extérieurs. D'ailleurs, quand nous traversâmes le campus, les chuchotements et les regards de travers de nos camarades ne me dérangèrent pas plus que ça. J'avais d'autres soucis en tête. Devant la salle 442, Holmes sortit un trousseau de clés.

— Comment tu as réussi à les persuader de te laisser occuper un labo à toi toute seule ? m'enquis-je, soulagé d'avoir trouvé un sujet de conversation moins compromettant.

— Mes parents en ont fait une clause obligatoire lors de mon inscription. (Le labo était tout aussi étrange et obscur que lorsque nous l'avions quitté.) Comme ils voulaient absolument m'avoir dans leur pensionnat, ils ont accepté. Les expériences que je mène ici sont considérées comme faisant partie d'études personnelles.

— Tu étudies quoi ? Le meurtre ? plaisantai-je.

Elle fronça le nez en guise de réponse.

Pendant quelques minutes, j'avais oublié Dobson, mais la vue du vieux canapé crasseux me ramena brutalement sur terre. Je notai qu'elle aussi recouvrait la mémoire. Elle fit claquer la porte derrière nous.

— C'est pas ici que c'est arrivé, énonça-t-elle d'un ton prosaïque. C'était à Stevenson Hall. Inutile que je te donne des détails. Il vaut mieux que tu n'en saches pas plus. Je ne l'ai pas tué, je n'ai engagé personne pour le tuer. Je n'ai rien à voir avec sa mort. Je sais que je me répète, mais je suis capable de me défendre toute seule. Alors arrête de me regarder comme si je te faisais pitié.

— Tu me fais pas pitié, répliquai-je d'un air ahuri.

Elle se tourna vers le mur en fermant les yeux et compta à rebours à partir de dix. Puis, sans se retourner, elle débita :

— Ce que tu te permets de ressentir, moi je peux pas ou je veux pas… nous sommes amis depuis moins de vingt-quatre heures… quoiqu'on puisse pas dire que nous sommes normaux, ni l'un ni l'autre.

Ah bon, me dis-je, j'avais toujours été au contraire considéré comme tout à fait normal. À l'évidence, ce ne devait pas être son cas.

Je finis par m'asseoir sur son répugnant canapé.

— Tiens, ton déjeuner, dis-je en ramassant le sac de sandwiches qu'elle avait laissé choir sur le sol. Les gens normaux mangent, figure-toi, et nous allons donc être normaux pendant les cinq prochaines minutes. Après, tu pourras me révéler qui cherche à nous faire accuser d'assassinat.

Elle se laissa tomber à côté de moi.

— Je sais pas encore qui c'est. Je manque d'éléments.

— Essaie quand même.

J'engloutis en un clin d'œil mon sandwich pastrami-laitue sur pain blanc. Sec. Le genre de sandwich que seule une gosse de riches avec un chef à son service et un appétit de colibri peut concocter. Elle grignota le sien, le regard dans le vague.

— De quoi discutent les gens normaux ? s'enquit-elle.

— De foot ? avançai-je au petit bonheur.

Comme elle levait les yeux au ciel, j'ajoutai :

— Tu as vu le dernier thriller ?

— La fiction est une perte de temps, dit-elle en tirant de son sandwich un bout de salade qu'elle se mit à mordiller. (Un escargot, elle mangeait comme un escargot.) La réalité est beaucoup plus intéressante.

— Comme quoi ?

— Comme la série passionnante de meurtres qui ont eu lieu à Glasgow la semaine dernière. Trois jeunes filles, étranglées toutes les trois avec leurs propres cheveux. (Elle sourit.) C'est intelligent. J'ai suivi l'affaire de si près que j'en ai oublié de quitter mon labo. J'ai téléphoné à mon contact à Scotland

Yard pour lui filer des tuyaux, elle veut que je vienne sur place enquêter. Et puis, il y a eu Dobson.

— Un regrettable contretemps ?

Elle ignora mon humour sardonique.

— Oui, en effet.

— Bien, puisque tu ne veux pas manger « normalement », autant passer à la suite. Pourquoi cherche-t-on à nous faire accuser, nous ?

— Tu poses les mauvaises questions, dit-elle en jetant son sandwich par terre, avant de se lever, de le ramasser et de le mettre à la poubelle. Nous ne sommes pas encore au *qui* et au *pourquoi*, Watson, on en est toujours au *comment*. Tant que les faits ne parlent pas d'eux-mêmes, inutile d'élaborer des théories.

— Je ne comprends pas.

Je vous jure qu'elle tapa du pied.

— Fait numéro un : Lee Dobson m'a harcelée une année entière avant d'abuser de moi le 26 septembre. Fait numéro deux : Dobson et toi vous êtes bagarrés le 3 octobre. Fait numéro trois : Dobson a été assassiné le mardi 11 octobre, peu après les deux incidents précédents. On peut donc penser qu'ils ont un lien avec le meurtre. L'analyse toxicologique que un et deux vont bientôt recevoir prouvera que Dobson a été victime d'une exposition à des doses progressivement plus fortes d'arsenic qui a débuté le soir après que tu lui as envoyé ton poing dans la figure. Je suis sûre que son coloc et l'infirmière confirmeront qu'il se plaignait de maux de tête, de nausées, etc.

— Bonté divine ! De l'arsenic ? Ne me dis pas que tu as accès à de l'arsenic.

— Watson, dit-elle avec une impatience contenue, nous sommes dans le département Sciences, et j'ai les clés.

Je me pris la tête dans les mains.

— Il avait un recueil de nouvelles de ton aïeul. L'autopsie va aussi révéler que Dobson a été mordu par un serpent à sonnette. Une morsure post mortem, alors que son sang était encore chaud. Tu te rappelles l'écaille que j'ai ramassée sur le parquet ?

Elle s'accroupit pour sortir de l'étagère la plus basse un livre qu'elle me lança. Quelle ne fut pas ma surprise de me retrouver avec *Les Aventures de Sherlock Holmes*.

— Tu te rappelles pas ? continua-t-elle. Et le verre de lait sur sa table de chevet ? Et la bouche d'aération au-dessus du lit ? Allons, Watson, réfléchis une seconde !

Je contemplai le bouquin, sidéré par ce qu'elle était en train d'insinuer.

— Tu rigoles ?

— C'est tout ce qu'il y a de plus sérieux. Ils ont reproduit le crime du *Ruban moucheté*.

— Une des nouvelles les plus célèbres de mon aïeul. En tout cas, la plus effrayante, et celle qui comporte le plus grand nombre d'erreurs. Comme tant des récits qu'il a couchés sur le papier. *Le Ruban moucheté* commence au 221B Baker Street. Une femme bouleversée vient demander de l'aide. Sa sœur est morte deux ans auparavant au milieu de la nuit dans des circonstances mystérieuses et, à présent, Helen Stoner, la cliente de Holmes, à quelques semaines de son mariage, se voit forcée par son méchant beau-père de dormir dans cette même chambre. Au cours de leur enquête, Sherlock Holmes et le Dr Watson s'aperçoivent que le lit est riveté au plancher. Un cordon de sonnette descend d'une bouche d'aération placée au-dessus, une petite ouverture qui communique avec la chambre du beau-père. Dans cette dernière pièce, Holmes trouve une soucoupe de lait, un fouet et un coffre en fer fermé. Ils finissent par mettre hors d'état de nuire une vipère des marais, le plus mortel des serpents des Indes et le ruban moucheté du titre, dont le malfaisant docteur se sert pour éliminer ses belles-filles. Il rappelle le serpent en le sifflant. Après, il l'enferme prestement dans le coffre. Ni vu ni connu.

John H. Watson avait beau être un médecin, un conteur et, d'après son entourage, un très brave homme, ses connaissances en zoologie étaient manifestement insuffisantes. Il n'existe pas de reptile du nom de vipère des marais des Indes. Et Sherlock Holmes n'a sûrement pas pu déduire sa présence à partir de celle d'une soucoupe pleine de lait. Les vipères ne boivent pas de lait. En outre leur ouïe ne leur permet de percevoir que les vibrations. En aucun cas elle n'aurait entendu un sifflement. En revanche, les reptiles sont des animaux qui respirent comme les autres. Une vipère ne peut pas survivre longtemps dans un coffre fermé.

Autrefois, mon père et moi nous amusions à essayer de comprendre ce qui avait bien pu se produire pour pousser le Dr Watson à inventer une histoire aussi rocambolesque. Pour ma part, je pensais qu'il avait fait la grasse matinée ce jour-là, et qu'ayant manqué la visite de la cliente et les péripéties de l'enquête, il n'avait écouté que d'une oreille le récit que lui en avait fait après coup Sherlock Holmes.

En somme, c'était le genre de chose qui aurait pu m'arriver.

— On ne sait pas qui c'est mais on sait qu'on nous nargue, disait Holmes en arpentant son réduit comme un fauve en cage. L'arsenic a largement suffi à tuer Dobson. Le serpent n'a servi qu'à nous envoyer un message. Notre coupable n'a pas pu trouver de vipère des marais, puisque ton aïeul a inventé de toutes pièces cette espèce. (Je levai les yeux au ciel devant son air dédaigneux.) Mais, franchement, Watson, pourquoi Dobson aurait-il eu un verre de lait ? Il n'y avait pas de mini-frigo dans sa chambre. Il faudrait qu'il l'ait monté du réfectoire après le dîner. Et bien que je n'exclue pas que cet ignare de Lee Dobson se soit découvert une passion pour la musique folk et la flûte à coulisse, cet instrument ne colle pas avec le reste. Ces deux objets, le verre de lait et la flûte, sont suffisamment anodins pour ne pas éveiller les soupçons de la police ; par conséquent, si l'assassin les a placés là, c'est qu'il savait que nous mènerions notre propre enquête.

— L'assassin se fiche de nous, oui. Mais pour quelle raison voudrait-il nous faire savoir qu'il en a après nous ?

— Parce que nous sommes « nous », justement, dit-elle énigmatiquement en haussant un sourcil. Dobson n'a pas arrêté de me harceler toute l'année, et il ne lui est rien arrivé. Voilà que tu débarques, et ça commence. On va d'abord se concentrer sur les gens qui sont dans le coin seulement depuis cet été et sur ceux qui auraient intérêt à nous empêcher de nuire tous les deux.

Pourquoi moi ? Holmes, je comprenais. Elle était tellement plus intelligente, plus rapide, plus courageuse que… la personne figurant à l'autre bout de cette équation. À moins que je sois un dommage collatéral. Ou bien il y avait eu erreur sur la personne. Car j'avais beau aspirer à une vie passionnante, la mienne était inintéressante au possible. Personne n'avait aucune raison de vouloir m'empêcher de nuire.

N'empêche, si Holmes s'apercevait de l'insignifiance de mon rôle dans toute cette affaire, elle risquait de m'envoyer aux pelotes. Il ne me resterait plus qu'à retourner à mes devoirs de chimie, aux blagues cochonnes de Tom et à toutes les autres choses flippantes qui m'avaient accueilli aux États-Unis, ah, et aussi à mes rêveries nocturnes, pendant qu'elle, elle irait de l'avant, comme si de rien n'était. Mais cette fois, ce serait bien pire, puisque je saurais ce que je manquais.

Je décidai de garder le silence.

Holmes cessa de marcher de long en large et s'adossa au mur. Je me rappelai qu'elle avait passé une nuit blanche. Quelles forces insoupçonnées lui permettaient de tenir le coup ?

— Les flics ne vont pas vouloir de notre assistance, pas s'ils sont tous comme ce Shepard, dit-elle. Bande de nuls. Je suppose qu'ils sont furieux que j'aie examiné la scène du crime.

— Nous sommes aussi leurs suspects numéro un, lui rappelai-je. Ce qui n'arrange pas les relations entre nous et eux.

Elle haussa les épaules, comme si j'étais à côté de la plaque.

— C'est tout, dit-elle.

— Tout quoi ?

— C'est tout ce que j'ai à te dire. Je vais réfléchir à notre prochaine mission.

En d'autres termes, elle me signifiait qu'elle n'avait plus besoin de moi. Je me levai en me demandant si je m'étais trompé en pensant que je commençais à compter pour elle.

Elle semblait m'avoir déjà oublié. Elle venait de descendre l'étui à violon de son étagère. Elle en sortit un instrument luisant. Je me souvins d'un incident durant l'été en Angleterre. Mon départ imminent m'avait plongé dans une tristesse que ma mère s'efforçait de combattre. Ce jour-là, elle faisait des petits gâteaux à la cannelle à la cuisine en écoutant la radio. Lorsqu'une bonne odeur de sucre m'avait tiré de ma chambre, elle avait levé les yeux de ses mains pleines de farine, une boucle brune collée à la joue, et pile à cet instant, l'animateur à la radio avait présenté une émission sur l'histoire des stradivarius. On reconnaissait en fond sonore le célèbre enregistrement de Sherlock Holmes jouant en l'honneur d'Édouard VII un concerto de Mendelssohn sur son propre stradivarius. En dépit des grésillements, la musique était belle. Je m'étais approché. Ma mère avait serré les lèvres mais n'avait pas changé de station. Nous avions passé le reste de l'après-midi à napper les petits gâteaux de glaçage en apprenant une foule de choses sur les volutes des violons, la densité du bois, la façon dont le luthier Antonio Stradivari entreposait ses instruments dans les souterrains de Venise.

La teinte mordorée du violon de Charlotte faisant remonter ce souvenir à la surface, je la contemplai, comme hypnotisé, faire des gammes avant de commencer à jouer. L'archet allait et venait devant ses paupières closes et le rideau sombre de ses cheveux. Une mélodie à la fois familière et étrange, des airs adaptés du folklore où s'inséraient des dissonances merveilleuses. Quoique seulement à quelques pas d'elle, je sentais s'étirer entre nous le siècle qui nous séparait de Sherlock Holmes jouant pour le roi.

Quand elle abaissa son archet et que la musique se tut, j'avais toujours la main sur la poignée de la porte, comme un imbécile.

— À demain, Watson, me dit-elle.

Elle me tourna le dos et se remit à jouer.

Quatre

Je ne réussis à esquiver les appels de Londres qu'une journée, car Mme Dunham menaça de s'immoler par le feu si je continuais de refuser de parler à ma mère : la pauvre femme paniquait de l'autre côté de l'Atlantique... Le jeudi, par conséquent, je fus bien obligé de subir non seulement une crise d'hystérie maternelle mais aussi les mille et une questions de ma sœur Shelby (Qu'est-ce qui s'est passé ? Tu vas bien ? Tu vas rentrer plus tôt que prévu ?). Je tus soigneusement que mon père m'avait invité chez lui le dimanche suivant. En fait, je n'étais pas encore décidé à y aller.

Entre Tom et moi, les choses s'étaient arrangées. Sa gentillesse avait en effet pris le dessus et il avait fait taire ses soupçons. Après un silence affreux de vingt-quatre heures, il m'avait abordé alors que j'écrivais à mon bureau, m'efforçant de noter tout ce dont je me souvenais depuis le meurtre de Dobson, en particulier ce que Holmes avait énuméré en comptant sur ses doigts. Je songeais à rassembler ces menus faits en une nouvelle. Aussi, quand Tom avait regardé par-dessus mon épaule, j'avais mis l'occasion à profit pour tester mon histoire.

L'administration de Sherringford avait diffusé une annonce selon laquelle la mort de Lee Dobson était accidentelle et avait été causée « par une morsure de serpent », ce qui était, il faut bien l'avouer, presque plus bizarre que terrifiant. Les parents avaient rapatrié en masse leurs enfants. Notre résidence était presque déserte. Depuis deux jours, il n'y avait plus la queue pour les douches, ni de musique tonitruante derrière les portes fermées des chambres.

C'est dans ce silence que les reporters firent leur apparition.

Du jour au lendemain, ce fut une véritable invasion de caméras, de flashes et de voix stridentes. Ils faisaient le guet dans tous les coins et nous sautaient dessus à la sortie des cours. Ils posaient des mains compatissantes sur nos épaules et braquaient leurs objectifs sur nos visages. Dans l'ensemble, les pensionnaires les ignoraient. Pas tous, cependant. Comme la rouquine qui était avec moi en français. À la pause déjeuner, je la vis pleurnicher devant les journalistes, n'oubliant pas de leur indiquer entre deux sanglots que s'ils voulaient des photos, ils pouvaient aller sur sa page Facebook. Bah, comment lui reprocher de se servir des médias ? Après tout, les médias se servaient d'elle, non ?

Le même journaliste me colla aux basques.

S'étant procuré mon emploi du temps, il m'attendait à la sortie de chaque cours. Flanqué de son cameraman, il me suivait dans les couloirs en me mitraillant de questions… « À ton avis, la mort de Lee Dobson était vraiment un accident ? » ; « Il paraît que tu élèves un serpent dans ta chambre ? » Sur la caméra figurait le logo de la BBC. Mais il me suffisait de voir son expression hautaine pour deviner qu'il avait fait Oxford ou Cambridge. Vu sa façon d'aiguillonner l'interview sur Charlotte, je supposai qu'on l'avait dépêché aux États-Unis pour glaner des informations sensationnelles sur les Holmes.

Le pire moment se produisit paradoxalement l'après-midi où je pensais m'en tirer à bon compte. Alors que je sortais du bâtiment Sciences, je tombai sur ce journaliste. Avec son cameraman, il interviewait un garçon que je pris pour un externe. Et ce garçon, qui n'était même pas des nôtres, avait le culot de dire : « Ouais, mec, j'ai entendu parler de ça. J'ai beaucoup d'amis qui disent que Charlotte Holmes dirige une secte et que James Watson est son esclave… »

Je passai devant eux tête basse, mais le journaliste courut après moi en criant mon nom. Il m'attrapa par le bras.

Je pivotai sur moi-même et me dégageai d'une secousse, les poings fermés, prêt à lui casser la figure. La caméra s'interposa entre nous.

— Vous voyez ! s'exclama l'externe d'un ton triomphant.

Cette fois, je le regardai droit dans les yeux, ce blondinet d'une vingtaine d'années au visage de fouine. Tom me l'avait désigné comme étant le dealer du campus. Et je l'avais aperçu à plusieurs reprises rôdant la nuit dans le parc.

Et ce salaud était plus crédible que moi ?

— Laissez-moi tranquille, dis-je d'une voix calme en relevant le col de mon blouson.

Ils ne me retinrent pas, mais je savais qu'ils seraient de nouveau sur mon dos le lendemain.

Eh bien, j'avais tort. La presse s'était montrée assez importune pour que des parents portent plainte. La direction de notre pension avait fermé les portes du campus au public.

Je demandai à Holmes si cette décision la soulageait. Elle me sourit poliment.

— Mon frère a fait un deal avec la télé. Ils m'ont jamais emmerdée.

Vu que le moral n'était pas au beau fixe, personne ne fut étonné lorsqu'on nous informa que la soirée dansante était maintenue. Les bannières vert et jaune de l'établissement furent hissées sur les façades de la chapelle et de la bibliothèque. On annonça du steak et du saumon au dîner. Au cours des journées précédentes, les filles firent des virées au bureau de poste en ville pour revenir avec des robes longues cachées dans des sacs en plastique. D'après Cassidy et Ashton que j'entendais papoter pendant le cours de français, elles les avaient commandées à New York, Boston et même Paris. Les filles n'étaient pas les seules à se préparer. Tom, qui comptait être le cavalier de Lena, avait demandé à ses parents de lui poster son costume – je ne voyais pas comment il aurait pu se procurer autrement ce costard flashy bleu électrique.

C'était peut-être un gâchis de temps et d'argent, mais ça changeait les idées. Il valait mieux penser à la fête qu'à la mort…

Je fis part de cette réflexion à Holmes et pour une fois lui arrachai un éclat de rire.

— Pour un garçon, tu es plutôt sentimental, me dit-elle.

Je ne discutai pas, de crainte qu'elle ne me sorte d'autres vérités du même style. Surtout que je passais tout mon temps libre dans la salle 442.

Nous y prenions nos repas, ou plutôt je m'y restaurais avec ma gloutonnerie habituelle pendant qu'elle se livrait à des déductions sur ce que j'avais fait de ma journée. « Tu as pris des Captain Crunch au petit déjeuner, me disait-elle, par exemple, en jouant avec la nourriture dans son assiette, et tu as essayé une nouvelle crème à raser qui ne t'a pas plu. » Je la tarabustais à propos de son manque d'appétit. Pour me faire plaisir, elle acceptait d'avaler une frite ou deux. Un soir, je lâchai au détour de la conversation que « Heart-Shaped Box » de Nirvana était ma chanson préférée. Une heure plus tard, elle tira de son violon les premières mesures de « Smells Like Teen Spirit » du même groupe. Je ne crois pas qu'elle l'ait fait consciemment. Dès qu'elle croisa mon regard, elle sursauta et enchaîna par l'allemande de la « Partita pour violon seul » de Bach. (Je retenais les noms de tous les morceaux qu'elle interprétait – elle aimait que je me montre curieux et moi j'aimais l'écouter.)

Ce que nous faisions ensemble n'avait a priori aucun sens. Nous avions de grandes discussions sur tout et n'importe quoi, les mœurs des scarabées, les pantomimes de Noël, la couleur des yeux du Dr Watson. Mais surtout, nous nous disputions à propos des suspects potentiels. Elle était convaincue que le meurtrier était un ou une pensionnaire de Sherringford. Je n'étais pas d'accord : pourquoi, dans ce cas, ne pas avoir agi plus tôt, et pourquoi m'impliquer, moi, James Watson ? Elle avait parfois de curieuses réactions. Un soir que j'avais râlé parce qu'elle avait la fâcheuse habitude de se prélasser sur le canapé, ce qui m'obligeait à m'asseoir par terre, j'étais sorti du labo en claquant la porte. Le lendemain, elle avait apporté une chaise pliante. « Pour toi », m'avait-elle dit avec un petit geste d'excuse : il n'y avait pas de place pour un autre meuble dans ce réduit.

Il ne faudrait toutefois pas croire que nous passions nos vies à nous asticoter. La plupart du temps, en réalité, j'étais fasciné par son regard et son esprit logique, oubliant de protester quand elle m'arrachait des poils de nez pour les examiner sous son microscope. (Pour tout vous avouer, elle m'avait promis en échange de me faire mes devoirs de chimie.) Elle m'apprit à crocheter une serrure. Une fois que j'eus réussi à placer mes deux tiges métalliques comme il fallait et entendu le léger *déclic* des pênes se débloquant, je m'affalai sur le canapé. Elle me mit un bandeau sur les yeux et m'obligea à répéter l'exercice à l'aveugle. Une autre fois, comme elle m'avait confié qu'elle n'avait pas le droit de manger des bonbons quand elle était petite, je lui en rapportai un sachet géant que je déposai devant elle, telle une offrande à la princesse. Plongée dans ses réflexions, elle commença par refuser en levant les yeux au ciel. Je m'absentai pour prendre un appel téléphonique de ma mère. À mon retour, je la surpris en train d'essayer de mordre dans une « boule de Mammouth ».

Vu le temps que je passais à la 442, « dehors » finissait par me sembler un lieu hostile. Parfois, j'avais l'impression que le labo de Holmes était un abri anti-atomique où nous vivions en autarcie en attendant l'apocalypse. Quand j'y reçus le texto de Tom me demandant avec qui je me rendais à la soirée dansante, je battis des paupières dans la demi-obscurité, tout étonné à la pensée que je pourrais émerger dans un monde non irradié.

Je n'avais personne à escorter à la soirée dansante, et cela m'était bien égal. Lorsqu'il m'arrivait d'y penser, je m'imaginais un autre Sherringford où je danserais avec la fille la plus fascinante que je connaisse dans des lumières stroboscopiques au son d'une musique disco, plutôt que de moisir parmi les becs Bunsen et les taches de sang. Un Sherringford où me mêler aux autres pensionnaires sur le campus ne serait pas une torture. Car comment oublier que l'on me soupçonnait de meurtre quand, chaque fois que j'entrais dans une classe, tout le monde se taisait ? La chambre de Dobson était toujours sous scellés. Son ancien coloc me cherchait noise dans les couloirs, quand il n'essayait pas de me faire des croche-pieds. Les profs me maniaient avec des pincettes ou alors m'ignoraient, sauf M. Wheatley, le prof qui animait le cours de création littéraire. Il me prenait régulièrement à part pour me chuchoter qu'il était disposé à m'écouter si j'avais besoin de parler. Je le remerciais. Il voulait juste être sympa. Enfin, c'était quand même agréable que quelqu'un admette que je n'en menais pas large.

En vérité, j'étais terrifié. Je me demandais en m'endormant le soir si j'allais me réveiller le lendemain. Charlotte Holmes et moi avions un ennemi mortel.

Qui cela pouvait-il bien être ? J'avais la sensation horrible qu'elle se doutait de son identité mais refusait de la dévoiler.

— Je n'émets jamais d'hypothèses non corroborées par des faits, déclara-t-elle.

— Bon, alors commençons par les faits. Où faut-il regarder d'abord ?

D'un air songeur, elle frotta son archet contre les cordes de son violon.

— À l'infirmerie, finit-elle par lâcher.

Il s'agissait de voir si Dobson s'était plaint de symptômes relatifs à son empoisonnement à l'arsenic. Au départ, ce choix me parut étonnant. Elle avait effectué elle-même les analyses déterminant la cause de sa mort. Pourquoi chercher des preuves supplémentaires ?

Pourtant, plus j'y réfléchissais, plus ce plan me paraissait logique. L'inspecteur Shepard n'avait pas voulu entendre la théorie de Holmes suivant laquelle on voulait nous faire endosser le crime. À la sortie du bâtiment Sciences, je passais toujours devant le flic en civil que l'inspecteur avait posté à l'entrée. Je l'avais surpris en train de fouiller la benne à ordures de ma résidence. Holmes m'avait dit qu'elle avait trouvé un matin à son réveil toute une équipe occupée à examiner l'extérieur de sa fenêtre. Elle était plus ébranlée qu'elle ne voulait le laisser paraître. D'après ce qu'elle me racontait, et ses conversations téléphoniques avec son contact à Scotland Yard, je savais qu'elle n'avait pas l'habitude d'agir en dehors de la légalité. Même si elle ne le disait pas tout haut, elle souhaitait rentrer dans les bonnes grâces de la police. Si l'infirmière confirmait nos conclusions, c'était quasiment dans la poche.

— Elle t'a à la bonne, dit Holmes froidement alors que nous nous dirigions vers le petit bâtiment qui servait d'extension à Harris Hall.

J'y étais déjà venu faire soigner des bobos aux mains et un nez en sang, toujours par la même infirmière, une jeune femme du nom de Bryony Downs, que j'avais trouvée plutôt gentille.

— Bon, je veux bien, mais quel est ton plan ? Je dois faire semblant de m'être blessé et, pendant qu'elle s'occupe de moi, tu fouilles dans ses dossiers ?

Holmes tourna vers moi des yeux aux paupières papillonnantes.

— Exactement.

Elle poussa la porte. La salle d'attente était déserte. L'infirmière faisait un sudoku à son bureau.

— Oui ? Je peux vous aider ? dit-elle sans lever les yeux.

— C'est encore moi, répondis-je sur un ton d'excuse en levant les mains. Elles me font toujours mal, j'ai peur d'avoir une petite fracture.

— Pauvre chou, dit-elle d'une voix enjôleuse. Et ta petite amie t'a accompagné pour te soutenir le moral ?

Charlotte lui adressa un sourire larmoyant.

— Je ne sais pas si je peux regarder, chuchota-t-elle. Je suis si inquiète. Je crois que je vais attendre ici.

L'infirmière posa une main douce sur mon avant-bras.

— Je te promets que je ne vais rien lui faire. Suis-moi, mon grand.

Elle me guida vers la consultation où elle entreprit de me palper les mains (ce qui, de fait, se révéla douloureux), déclara que tout se passait très bien, me donna du paracétamol et nous renvoya. En tout, nous étions restés cinq minutes.

— Normalement, ça marche mieux que ça, commenta Holmes une fois dehors en regardant la porte d'un air agacé.

— Il faut que tu perfectionnes ton rôle de petite amie super angoissée pour son mec. Alors ? On s'en va bredouilles ?

— J'y retournerai ce soir. J'aurais préféré ne pas avoir à neutraliser les caméras de surveillance.

— Pourquoi avoir attendu si longtemps ?

Elle eut un petit sourire.

— Tu avais l'air d'avoir envie de faire quelque chose. Je voulais que tu puisses participer.

— Ah bon ? Merci.

— Mais ce soir, j'irai seule. Tu te déplaces comme un éléphant, me dit-elle en me tapotant affectueusement l'épaule. À toute !

Elle s'élança dans l'allée, me laissant cloué sur place, à la fois sous le charme et me sentant insulté : car tels sont les effets secondaires d'une amitié avec Charlotte Holmes.

Le lendemain, après les cours, je me heurtai à l'inspecteur Shepard qui sortait du labo. Bien qu'il n'eût pas le droit de nous interroger hors de la présence de mon père, il avait dû se débrouiller pour parler à Holmes.

— Jamie, dit-il en employant mon petit nom, ce qui revenait à me prendre à rebrousse-poil, je te verrai avec Charlotte dimanche chez ton père. On discutera tous les deux.

Sur ce, il m'adressa un regard apitoyé et passa son chemin.

— Comment ? Vous allez chez mon père ? m'écriai-je.

Il ne répondit pas.

Charlotte était sur son petit canapé, enveloppée dans un tas de couvertures. On aurait dit une poupée russe, la plus petite de la série Holmes.

Sa conversation avec l'inspecteur l'avait à l'évidence mise de mauvaise humeur.

— Pourquoi tu l'as laissé entrer ? Qu'est-ce qu'il voulait, au fait ?

— Rien.

— Rien ? répétai-je. Je pensais que tu lui avais donné le dossier médical de Dobson.

— Il l'avait déjà. Il m'a attrapée pour avoir pénétré dans l'infirmerie par effraction, c'est tout.

— Alors Dobson est allé se faire soigner…

— C'était un habitué de l'infirmerie, tu veux dire. Il collectionnait les bobos sur le terrain de rugby. Shepard a dit qu'il avait fait procéder à une analyse toxicologique d'un de ses cheveux, que c'est bien de l'arsenic qui l'a tué. Il n'a pas besoin de mes preuves. Puis il m'a demandé ce qu'il y avait dans mes fioles sur l'étagère. Après, il est parti en disant qu'il nous reverrait bientôt, d'une grosse voix, comme pour me faire peur… Pfft, c'est un amateur.

— Attends un peu. Tu as laissé l'inspecteur entrer ici. Il a vu ton étagère à poisons.

— Oui.

— Tes poisons ?

— Oui.

— Et tu as de l'arsenic sur cette étagère ?

— Oui.

— Et il a l'intention de nous interroger de nouveau dimanche prochain ?

J'en avais mal au cœur.

— Oui, souffla-t-elle comme si j'étais le dernier des nuls.

Elle devait savoir quelque chose que j'ignorais.

— OK. Dressons une liste des gens susceptibles de devenir des suspects. Il trouvera quelque chose sur eux, n'importe quoi du moment que ça te… que ça nous donne l'air moins coupables.

Je collai un morceau de papier contre le côté de sa bibliothèque et écrivis en haut : *Suspects*.

— Watson, dit-elle, tu n'en as aucun.

Elle tira une longue bouffée de sa cigarette. Avec toute cette fumée, le labo commençait à ressembler à l'arrière-cuisine de l'enfer.

— Et qui a sorti *Les Aventures de Sherlock Holmes* de la bibliothèque ? Il doit bien y avoir une trace.

— Je te corrige tout de suite. Ce livre était neuf et n'avait jamais été sorti. Quelqu'un l'a volé. Sur les fichiers de la biblio, il est indiqué « manquant ». Et comme il est entre les mains de la police, je ne peux pas l'examiner.

— Et des ennemis ? Dobson en avait plein, faisons une liste.

— Vas-y, si tu veux. Tu peux y inscrire toutes les filles de la pension. (Ses yeux virèrent au noir.) Mais d'après mon enquête de l'an dernier, je suis la seule qui ai… qui peux réellement lui en vouloir.

Je déglutis.

— Une liste de nos ennemis, alors ?

— On n'en a pas.

— J'ai des ex-copines. Des Anglaises. Des Américaines. Des Écossaises. Je vois bien Fiona avec un écrin à poisons tapissé de tissu écossais…

En réalité, j'aurais eu du mal à m'imaginer Fiona faisant autre chose que de me plaquer devant tous mes camarades de classe, la garce…

— Non, dit-elle en soufflant un nuage de fumée.

Je me retins de lui arracher sa cigarette et de l'écraser rageusement avec mon talon.

— Je n'arrive plus à dormir, dis-je, parce que j'ai peur que toi, ou moi, ou une dame de la cantine tombe raide à cause de notre fan-club d'assassins. Alors, tu peux me donner un coup de main, non ?

— Le marquis d'Abergavenny, dit-elle finalement. J'ai mis le feu à ses écuries quand j'avais neuf ans.

— Ah, très bien…

Puis, d'une petite voix, j'ajoutai :

— Tu peux épeler ?

Elle ignora ma question.

— Tu n'as qu'à ajouter Kristof Demarchelier, le chimiste. Le Français, pas le Danois. Et la comtesse Van Landingham… Tracy ne m'a jamais aimée. Elle n'aime pas non plus Milo, mon frère, mais c'est parce qu'il lui a brisé le cœur. Oh, et la directrice du cours Innsbruck à Lucerne, que je battais à plate couture aux échecs, et le champion de ping-pong Quentin Wilde. Tu peux ajouter ses coéquipiers Basil et Thom. Thom avec un « h ». Je ne me rappelle plus leurs noms de famille. C'est bizarre.

— C'est tout ? Tu n'as pas oublié quelque lord de derrière les fagots ? Peut-être une tête couronnée ou deux ?

Elle tira une bouffée qui la fit tousser. Une fois remise de sa quinte, elle déclara :

— Il y a bien August Moriarty.

Elle n'aurait pas pu le dire plus tôt…

— Qu'est-ce qui t'a pris de chercher des crosses à Moriarty ? dis-je lentement.

James Moriarty avait en son temps été l'ennemi juré de Sherlock Holmes. Le professeur était presque aussi célèbre que le grand détective. Il avait été à Londres un super maître du crime avant de mourir lors d'un combat l'opposant à Holmes aux chutes du Reichenbach, en Suisse. Sherlock avait laissé croire qu'il était mort pour traquer les membres de la bande de Moriarty. Même le Dr Watson avait cru qu'il ne reverrait jamais plus son ami. Quoique ce détail ne figure pas dans les chroniques officielles, il paraît que lorsque Sherlock se matérialisa sur le seuil de son cabinet trois ans plus tard, mon aïeul l'accueillit par un bon coup de poing.

Comme je vous le disais, on ne m'a pas donné le meilleur exemple.

Charlotte Holmes n'a pas non plus bénéficié de modèles formidables.

Elle écrasa son mégot dans le cendrier avec des petits gestes pleins d'une délicatesse perverse.

— C'est sans rapport avec notre affaire, Watson, dit-elle d'une voix étrangement triste.

Cependant, je n'avais pas l'intention de lâcher le morceau.

— Le professeur Moriarty a toujours des admirateurs, Holmes. Des fans, si tu préfères. Sais-tu que certains tueurs en série britanniques font de lui la source de leur inspiration ? Et on n'a jamais retrouvé toutes les œuvres d'art qu'il a volées. Par ailleurs, n'oublie pas que ses descendants font leur possible pour se montrer dignes de sa mémoire… (Je soulignai son nom. *August.* Je n'avais jamais entendu parler d'un August Moriarty.) Je sais que ça remonte à plus d'un siècle, mais…

— Je préfère penser, me coupa-t-elle, que nous ne sommes pas liés par notre passé.

Sur ce, elle sortit de son cocon de couvertures et se leva. Elle portait une jupe courte plissée roulée à la taille pour la rendre encore plus mini et son chemisier d'uniforme blanc ouvert jusqu'au quatrième bouton.

S'était-elle habillée, ou plutôt déshabillée ainsi en l'honneur de l'inspecteur ? Ou avait-elle une autre idée derrière la tête ? À quoi jouait-elle encore ?

Comme elle était dans un de ses rares accès de bonne humeur, elle me lança un charmant sourire avant de plonger sous le canapé pour en déloger un coffret.

Elle découvrit une véritable collection de perruques, rangées dans des filets et classées par couleurs. Holmes sortit un petit miroir de la boîte et s'inspecta avant de rassembler ses cheveux au sommet de sa tête.

— Si je comprends bien, la conversation est terminée, dis-je.

Je parlais dans le vide. Elle ne me dirait pas un mot de plus sur August Moriarty.

Le spectacle de sa métamorphose me fit oublier ma contrariété. Elle procéda avec la précision et le doigté d'une violoniste accordant son instrument. Une résille pour enserrer sa chevelure, puis la perruque – longue, blonde, aux extrémités bouclées –, puis le maquillage appliqué d'une main experte, le petit miroir en équilibre entre ses genoux. Je ne sais pas s'il existe un terme pour qualifier cet art de la transformation, mais quand elle releva la tête, elle avait des yeux de biche immenses, veloutés et brillants. Ses joues roses s'accordaient à sa bouche pulpeuse luisante de gloss effet mouillé. Elle s'aspergea de parfum. Enfin, sans la moindre pudeur, elle prit dans un sac de faux seins en silicone qu'elle glissa l'un après l'autre dans son soutien-gorge.

Les joues en feu, je détournai la tête.

— Jamie ? glapit la voix nasillarde d'une jeune Américaine alors qu'une nouvelle Charlotte se plaçait debout devant moi. Comment tu me trouves ?

Elle ressemblait à l'annonce sur les réseaux sociaux d'une mineure qui se prétend majeure, tout en courbes là où elle était d'habitude plate, la posture alanguie alors qu'elle se tenait toujours si droite et… Argh ! en chaussettes montantes ! La blondeur de la perruque et l'éclat du maquillage adoucissaient le gris de ses yeux qui me fixaient avec une tendresse que je n'aurais pas soupçonnée chez elle. Ce regard était tout simplement *criminel*.

— Je m'appelle Hailey, dit-elle en mangeant ses mots dans le plus pur style californien. Je voudrais m'inscrire dans cette pension. L'année prochaine ? Maman fait des courses en ville mais j'avais envie de visiter le campus. Il y a une fête ce soir ? (Elle me tapota la poitrine du bout de son index.) Tu veux bien m'emmener danser ?

Là, elle me débectait carrément.

Je reculai brusquement. Un bécher se fracassa au sol.

— Parfait, dit-elle de sa voix éraillée habituelle en jetant des trucs dans son sac à dos. Tu détestes Hailey, c'est exactement ce qu'il me faut pour ce que j'ai en tête.

— Qui est quoi ?

— Un peu de patience. Je te promets de tout t'expliquer plus tard. (Elle consulta la liste qui se terminait par ce nom : *August Moriarty*.) Je te raconterai tout, mais ce n'est pas le moment.

— C'est pas juste.

— Mais si, dit Holmes en souriant à part soi. On parlera ce soir pendant le poker. J'y serai sous ma véritable identité.

— Personne ne viendra. Tout le monde nous prend pour des meurtriers.

— Tout le monde viendra, justement parce qu'ils pensent tous que nous sommes des meurtriers.

— Bon, mais tu auras du bol si je viens.

— Si, tu seras là.

— Très bien, soupirai-je en levant les mains en l'air, vaincu.

Elle était déjà à la porte, et ces cinq pas franchis, elle n'était déjà plus Holmes.

Avec un geste aguicheur de l'épaule, Hailey entonna un :

— Ciao, Jamie !

Je me retrouvai seul à ramasser les débris de verre.

Il n'est pas certain que notre célébrité y ait été pour quelque chose. Il y avait tellement d'excitation dans l'air avant la grande soirée. Toujours est-il que Holmes avait eu raison : il y avait foule au poker. À mon arrivée à 23 h 30, le sous-sol de Stevenson Hall était déjà plein à craquer. Un gars de seconde avait organisé un Stud Five à un nombre de joueurs record. Quand je me faufilai dans un groupe serré de filles pour atteindre la cuisine, elles se mirent à pouffer de plus belle au lieu de se taire comme la plupart des gens dès que j'apparaissais. Je serrai les dents jusqu'à la table de Texas Hold'em.

Holmes n'était nulle part en vue. Lena, coiffée d'un chapeau haut de forme, officiait comme croupier. Je ne lui avais jamais prêté particulièrement attention ; à présent, je comprenais pourquoi Tom, le soir dans notre cellule, n'en finissait pas de chanter sa beauté : sa longue chevelure tombant en cascade dans son dos, ses yeux noirs, sa peau mate lumineuse. Ce soir, elle rayonnait de joie de vivre, sans doute aidée par quelques shots de vodka. Devant elle s'élevait une pyramide de jetons. Elle me fit de grands signes.

Le mec assis à côté d'elle n'était pas Tom, et il n'eut pas l'air ravi de me voir.

— Salut, assassin, me cracha-t-il à la figure.

Je fis celui qui n'avait rien vu, rien entendu.

— Salut, Jamie, dit Lena en l'ignorant elle aussi. Tu veux jouer ? On n'a plus de chaises, mais si tu veux bien rester debout, je te donne des cartes.

Une fille de l'autre côté de la table se leva en déclarant :

— Il peut avoir la mienne. J'ai soif.

Mariella – j'avais retenu son nom – joua des coudes pour atteindre la vodka et des briques d'un jus d'ananas peu ragoûtant. La fille de seconde qui m'avait demandé de l'accompagner à la soirée dansante faisait aussi la barmaid. J'évitai soigneusement de croiser son regard… Y avait-il ici une seule personne que je ne cherchais pas à éviter ?

— C'est génial qu'elle soit partie, me confia Lena avec des mines de conspiratrice. Au moins cinquante dollars lui appartiennent dans le pot. Enfin, lui appartenaient. Oups !

Si elle se conformait à la moyenne des pensionnaires de Sherringford, cet argent ne manquerait pas à Mariella. Je songeai aux trente-cinq dollars qui me restaient dans mon compte épargne, et qu'il n'était pas question que je perde au poker. Je mentis en disant que je ne savais pas jouer.

— Je vais regarder, comme ça j'apprendrai.

Tout ce que je voulais, c'était garder ma place en attendant l'arrivée de Holmes. Je ne connaissais de toute façon personne d'autre.

— Trop chouette ! s'écria Lena en posant sa main sur sa poitrine. Tu es anglais, toi aussi ? Vous êtes tous les deux trop chou ! Je vous adore.

En Angleterre, on me prenait pour un Américain. Ici, c'était l'inverse.

— En fait, je suis né ici.

Le type à côté de Lena grogna :

— On joue ou on joue pas ?

— On joue pas, répondit-elle en reculant sa chaise. Vous n'avez qu'à jouer, vous, les mecs. Moi je veux parler à Jamie.

Je n'avais même pas pris la peine de la corriger, ayant à ce stade renoncé à me faire appeler James.

Elle bourra ses poches de jetons et m'entraîna à l'écart.

— Sache que je ne pense pas, dit-elle en articulant exagérément chaque syllabe comme si j'étais un crétin, que toi et Charlotte avez tué Lee… Ah ! Regardez comme il est adorable, il rougit. C'est comme si on t'avait inventé pour l'aider à se remettre de cette histoire avec August. Je ne crois vraiment pas que vous ayez joué à Bonnie et Clyde…. (Elle fronça les sourcils.) Lee était un salaud, de toute façon.

— August ? répétai-je.

— Attends, dit-elle. Je vais me chercher un autre shot.

J'étais peut-être un menteur, mais Lena, elle, était soûle.

— Tu sais bien, *August*. Ce mec, en Angleterre. Au début, l'année dernière, elle n'était pas tranquille. Elle disait rien, mais je l'entendais se plaindre au téléphone… Bon, d'accord, j'écoutais à la porte. Puis son frère est venu la voir et on aurait pu croire que la CIA avait débarqué, un peu plus et il y avait des drones au-dessus du campus. August… ce nom revenait sans cesse dans leurs messes basses, et comme c'est pas un nom ordinaire, je l'ai retenu. Milo n'arrêtait pas de lui répéter qu'il allait « agir ». Après ça, elle a été beaucoup plus cool...

Lena mit sa main devant sa bouche.

— Oh ! Merde ! J'aurais pas dû te le dire. Entre filles, ça se fait pas.

J'avais envie de lui demander ce qu'elle pensait m'avoir révélé, en dehors du fait que Milo complotait sans doute des attaques de drones.

— C'est pas grave, dis-je en me réfugiant dans ce coin de mon esprit où personne n'avait été brutalement assassiné au bout d'un couloir et où ma seule amie au monde me disait tout. Je suis au courant, enchaînai-je. Un amour malheureux.

Elle serra mon bras.

— Exactement. Alors, vous venez tous les deux à la soirée ? J'avais commandé une robe à Paris. Tu sais, on y va chaque été avec mes parents... La robe est arrivée mais elle est horriblement mal coupée et ici il n'y a pas de couturière pour faire des retouches. Charlotte a une super belle robe noire. Je lui ai demandé si elle pouvait me la prêter, mais elle a refusé. Alors je me suis dit qu'elle allait à la soirée avec quelqu'un.

Je songeai que Charlotte avait dû se faire faire sa robe pour un gala norvégien où elle avait battu aux échecs un ministre des Affaires étrangères et volé un traité franco-serbe avant de s'échapper par la chute à linge de l'hôtel. J'avais très envie de la voir dans cette fameuse robe. Elle devait être spectaculaire si Lena la convoitait à ce point. Longue, sans doute. Noire et fluide, une robe de James Bond Girl. Toutefois, Lena avait tort de penser que Holmes irait à la soirée accompagnée d'un garçon. Le seul qu'elle aurait à la rigueur...

Je coupai court au flot de mes pensées. Où était-elle, au fait ? Il était minuit passé. Je tendis le cou pour regarder par-dessus les têtes autour de moi.

— Je ne crois pas que Holmes aime danser. Ça ne t'embête pas que j'aille dehors voir si je la trouve ? Si tu veux, je jetterai le fond de ton verre dans un buisson...

Lena n'avait pas l'air dans son assiette. Elle était verte. Tandis que je lui prenais son verre des mains, une idée me traversa l'esprit.

— Au fait, Lena, pourquoi Holmes a-t-elle organisé ces soirées poker ? Elle n'a pourtant l'air d'aimer... (j'allais dire « personne » mais me mordis la langue)... elle n'aime pas les bains de foule. Ce n'est pas bizarre, ces parties de poker ?

— Oh ! fit Lena, étonnée. Ses parents ne lui donnent pas d'argent de poche et Charlotte est un vrai panier percé. Elle fait son shopping sur Internet, il y a toujours des colis qui l'attendent à l'accueil...

Je toussai pour m'empêcher de rire, prêt à parier que ces colis contenaient des objets plus inquiétants que des robes de stylistes connus. Lena était la coloc parfaite pour Holmes, il fallait bien le reconnaître.

— ... Et puis elle devine toujours quand les gens mentent. Le poker est fait pour elle et lui permet de gagner quelques dollars. Je trouve ça drôle.

À cet instant, Tom surgit derrière Lena et lui enlaça la taille.

— Tu es soûle, lui dit-il gentiment en l'embrassant sur la joue.

— Attends ! J'ai poker. Charlotte n'est pas là, je crois que je gagne. Je vais m'acheter un sac Prada.

— Tu ferais bien de partager avec moi…

Tom déposa un baiser sur sa joue et elle fronça le nez.

— … puisque tu es ma muse.

— Sa muse de poker, précisai-je en gardant non sans mal mon sérieux.

— Je parie que Charlotte est sa muse à lui, dit Tom en riant sous cape.

— Oh la vache ! Qu'ils sont mignons.

Lena me caressa la joue et vida ses poches sur la table. Tom préleva en douce quelques jetons qu'il glissa dans une des siennes.

Je jetai le gobelet en plastique de Lena à la poubelle avant de sortir à la recherche de Holmes.

Comme j'étais déjà à Stevenson Hall, je commençai par monter dans sa chambre. La surveillante dormait à poings fermés dans son gros fauteuil à l'entrée. La porte de Holmes était facilement reconnaissable : Lena l'avait recouverte de fleurs en papier avec au milieu une carte où elle avait calligraphié son nom au feutre violet. Celui de Holmes était griffonné dessous à l'encre noire. La porte n'était pas fermée à clé.

Contrairement à notre chambre, à Tom et à moi, qui aurait mérité la médaille du foutoir, celle-là était tenue comme seules les filles savent tenir un intérieur : impeccablement. Le côté de Lena était une fête en Technicolor, avec de gros coussins, un ordinateur portable égayé d'autocollants, une photo de Cary Grant jeune punaisée sur le panneau en liège, nichée au milieu de paroles de chansons recopiées sur des post-it. Des clés étaient posées sur son bureau. Lena était tête en l'air. Cela n'avait rien de surprenant.

J'étais beaucoup plus intéressé par le côté de Charlotte. Elle avait réussi à effacer toute touche personnelle de son décor, réservant son originalité à l'aménagement de son antre de la salle 442. Il n'y avait sur son bureau qu'un réveil, et sur son panneau en liège qu'un seul et unique post-it bleu avec *jtm biz xo Lena*. Comme il rebiquait sur les bords, je supposai qu'il était là depuis longtemps – en fin de compte, Holmes n'était pas si dénuée que cela de sentimentalité. J'en fus agréablement surpris. Sur l'étagère au-dessus de son lit, ses manuels scolaires étaient parfaitement alignés. Le couvre-lit bleu marine recouvrait… Charlotte Holmes en personne, la perruque de travers, le mascara coulant sur ses joues.

Je fermai doucement la porte.

— Holmes, chuchotai-je.

Elle ne se serait pas redressée plus vite si j'avais tiré un coup de pistolet.

— Watson, dit-elle de sa voix rauque en cherchant d'une main son réveil. Je voulais juste faire une mini-sieste.

— T'inquiète, dis-je en m'asseyant au bord de son lit. Tu manques de sommeil. Trois nuits blanches d'affilée, c'est pas bon pour la santé. Tu risques d'avoir des hallucinations.

— Ah, les hallucinations… c'est toujours fascinant.

Elle tapota ses oreillers pour s'asseoir plus confortablement.

— Alors ? ajouta-t-elle d'un ton qui signifiait : « Qu'est-ce que tu fiches ici ? »

— Alors… Comment ça s'est passé ? Tu as appris quelque chose ? Tu as enquêté sur qui ?

Avec un soupir, elle ôta sa perruque et le filet qui tenait sa coiffure en place.

— Watson… Enfin…

— Je suis aussi un suspect, lui rappelai-je. Et je croyais que nous formions un binôme. Tu mets ce déguisement ridicule et ensuite tu ne me dis rien ?

— Je n'ai rien appris de neuf… rien rien rien… j'ai discuté avec au moins quinze garçons de seconde… statistiquement, les meurtriers sont plus souvent de sexe masculin et puis Hailey se fait toujours mal recevoir par les filles qui sont jalouses… Aucun de ces garçons ne m'a paru suspect.

Elle avait débité ces paroles d'un ton monocorde comme si elle voulait se débarrasser d'une corvée. Elle enchaîna :

— … j'ai la dalle… mais je ne meurs jamais de *faim*… j'ai mangé hier.

— Tu as sûrement appris quelque chose, répliquai-je en faisant la sourde oreille à cette dernière remarque.

D'après ce que je savais d'elle, Holmes traitait son corps au mieux comme un boulet, au pire comme un inconvénient majeur qu'il s'agissait de neutraliser.

— Non ! J'ai perdu mon temps totalement et j'ai vidé mon flacon de Forever Ever Cotton Candy. Il va falloir que je m'en recommande sur eBay Japon. C'est pas donné en plus pour un truc qui pue autant.

Et quand je pense à la honte de recevoir ça par la poste…

Elle plongea la main sous son oreiller et en sortit trois portefeuilles.

— J'étais folle de rage, du coup je leur ai piqué ça pour rentrer dans mes frais.

— Holmes, la grondai-je en lui prenant un des portefeuilles. (Il valait à lui seul plus que l'appartement de ma mère, et il était bourré de dollars.) Tu peux pas faire ça. Il va falloir les rendre.

Elle haussa un sourcil.

— Ils appartiennent à ceux qui ont essayé de me soûler pour me violer.

— Très bien, dis-je en tirant cinq billets de vingt et en les jetant sur le couvre-lit. C'est largement assez pour ton parfum. Tu sais ce qu'on va faire du reste ?

— Le rendre pour te donner bonne conscience ?

— Non. Lena a la clé de sa voiture sur son trousseau. On va aller prendre un petit déjeuner de minuit. On versera le reste à… une œuvre de bienfaisance.

— Deux toasts, commanda Holmes au serveur en lui rendant la carte, sur du pain complet. Sans beurre ni confiture.

— Ne l'écoutez pas, intervins-je. Elle prendra un spécial Silver Dollar, avec des œufs au plat et… du bacon à la place des saucisses. (Je la foudroyai du regard.) À moins qu'elle ne choisisse un autre plat au menu… qui ne soit pas… du pain sec ?

— Bon, très bien. Il prendra la même chose, sauf que pour lui ce sera des saucisses et non du bacon. Et, s'il vous plaît, continuez à lui verser du décaféiné.

Il voulait du café, vous avez mal compris… mais ça m'arrange. Il est insupportable quand il n'a pas eu sa dose de sommeil.

Le serveur nota notre commande d'un air sardonique.

— Je vous souhaite de joyeuses noces d'or, marmonna-t-il avant de passer à la table suivante.

— N'écoute pas ce que raconte ce mec. Ça fait trois ans qu'il n'a pas eu de copine. Tu as vu ses chaussures ? Des lacets blancs. Ça en dit long…

Je ricanai bêtement. Holmes me gratifia d'un de ses brusques sourires. Elle avait essuyé le mascara sous ses yeux et enlevé sa perruque, mais elle était toujours habillée comme un arbre de Noël.

— Il y a au moins cinquante personnes dans ce restaurant qui prennent un petit déjeuner à deux heures du matin, dit-elle en sirotant son eau. Aucune d'elles n'a encore vingt ans. Et quarante-huit d'entre elles ne l'ont pas pris ce matin, dont Will Tillman qui, si je ne me trompe, est ici pour acheter de la dope. Sinon pourquoi cet endroit serait aussi populaire ? Moi, je ne vois vraiment pas.

— Parce que tu fonctionnes comme un robot, répliquai-je d'un ton affectueux.

Elle leva les yeux au ciel.

Je laissai passer quelques instants avant d'ajouter :

— En tout cas, tu es la seule à jouer les incognitos, ou ce sera un jour mon tour ?

— Tu voudrais te déguiser en quoi ? me demanda-t-elle en essayant de garder son sérieux. T'es pas assez joli pour mettre des chaussettes montantes.

— Je fais bonne impression en rugbyman qui a un pois chiche à la place du cerveau.

— Tu crois ça, sincèrement ? Tu devrais dire à ton psy que le rugby soigne pas la colère.

— C'est pas mon psy, c'est mon conseiller d'éducation.

Elle ravala un sourire.

— Ça change rien. Tu aurais dû choisir la boxe, ou l'escrime…

— L'escrime ? Tu vis dans quel siècle ?

— … ou les enquêtes criminelles.

— Vous me prescrivez votre compagnie, docteur ?

— Inspecteur, vous lisez en moi à livre ouvert.

Elle leva son verre et nous trinquâmes.

Tout contribuait à mon bien-être. Il faisait chaud dans le restaurant, la lumière était tamisée. Quelqu'un à la cuisine nous préparait des pancakes, du bacon, des saucisses et des œufs. Et pour couronner le tout, j'étais assis en face de Charlotte Holmes.

Je me sentais suffisamment à l'aise pour m'aventurer sur un terrain que j'avais jusqu'ici estimé hors limites.

— J'ai une question à te poser. Tu peux m'envoyer sur les roses, si tu veux.

Elle pencha la tête de côté.

— Mes parents… Bon, mon grand-père, tout le monde le sait, a vendu ses droits d'auteur des récits des aventures de Sherlock Holmes pour payer ses dettes de jeu. Nous ne sommes plus rien. Enfin, aux yeux du public. De temps à autre, il y a un article sur nous, mais mon père est dans l'import-export transatlantique… c'est pas aussi excitant que ça en a l'air… et ma mère bosse à la banque. La famille Holmes cependant… Vous êtes consultants à Scotland Yard depuis des générations. Alors pourquoi ne sont-ils pas là pour nous aider ? Où sont-ils ?

— À Londres.

Comme j'allais protester, elle leva la main.

— Ils ne bougeront pas de Londres. Ils ne s'en mêleront pas.

— Pourquoi ? C'est toi qui le leur as demandé ?

— Non, répondit Holmes en s'affalant sur son siège (nous étions dans un box). Tu te rappelles que j'ai fait toutes mes études à la maison avant de venir ici ? Tu n'as pas trouvé étrange que je vienne justement dans cette pension ?

— À vrai dire, non. J'ai pensé que tes parents avaient fouillé ta chambre, trouvé de la drogue et t'avaient envoyée ici pour que tu te repentes. J'ai appris ce soir par Lena que tes parents ne te donnent pas d'argent de poche. Ceci confirme cela.

Holmes commença par me fixer en battant des cils. Puis elle éclata de rire, un son rare… et vexant. Le serveur déposa nos assiettes devant nous. Holmes continuait à glousser dans ses mains. Je lui fis les gros yeux.

— Tu te fiches de moi parce que j'ai la prétention d'avoir trouvé la clé d'un mystère ? pestai-je en piquant méchamment une saucisse avec ma fourchette.

Elle parvint tant bien que mal à reprendre son sérieux.

— Je ris parce que j'ai été assez bête pour croire que tu n'y arriverais pas. Tu as tout à fait raison, bien sûr.

— Et ils te privent d'argent de poche pour que tu ne te défonces pas ?

— Non, ils me jugent indigne d'être leur fille. (Elle trempa un doigt dans son verre et fit cliqueter les glaçons.) Mes vices nuisent à mes études.

En la voyant si maigre et mélancolique, la première surprise quand il lui arrivait de rire, je me demandai comment c'était de grandir chez les Holmes. J'imaginais de longs rideaux de velours, des bibliothèques remplies d'éditions rares. On se disputait derrière des portes closes. Charlotte et son frère devaient se promener dans la maison les yeux bandés, ils écoutaient aux portes, ils n'avaient pas le droit de s'attacher à qui que ce soit. Même si ça ressemblait un peu à du cinéma, d'après moi, ce devait être comme vivre en enfer.

— Mange, lui dis-je en glissant son assiette vers elle.

Pour que je me calme, elle accepta de grignoter un bout de bacon.

Je poussai mon avantage en ajoutant :

— Tu voulais vraiment devenir enquêtrice ?

— Je me suis même pas posé la question. Je déchiffre des énigmes depuis que je suis petite. Et je m'en sors plutôt bien. Je suis fière de ma compétence. Tu piges ?….

Ses yeux lançaient des éclairs. Je hochai la tête.

— … Mais je ne suis pas l'aînée. Milo a toujours suivi la voie qu'ils lui avaient tracée. Il n'a pas eu à le regretter d'ailleurs. Il est devenu un des hommes les plus puissants du monde, et il n'a que vingt-quatre ans. Cela étant, moi… (elle ébaucha un petit sourire satisfait)… je fais que ce qui m'intéresse.

— C'est pour ça qu'ils t'ont envoyée aux States, pour te donner le temps de réfléchir ?

Holmes haussa les épaules.

— Le *Daily Mail* s'en est donné à cœur joie avec cette histoire. Tu vas chercher les articles sur Google ?

— Non…

Je n'avais en effet aucune envie de voir voler en éclats mes fantasmes à son sujet en les confrontant à la réalité.

— … À moins que tu souhaites que je le fasse ?

— De toute façon, Milo a fait effacer sur le Net tout ce qui concerne le scandale. Et puis je ne veux pas que tu saches ce qui s'est passé. Pas encore… (Son sourire disparut.) Ça a été affreux. Ils ont même écrit mon nom entier, avec mon deuxième prénom.

Si elle voulait changer de sujet, cela me convenait tout à fait.

— Regina ? Mildred ? *Hulga* ?

— Rien de tout ça. Et pour répondre à ta première question, je dois réussir à m'en sortir seule. Si je téléphonais à la maison en disant : « On va me jeter en prison. Au secours ! », ils m'aideraient, c'est évident. Ils sont persuadés que je peux plus rien faire sans eux.

— Moi, j'ai confiance en toi, sinon je me dirais que l'inspecteur Shepard va nous déclarer qu'après une enquête approfondie nous avons été jugés coupables d'un crime abominable.

— C'est pas ce qu'il va nous dire, dit-elle en grignotant un deuxième bout de bacon. Au fait, comment tu as deviné que je voulais du bacon ? Toujours l'esprit de déduction ? me taquina-t-elle.

— C'est possible, répondis-je en accueillant avec plaisir le retour de son sourire. Goûte ces pancakes. Ils sont fameux. Mon père m'amenait ici quand j'étais en primaire.

— Je sais. Tu as commandé sans même jeter un coup d'œil à la carte.

Un silence amical s'installa. J'avais terminé mon assiette et regardais Holmes découper ses pancakes en lamelles et les plonger dans le sirop d'érable avant de les porter délicatement à sa bouche. C'était agréable d'être là avec elle. Depuis que j'étais à Sherringford, je ne m'étais senti à l'aise que dans le capharnaüm de son laboratoire. N'empêche, il était trois heures du matin quand elle posa ses couverts.

— Et maintenant, on fait quoi ? lui demandai-je. Si on a écarté tous les garçons de seconde, c'est déjà un début.

— Les permis pour garder un animal sauvage exotique en captivité. On va commencer par les particuliers avant de passer aux zoos. Tu pourras voir ce matin qui sur le campus élève des serpents venimeux. Il devrait y avoir un absent dans son terrarium. La police a sûrement déjà enquêté, mais je sais voir des choses qui lui échappent. Et comme tout le monde ne pense qu'à la grande soirée de demain, on aura le champ libre.

J'étais content qu'elle ait arrêté un plan. Cette perspective acheva de me détendre.

Holmes s'éclaircit la gorge.

— Watson, dit-elle d'une drôle de voix, tu n'as pas l'intention de m'inviter à la soirée ?

— Non, dis-je en regrettant déjà ma réponse.

J'essayai d'imaginer Holmes transpirant sous une boule à facettes en rythme avec une playlist « Top 40 ». C'était plus facile d'imaginer une baleine se trémousser, ou Gandhi. Suivant le flux d'images, j'entendais plutôt une mélodie lascive, des lumières tamisées. Je me demandai quelle impression cela me ferait de la tenir dans mes bras... Et je bus mon verre d'eau d'un trait.

— Tu veux ? repris-je. Je croyais que ça t'intéressait pas.

— Watson, dit-elle d'une voix sévère ou affectueuse, mystère.

Voilà un sujet que je me refusais d'aborder sans gilet pare-balles. Elle m'avait prévenu dès notre première rencontre. Je ramassai les clés de Lena en soufflant :

— On devrait y aller avant que la surveillante de ta piaule se réveille de sa sieste de mille ans.

Je lui tins la porte. Le parking était presque vide. Alors que mes yeux s'accoutumaient à l'obscurité, je distinguai à l'autre bout une grosse voiture noire qui démarrait.

La berline sortit du parking phares éteints.

— Holmes, murmurai-je, à ton avis, c'est à cause de nous ?

Mais elle se ruait déjà à toutes jambes vers la voiture de Lena et me cria sans se retourner :

— Grouille !

Je me trouvai horriblement gauche en mettant le moteur en marche, puis en reculant et en manœuvrant pour sortir de l'aire de stationnement. Holmes tressaillait d'impatience, mais heureusement, elle n'émit pas le moindre commentaire. Je n'avais pas beaucoup conduit à Londres. Et une seule fois dans un parking avec ma mère à côté de moi dans sa voiture. Bref, j'étais un conducteur inexpérimenté.

Mais ma vie est ainsi faite qu'une des premières fois où je me trouvais au volant, je me lançai dans une course-poursuite. Ce n'était pas du tout comme au cinéma, songeai-je tristement en roulant dans la rue déserte. La grosse berline noire filait à bonne distance devant moi en direction du centre-ville, presque trop vite pour me permettre de la suivre. L'éclairage de rue trouait la nuit de bandes de lumière. À un moment donné, la voiture grilla un feu rouge, puis un deuxième, et bifurqua dans une rue nous éloignant de Sherringford en direction de la côte.

Holmes, qui avait sorti de Dieu sait où une paire de jumelles pliantes, se pencha en avant pour regarder à travers le pare-brise.

— Il n'y a pas de passager. Le conducteur a un manteau noir et un chapeau noir enfoncé sur la tête. Mais je vois des cheveux blonds… pas son visage. À côté de lui sur le siège est posée une boîte du même genre que celle où mon dealer…

— Ton dealer ? répétai-je, soudain super crispé.

Elle me coula un regard en coin sans baisser ses jumelles.

— Oui.

Je me rappelai le gars à la tête de fouine qui parlait au journaliste de la BBC. « Charlotte Holmes dirige une secte et James Watson est son esclave. »

— Je pense savoir qui c'est. Mais pourquoi un dealer filerait en nous voyant ?

— Appuie sur le champignon, Watson, dit-elle alors que je gagnais du terrain.

Cent dix kilomètres à l'heure, cent trente… Nous foncions à travers champs et bois, avec de brèves apparitions de civilisation : un magasin de pêche, un motel sordide. Mon cerveau était lancé à la même vitesse que le véhicule. Si la police nous arrêtait maintenant et que nous retournions à la pension entre deux flics, nous serions renvoyés séance tenante. Et si la voiture devant nous freinait, ou même ralentissait… nous étions morts.

Je serrai le volant. Pas question de renoncer si près du but… Nous allions enfin apprendre quelque chose de concret. *Pourvu qu'on puisse avancer dans l'enquête*, songeai-je. *Et nous disculper*.

Au croisement suivant, celui que nous poursuivions tourna brutalement à droite. S'il croyait pouvoir nous semer… Il perdit le contrôle de son véhicule, fit un tête-à-queue au milieu de la chaussée, puis s'immobilisa sur le trottoir devant une station-service fermée.

J'écrasai la pédale de frein et la voiture zigzagua. Les jumelles sautèrent des mains de Holmes et percutèrent le pare-brise.

Nous nous arrêtâmes à un mètre de la berline.

Si je ne le savais pas encore, maintenant c'était indéniable. Je n'étais pas comme Charlotte Holmes. Alors que je n'avais pas encore détaché ma ceinture, elle était déjà dehors et ouvrait la portière avant de la grosse voiture.

Il allait s'échapper du côté passager.

— Holmes ! hurlai-je en descendant de voiture. *Holmes !*

Nous étions au milieu de nulle part, ou plutôt sur une petite route de campagne au milieu d'une forêt. Elle se précipita à la suite du conducteur dans les taillis obscurs en lui criant : « Stop ! »

Je m'élançai à leur poursuite.

Un vrai cauchemar. Les branches cinglaient mon visage et mes bras. Je me prenais les pieds dans des souches, je m'étalais, me relevais. Je me rappelai avoir joué aux fantômes quand j'étais petit dans un bois aussi sombre que celui-ci. Je m'étais caché sous un tronc d'arbre brûlé. Une main avait surgi pour m'attraper, un éclair blanc dans le noir. J'avais crié à en avoir mal à la gorge.

Ce n'était pas tellement différent ce soir.

Holmes loin devant moi ne trébuchait pas, ne tombait pas… elle se mouvait comme un félin dans la nuit.

Et tout d'un coup, je ne la vis plus du tout.

— Reviens ! hurlai-je en m'arrêtant. Laisse tomber !

J'entendais notre fugitif défoncer les taillis. Nous n'allions pas le rattraper. De toute façon, qu'aurions-nous fait de lui ? Je n'étais pas armé. Je n'avais pas fait de lutte. Je ne savais que me servir de mes poings.

Au loin, j'entendis un bruit de sirènes.

— Holmes ! hurlai-je de nouveau.

— Merde, Watson… (Sa voix s'était élevée à quelques pas de moi.) Je suis là.

Elle s'était arrêtée pour reprendre son souffle. Je distinguai soudain dans la faible clarté son visage zébré d'égratignures. Le plaisir de la chasse faisait briller ses yeux d'un éclat sauvage.

— Retournons à la voiture ! dis-je.

Lorsque nous fûmes de retour sur la route, les flics n'étaient toujours pas là, mais leurs sirènes se rapprochaient. Nous étions loin de tout au milieu de cette forêt.

Pendant que je démarrais la voiture de Lena, Holmes fouilla prestement la berline du dealer, la main enveloppée dans le pan de son chemisier afin de ne pas laisser d'empreintes. Elle prit quelques photos avec son smartphone.

— Vite ! soufflai-je.

En s'installant à côté de moi, elle glissa un petit objet dans sa poche.

— Va te garer derrière la station-service à côté du pick-up du garagiste, coupe le moteur et baisse-toi.

J'obtempérai. Il était moins une. Les lumières bleu et rouge d'un gyrophare inondèrent la vitre arrière. Je retins mon souffle pendant que la voiture de patrouille faisait le tour de la station-service. Elle s'arrêta derrière nous. Une portière claqua. Des pas se rapprochèrent.

Si jamais le flic orientait le faisceau de sa torche à l'intérieur de la voiture, nous étions fichus. J'avais vaguement mal au cœur.

Soudain, quelque chose de gros et de mou s'affala sur le coffre. Une voix retentit, très proche.

— Je trouve plus mes gants.

— Ramène-toi, dit une deuxième voix.

— J'ai les doigts gelés. Tu peux attendre une minute.

— On a une voiture accidentée… plus un ivrogne qui erre dans la forêt, Taylor. Alors y a pas de temps à perdre.

Le dénommé Taylor dut trouver ses gants. Cette fois, les pas s'éloignèrent. Les flics allaient inspecter la berline.

Holmes tourna vers moi un regard plein d'une satisfaction morbide. Elle avait eu raison. Ils ne nous avaient pas vus. Toujours tassé sous le volant, je me frictionnai le visage. Allais-je survivre à cette année ?

J'entendais les deux flics parler entre eux, sans comprendre ce qu'ils disaient. Ils avaient parfois l'air de se chamailler. Les faisceaux de leurs torches s'agitaient dans tous les sens. J'avais du mal à garder les yeux ouverts. Holmes s'était recroquevillée sur le plancher. Notre course-poursuite n'avait pas été discrète. Si quelqu'un avait appelé la police, les flics n'allaient pas tarder à être avertis par radio de la présence d'une deuxième voiture. Et s'ils revenaient nous mettre la main au collet ? J'avais les nerfs en pelote.

Enfin, au bout d'une heure qui me parut interminable, un vrombissement annonça l'arrivée de la dépanneuse. La berline fut chargée et remorquée. La voiture de patrouille démarra derrière.

Si je fermais les yeux, je voyais toujours les lumières clignoter dans les ténèbres.

Holmes attendit encore une demi-heure avant de déclarer :

— La station-service ne va pas tarder à ouvrir, il fait pas bon traîner par ici.

En me rasseyant derrière le volant, je pouvais à peine bouger tant j'avais les muscles endoloris. Le rétroviseur me renvoya un visage décoré d'éraflures.

— C'était bien la peine, soupirai-je. Tout ça pour un dealer. Un taré qui s'est sans doute tiré parce qu'on l'a pris en chasse.

— Pas un dealer, bien pire.

Mon cœur se mit à battre plus fort.

— Tu penses à quoi ?

— D'après ce que j'ai trouvé sur le siège du conducteur, il semblerait qu'il était en train de faire ses doses. Mais dans ce cas, comment se fait-il qu'il ait été en super forme ? Et pourquoi courait-il comme un champion olympique dans des grolles à quatre cents dollars ? Je n'ai jamais connu de dealer qui corresponde à ce signalement. Je serais franchement sidérée si c'était Lucas, le dealer du campus.

— Pourquoi ?

Holmes fit une moue comique.

— Il courait comme un des agents de mon frère.

— Tu as vu son visage ?

Elle fit non.

— Alors comment… ? Attends. Ton frère a des agents sous ses *ordres* !?

— Des milliers. C'est l'explication la plus probable. Il y en a toujours deux qui me surveillent. On a dû tomber sur l'un d'eux et il a paniqué.

J'encaissai.

— Tu veux dire que ton frère se méfie de toi ? Ton propre frère ? Ton frère Milo qui est un mec sympa… ? Là, je ne te suis plus.

— Je pense que Milo veut surtout voir si on peut te faire confiance. Mes amis… Bon, je n'en ai eu aucun jusqu'ici…

Je la regardai bouche bée.

— … Je ne veux pas qu'ils te tiennent à l'œil comme un criminel. Après tout, tu n'as rien fait de mal.

En me rappelant sa petite phrase : « Mes vices nuisent à mes études », je murmurai :

— Alors que toi, si…

Elle se mordit la lèvre et se détourna.

— Qu'est-ce que tu as trouvé ? lui demandai-je. Qu'est-ce que tu as mis dans ta poche ?

Sans me regarder, elle répondit par un :

— Rentrons.

Après avoir jeté un regard intrigué à l'objet de forme carrée qui tendait le tissu de la poche de sa veste, je démarrai.

Nous roulâmes en silence. Je mis la radio. Holmes regardait par la fenêtre. De temps à autre, la lumière d'un réverbère nimbait son visage de blanc.

Impossible de deviner à quoi elle pensait. En fait, je m'apercevais que cela me plaisait, d'être dans le noir. Je me fiais à elle aveuglément. Si elle avait été un lieu, je m'y serais perdu, un bandeau sur les yeux. D'un autre côté, je crois que je la comprenais quand même mieux que personne d'autre.

Cinq

Vint la soirée dansante tant attendue par mes camarades. Quant à moi, je restai dans ma chambre à bosser.

Après avoir tenté de me prouver par A plus B que j'avais tort, ce qui lui avait pris une éternité, Tom s'était enfin résolu à se préparer. Du coin de l'œil, je le regardai se faire beau devant la glace. Il n'était finalement pas mal dans son accoutrement bleu électrique qui me rappelait le costume de scène du regretté Buddy Holly. Il n'oublia pas de me supplier une dernière fois de venir (« Mariella n'a personne, et elle ne te prend même pas pour un meurtrier ! ») avant d'aller chercher Lena, me laissant aux prises avec le poème que je devais pondre pour le cours de M. Wheatley. Histoire de me mettre dans l'ambiance, je troquai mes verres de contact pour mes lunettes cerclées d'écaille.

Le stylo en suspens au-dessus de la page blanche, je me demandai une fois encore ce que je fabriquais.

Autrefois, j'aimais danser. Plus précisément, j'aimais emmener des filles danser. Bon, d'accord, j'aimais surtout les *filles*. Leurs coups d'œil timides en cours, l'odeur de fleurs de leurs cheveux, les promenades que nous faisions sur les quais de la Tamise sous le ciel cotonneux de Londres, leurs confidences sur les profs qu'elles détestaient, sur leurs lectures et sur leurs projets d'avenir. Mais dans mon esprit, tous ces souvenirs se mélangeaient. Je n'aurais su dire si c'était avec Anna, ou Fiona, que j'étais au fish & chips le soir où il avait neigé ; si c'était Anna qui était allergique aux fraises ; si c'était Maisi qu'adorait ma petite sœur. Même Rose Milton, la fille de mes rêves, avec ses doux cheveux bouclés et sa suite sans fin d'horribles copains… Je ne suis pas sûr que j'aurais quitté ma chambre ce soir-là à Sherringford même si elle m'avait invité à l'accompagner.

Même si Holmes m'avait supplié de lui servir de chevalier servant.

Sa misanthropie commençait-elle à déteindre sur moi ?

À l'issue de cette longue journée, je l'avais laissée dans la salle 442. L'extraordinaire guerre de textos avec son frère n'avait été qu'un épisode et non le pire. Sans me montrer les messages qu'elle lui envoyait, elle m'avait fait voir ceux de Milo. *Tu n'as pas attrapé mon espion. Il est toujours en service. Par exemple, je peux te dire que tu es tout en noir et que Jamie Watson n'est pas tellement content avec toi. Les murs n'ont pas seulement des oreilles.*

CE N'EST PAS DE L'ESPIONNAGE MAIS DE LA DÉDUCTION D'AMATEUR ET C'EST FAUX… Cette réponse-là, au moins, elle me la fit lire.

Elle était en noir de la tête aux pieds, bien sûr ; il avait raison.

Je me remémorai la scène.

— Et ces recherches, il faut que ça avance, avais-je protesté.

Après avoir en vain essayé de traquer les propriétaires de serpents à sonnette sur le campus puis dans tout le Connecticut, nous avions étendu nos recherches au Massachusetts puis à Rhode Island. Rien. Personne ne regrettait la disparition de son reptile chéri, du moins personne n'était disposé à m'avouer une chose pareille : je me présentais comme un journaliste préparant un bouquin sur « ces animaux venimeux qui sont quand même nos amis ».

Holmes, toujours fumasse après sa séance de SMS fielleux avec son frère, se contentait de me regarder bosser.

J'avais barré le dernier nom de notre liste.

— On devrait peut-être téléphoner aux zoos…

— C'est trop chiant, avait décrété Holmes. Tu vois, si je pouvais faire marcher mes contacts au Yard, ce serait déjà résolu. En Angleterre, mon nom est un sésame. Dire que je poireaute ici pendant que ces blaireaux qui ont des jaguars apprivoisés te mentent comme des arracheurs de dents et que toi tu gobes leurs bobards.

Elle s'était renversée en arrière sur le canapé en serrant son violon dans ses bras comme si c'était un ours en peluche.

— Bien, avais-je dit en me levant. Qu'est-ce que t'as pris dans la voiture cette nuit ? Ce truc que t'as pas voulu me montrer ?

Elle m'avait dévisagé sans ciller.

J'avais roulé les yeux.

— Puisque c'est comme ça, je vais aller faire mon baluchon. Histoire d'être prêt pour quand on m'embarquera.

Voyant que j'attendais une réponse, elle avait ramassé son archet et attaqué le concerto de Dvořák avec une sauvagerie qui m'avait littéralement poussé dehors. Nous n'avions aucune piste, aucun indice, et le lendemain soir nous allions être confrontés aux accusations de l'inspecteur Shepard.

Et si je n'étais pas envoyé en taule, je serais de toute façon en retard dans mes devoirs.

Voilà pourquoi j'étais seul dans ma chambre devant une page blanche. Je faisais de mon mieux pour ne plus penser au reste. Ce poème pour le cours de lundi de M. Wheatley n'était facile à écrire pour aucun d'entre nous. La consigne ne m'aidait pas beaucoup. À mes yeux, un poème était semblable à un miroir tendu à un trou noir, ou à une peinture surréaliste. Et moi, dans ma vie, j'aimais que les choses aient un sens. J'estimais qu'un récit devait avoir un début, un milieu et une fin ; une intrigue fondée sur des relations de cause à effet. Au bout d'une heure ou deux à me torturer les méninges et à raturer, je laissai tomber ma tête sur mon bureau.

On gratta à ma porte.

— Jamie ? (C'était Mme Dunham.) Je t'ai monté une tasse de thé et des cookies.

Je lui ouvris. Les lunettes de travers et coiffée d'un halo de frisottis, elle me présenta des cookies aux pépites de chocolat encore tièdes.

— Tu es tout seul ce soir dans ce dortoir, me dit-elle en me tendant aussi un mug fumant. Je suis montée te faire un petit bonjour. Je sais que la vie est dure pour toi depuis quelque temps.

Je la remerciai, un peu gêné, et expliquai gauchement :

— J'ai un poème à écrire pour le cours de création littéraire.

— Inspiré ? s'enquit-elle.

— Pas du tout, répondis-je, mes lunettes embuées par les vapeurs du mug. Vous auriez un conseil à me donner ?

Je m'attendais à une tirade bourrée de clichés. Elle se mit à fredonner, puis déclara :

— J'adore tout spécialement ce poème de Galway Kinnel : « Attends, pour l'instant. Méfie-toi de tout, s'il le faut. Mais fais confiance aux heures. Ne t'ont-elles pas mené partout, jusqu'ici ? »

Elle récitait avec lenteur d'une voix profonde. C'était beau. Elle termina par :

— Est-ce que ça t'aide ?

— Oui, opinai-je en regrettant que ce ne soit pas vrai.

Derrière elle, dans le couloir, une fille fit son apparition.

— T'es prêt, Watson ?

Ce timbre de voix étrange, fantastique, encore plus voilé que d'habitude… Holmes entra dans ma chambre.

Qu'avait-elle fait à sa chevelure lisse et brillante ? Elle avait à présent une crinière ébouriffée. Et sa robe… Je n'avais jamais vu toilette aussi fabuleuse. On aurait dit un ciel nocturne. Je comprenais à présent pourquoi Lena la convoitait : elle était coupée de manière à diriger le regard vers certaines parties de l'anatomie féminine. Je détournai les yeux.

— Tu es très bien fringuée, lui dis-je.

N'empêche, son côté fille me troublait. Hailey avait été une fantasmagorie artificielle et la Charlotte Holmes de tous les jours avait la sveltesse d'un elfe, mais ça… c'était autre chose. Je n'étais pas sûr d'aimer tellement, d'ailleurs. Et à voir comment elle dansait d'un pied sur l'autre, j'avais l'impression que Holmes non plus. Qu'est-ce qu'elle mijotait encore ?

— Bonsoir, Charlotte, la salua Mme Dunham. Jamie ne m'avait pas dit que tu venais.

— Il avait sûrement oublié. On est pressés, si on veut arriver à la soirée avant la fin.

— Ah, on est…

Je bredouillai. J'avais mes lunettes et j'étais en survêtement.

En poussant un énorme soupir, Holmes fouilla dans mes tiroirs.

— Des bretelles, marmonna-t-elle. Je sais que t'as ces trucs ridicules quelque part. Tiens…

Elle me les lança et continua à fouiller.

— Tu veux que je les mette ? Oui ou non ? m'impatientai-je soudain.

— Oui, ça sera chic avec ton blouson… et, voilà, une cravate skinny noire, plus ta belle chemise, et le pantalon que tu portais à la rentrée… Laver les couleurs foncées ensemble… Là. Des chaussettes, et tes chaussures Oxford à lacets.

Mme Dunham s'écarta pour éviter d'être enfouie elle aussi sous le tas de vêtements que Holmes faisait pleuvoir sur moi.

— Tu essaies de me transformer en hipster ?

— Pas besoin d'essayer…

Holmes tapota son poignet.

— … L'heure, Watson.

— Tu ne peux pas rester là pendant qu'il se change, fit remarquer Mme Dunham, se rappelant son rôle de surveillante.

Holmes se couvrit les yeux.

— Je compte à rebours à partir de cent.

— Merci de m'avoir prévenu, dis-je en organisant ma garde-robe.

— Quatre-vingt-dix-neuf. Quatre-vingt-dix-huit…

Elle était à trois quand nous sortîmes de la résidence.

De l'autre côté du campus, la grande salle était illuminée. Chaque fois que la porte s'ouvrait, des bribes de chanson me parvenaient, presque reconnaissables mais pas tout à fait. Un garçon et une fille étaient assis sur un banc, main dans la main. Il lui chuchotait à l'oreille. Non loin, des filles admiraient mutuellement leurs robes.

— Tu vas enfin me dire ce qu'on fiche ici ? demandai-je à Holmes en lui tenant la porte.

Elle marqua une pause sur le seuil.

— Pas encore.

À Sherringford, nous étions assez peu nombreux pour tenir tous dans la grande salle de réception. (Pour la prom, c'était, paraît-il, toujours beaucoup plus fastueux. Tom pensait que cette année elle aurait lieu sur un bateau de croisière.) Le thème aujourd'hui, en tout cas, était en rapport avec Las Vegas. Il y avait des tables de blackjack tenues par de vrais croupiers en uniforme vert et blanc. Holmes émit un gloussement outré : ils jouaient avec des billets de Monopoly. J'étais plutôt attiré par la fontaine à chocolat qui faisait des bulles et à laquelle des étudiants tendaient des brochettes de chamalows. Sinon, nous attendaient, comme toujours, le buffet à punch, les lumières stroboscopiques et un DJ. Des profs censés nous « chaperonner » bavardaient entre eux d'un air maussade. Sur la piste de danse, des filles tourbillonnaient dans des robes aux couleurs de boules de Noël. Comme l'équipe de la pension venait de remporter un match de foot, l'humeur était à la victoire. Alors que je m'habituais à l'ambiance, Cassidy et Ashton, qui étaient avec moi en français, passèrent à côté de nous. Cassidy était kiffante, et Ashton ressemblait à une Thundercat : j'aurais juré que son bronzage était radioactif.

Mais ce que je remarquai surtout, c'était qu'un grand nombre d'étudiants étaient rentrés chez eux. Nous ne devions pas être plus d'une centaine dans la salle. Pourtant tout le monde avait l'air de s'amuser, personne ne pensait au meurtre, ni à sa sécurité, ni à rien d'autre qu'à la chanson d'ABBA qui commençait.

J'avais la déconcertante sensation d'avoir un pied dans un roman et l'autre dans un centre commercial. J'étais peut-être à ma place ; Holmes, en revanche, certainement pas… Je me tournai vers elle pour savoir ce qu'elle voulait faire et la surpris en train d'articuler les paroles de « Dancing Queen ».

— Ouille ! Sérieux ? m'exclamai-je. Tu voulais venir ici juste pour… ?

— Cette soirée nous offre l'occasion d'exercer nos talents d'observation et de déduction, se dépêcha-t-elle de répliquer. Regarde-les donc ! Ils ne sont pas sur leurs gardes et ont sans doute quelques verres dans le nez. La fille à côté de toi a un flacon d'eau-de-vie à la pêche dans son petit sac… et le dealer est peut-être caché quelque part par là, et…

— Tu voulais juste danser, insistai-je en souriant. Tu veux ?

— Oui, opina-t-elle en me traînant illico sur la piste.

Holmes, pourtant dotée de tant d'étranges talents, était hélas une danseuse nulle. Son abandon, toutefois, était total. Sous les lumières clignotantes, ses cheveux viraient alternativement au bleu, au rouge, au bleu. La musique était si forte que ma tête pulsait en rythme. Elle levait les bras en l'air, renversait la tête en arrière et criait les paroles du refrain. Elle connaissait aussi celles de la chanson suivante, et de la suivante, et elle les chanta les unes après les autres, les yeux fermés, en traînant les pieds comme un papy. Pendant douze minutes merveilleuses, j'orbitai autour d'elle, et quand elle m'attrapa la main en disant : « Fais-moi tourner », je la fis tournoyer et elle rit aux éclats.

S'ensuivit une mélodie lente, une de ces chansons de boys band guimauve à souhait dont raffolait ma petite sœur. Autour de nous, des couples s'enlacèrent. De l'autre côté de la salle, j'aperçus Tom, resplendissant dans son costume ridicule, qui faisait basculer en arrière une Lena pouffant de rire.

Holmes et moi restâmes au milieu de la piste en faisant de notre mieux pour ne pas nous regarder.

Je m'efforçai de ne pas paniquer. Du coin de l'œil, je vis que Holmes avait les joues rouges. Était-ce seulement à cause de la danse ?

Je sentis une petite tape sur mon épaule. Je me retournai pour voir la fille que j'avais refusé d'accompagner à la soirée. Elle portait une robe d'un rouge écarlate spectaculaire.

— Salut, dit-elle, timide. Je croyais que tu n'avais pas le droit de venir.

À côté de moi, Holmes jaugea ma réaction. La fille se tourna alors vers elle.

— Oh, je suis désolée. Je vous embête, là.

L'apparition d'une petite ride verticale entre ses sourcils me fit craindre qu'elle ne fonde en larmes. Holmes l'avait remarqué aussi, j'en suis sûr. Son cerveau était un piège à ours : rien ne pouvait en réchapper vivant.

Je faisais un cauchemar. J'allais d'un instant à l'autre baisser les yeux et découvrir que j'étais nu et que la piste de danse était en fait ma classe de math. Et je me réveillerais.

Eh bien non, pas du tout.

— On n'est pas… Je ne suis pas… J'ai soif, bredouillai-je en filant vers le buffet comme le lâche que je suis.

À vrai dire, je ne sais pas si j'avais envie de danser un slow avec Holmes. Peut-être parce que je pouvais trop facilement me l'imaginer, mes mains sur ses reins, son souffle brûlant sur mon cou. Son doux rire au moment où le boys band chantait *I wanna kiss you, girl*. La prendre par la taille, la serrer contre moi…

Mais avec un petit effort, je me voyais aussi bien avec la petite blonde dans les bras. Ce n'était pas juste, pour aucun de nous. Je me connaissais assez bien pour ça : j'étais un impulsif qui vivait dans l'instant, sans penser à l'après. Sauf qu'avec Holmes je ne pensais qu'à l'après… Les trajets silencieux en voiture à l'aube, les discussions passionnées, les incursions dans des chambres fermées à clé pour voler des preuves et les rapporter dans notre labo… Tout cela, je le voulais. Je voulais que nous soyons compliqués ensemble, que notre vie soit difficile, fascinante, flamboyante. Le sexe était une complication banale. Alors que rien en Charlotte Holmes n'était banal.

Même la façon dont elle remplissait sa robe.

Non. Il ne fallait pas que je laisse mes pensées prendre ce chemin. Le passé nous avait appris que nous étions trop inconstants pour supporter ce genre d'épreuve. Le matin même, elle m'avait chassé de son labo en me menaçant de son violon. Le lendemain soir, nous allions peut-être partager la même cellule de prison. Ce soir ?…

Ce soir, j'allais boire un verre de punch.

M. Wheatley, mon prof de création littéraire, servait les rafraîchissements en compagnie d'une femme assez jolie qui devait avoir son âge. Il avait l'air de s'embêter à cent sous de l'heure, mais il se dérida un peu en me voyant dans la queue, laquelle n'était pas très longue : nous n'étions qu'une poignée à être assez nuls pour n'avoir pas de partenaire pour le slow.

— Jamie, qu'est-ce que tu veux ?

J'entendais à peine ce qu'il me disait à cause de la musique.

— Comment est le punch ? criai-je.

— Horrible…

Il se pencha vers la femme à côté de lui et me montra du doigt.

— … Un de mes meilleurs élèves… Jamie, je te présente mon amie Penelope. Elle me tient compagnie ce soir.

Je tombai des nues. M. Wheatley aimait ce que j'écrivais ? Tout ce que je lui avais rendu m'avait été retourné barbouillé d'encre verte. Cela dit, j'avais persévéré pour corriger ce qui n'allait pas, j'étais donc content de constater que mes efforts avaient payé.

— Enchanté, dis-je en serrant la main à Penelope.

Elle avait un look de prof lambda avec ses cheveux frisés et sa robe ample. Elle faisait un pendant sympathique à M. Wheatley dont la chemise était toujours boutonnée jusqu'au col.

— Penelope est écrivain, elle vient de New Haven, dit-il. Elle est poète et enseigne à Yale. Jamie sera peut-être un bon candidat pour ton cours, dans un avenir pas trop lointain.

— Ah, c'est lui dont tu me parlais ? dit Penelope alors que M. Wheatley blêmissait. L'enquête sur ce meurtre ? Le descendant du Dr Watson ? Tu écris aussi des histoires policières, Jamie ?

— Pas vraiment, mentis-je tout en constatant qu'elle était au courant des soupçons qui pesaient sur moi. Vous avez suivi l'affaire à la télé ?

M. Wheatley tira nerveusement sur son col de chemise.

— La presse est passée à d'autres actualités, dit-elle, mais Ted connaît des détails qui n'ont pas été divulgués aux journalistes.

Pendant que j'essayais de démêler le sens de ces paroles, Holmes surgit munie de deux tiges où étaient piqués des chamalows nappés de chocolat. Un rameau d'olivier, me dis-je. Elle semblait avoir oublié combien je m'étais conduit bizarrement un instant plus tôt. Je pris le chamalow qu'elle me tendait en la remerciant d'un sourire.

— Salut ! lança-t-elle aux adultes.

Je fis les présentations.

— Penelope disait que M. Wheatley sait tout sur l'affaire Dobson, prononçai-je.

J'aurais bien aimé que nous ayons mis au point un système de communication par gestes pour ce genre de situation, ou par télépathie. Il était possible qu'elle devine mes soupçons rien qu'en me regardant, mais je préférais ne pas prendre ce risque.

— Ah bon ? dit-elle, impassible.

— Oui, opina M. Wheatley en se raclant la gorge. Je dois faire un autre tour dans la salle. Penelope ?

Elle nous adressa un sourire poli, la tête déjà ailleurs, et ils s'en furent tous les deux. Pas moyen d'en savoir plus.

— Alors là, Watson, t'as foiré en beauté.

Holmes retourna sur la piste de danse. Au temps pour le rameau d'olivier ! Je mordis férocement dans le deuxième chamalow.

J'errai un moment dans la salle et finis par m'affaler à une table vide. La soirée tirait à sa fin.

Le DJ avait programmé une série de slows. La piste était encombrée de couples qui seraient rendus officiels sur les réseaux sociaux dès le lendemain matin. Je m'étonnai, du moins brièvement, de voir Cassidy et Ashton chalouper ensemble, front contre front. Randall, le coloc de Dobson, dansa tous les morceaux avec la petite blonde en rouge. Il gardait ses mains basses, agrippées à sa robe. Entre ses bras de géant, elle avait l'air minuscule, aussi dérisoire qu'une tranche de cake.

Je ne me sentais pas très bien.

Lena vint s'asseoir à côté de moi.

— Jamie, t'as l'air super pathétique, dis donc.

— Qu'est-ce que t'as fait de Tom ?

— Il joue au poker, répondit-elle avec une petite moue désapprobatrice. Tu devrais lui parler.

— Elle danse avec Randall, répliquai-je en interprétant volontairement ses paroles de travers.

— Merde, Jamie. Charlotte est assise toute seule dehors. Vous êtes tellement tristes l'un sans l'autre. Il y a un énorme espace vide entre vous.

Lena faisait de la poésie, voilà qui était nouveau… Elle se leva et me tendit la main.

— Tu veux danser ? lui demandai-je.

Elle haussa un sourcil. Je me laissai entraîner vers la sortie. Elle me poussa sans cérémonie dehors dans la nuit.

Holmes, assise sur un banc, semblait plongée dans la contemplation d'un bosquet d'arbres au fond du campus. C'était là que j'avais mis Dobson K-O la dernière fois que je l'avais vu.

Comme elle grelottait, j'ôtai mon blouson et lui en drapai les épaules.

— Merci, dit-elle sans me regarder.

Sur ses genoux était posé un petit carnet qu'elle maintenait ouvert avec deux doigts.

— C'est ça que t'as pris dans la voiture du mec hier soir ?

Holmes fit signe que oui.

— Et tu l'as emporté ici ce soir ?

Je m'assis précautionneusement, comme on s'installerait à côté d'une bombe à retardement. Mais je voulais en savoir plus et j'avais peur qu'elle ne se dépêche d'escamoter le carnet.

À ma grande surprise, elle n'en fit rien.

— Je ne pensais pas que j'y arriverais, dit-elle d'une voix bizarre (Holmes était-elle *stressée* ?). J'ai joué un peu au poker, mais ce n'était pas assez distrayant. On était trois, moi, Tom et un de nos chaperons, l'infirmière. Tom n'arrêtait pas de fixer Lena à l'autre bout de la salle. Clair comme de l'eau de roche. Les gens sont tellement transparents. L'infirmière, par exemple ? Elle aurait rêvé d'être médecin. Son petit ami lui manque. Un blond avec une boucle d'oreille avec qui elle est en couple depuis le lycée, et qui ne l'aime pas autant qu'elle l'aime.

— Comment as-tu… ?

Holmes eut un sourire soulagé. Il lui était plus aisé, sans doute, de se livrer à des déductions que de répondre à mes questions.

— Elle était hypnotisée par la piste de danse. Au moment où est passé « I Luv U Girl », elle a eu les larmes aux yeux. Qu'est-ce qui avait bien pu les provoquer ? Ce n'est pourtant pas une musique sentimentale. La nostalgie, c'était la seule réponse possible. Elle est pas mal, sans plus. Autrement dit, elle n'a pas dû être populaire au lycée. Elle ne regrettait donc pas cette époque. Et chaque fois qu'un grand blond passait par là, elle le suivait des yeux. Elle porte à son poignet gauche un vilain bracelet qui jure avec le reste de son habillement. Il lui a sûrement été offert par un garçon qui ne l'aimait pas suffisamment pour tenir compte de ses goûts. Et elle aurait voulu être médecin. Pendant la partie, elle a tenté de comprendre pourquoi j'avais les mains qui tremblaient.

— Pourquoi tes mains tremblaient ?

— Surmenage. J'ai pas dormi depuis la sieste dont tu m'as tirée. Au départ, elle diagnostiquait une pneumonie, puis elle a insinué que j'avais une maladie mentale… la vache ! Et moi j'étais obligée de faire comme si je la trouvais sympa, au cas où on aurait à l'interroger de nouveau. Bon, mais j'ai raflé sa mise. C'est toujours ça, même si c'est que des billets de Monopoly.

Je ne pus m'empêcher de rire.

— Toi, t'es une terreur.

Ma remarque la fit flipper.

Elle se crispa et mit sa main devant sa bouche. Je baissai les yeux vers les pages du carnet qu'elle cachait avec sa main.

C'est alors que je compris la raison de son stress.

Il s'agissait du journal intime d'un fou. Les feuilles étaient noircies par les mêmes cinq mots répétés indéfiniment. Cependant, chaque ligne était écrite dans une écriture différente, comme si on avait demandé à un groupe de jeunes élèves de recopier chacun à son tour ce qui était écrit au tableau dans le même carnet. Ici, les lettres capitales épaisses et noires d'un général de l'armée de terre. Là, l'écriture arrondie d'une adolescente. Là, les pleins et les déliés d'un gentleman du temps de la reine Victoria.

Mais chaque fois, c'était la même phrase.

CHARLOTTE HOLMES EST UNE MEURTRIÈRE

CHARLOTTE HOLMES EST UNE MEURTRIÈRE

CHARLOTTE HOLMES EST UNE MEURTRIÈRE

CHARLOTTE HOLMES EST UNE MEURTRIÈRE

Je lui arrachai le carnet. Elle ne tenta pas de le retenir. En silence, elle me regarda tourner les pages, toutes striées des mêmes cinq mots.

Alors que je contemplais cet objet mystérieux, la porte d'entrée du bâtiment s'ouvrit à grand fracas, nous signalant que la soirée était terminée.

— Holmes, mais c'est quoi, ça ? dis-je d'une voix à peine audible dans la cacophonie ambiante.

— J'utilise le même modèle de carnet, me chuchota-t-elle à l'oreille. Le mien est vert. C'est dans ce carnet que j'ai appris à imiter l'écriture de n'importe qui. Des gens ordinaires, des héros, des personnages de mon invention. On te dicte une phrase qui contient presque toutes les lettres de l'alphabet. Mais celle-ci… elle est nulle… (Elle toucha les lettres du bout du doigt.) Les mêmes graphies se répètent plusieurs fois.

— On t'accuse d'être une meurtrière. Une *meurtrière*. Ce dealer ne bosse sûrement pas pour ton frère. Un maniaque qui écrit des trucs de dingue dans le noir. Ce n'est sans doute pas un dealer. C'est sûrement lui qui veut nous faire porter le chapeau pour Dobson… Merde ! Et on l'a laissé échapper…

— Comment affirmer que c'est lui l'auteur ? On n'en sait rien. Il a pu ramasser le carnet quelque part, ou quelqu'un a pu le lui donner.

— Pourquoi tu me l'as pas montré tout de suite ?

Une lueur s'éteignit dans son regard.

— Holmes, insistai-je.

— J'ai fait une recherche d'empreintes. Il n'y a rien. Sais-tu que le professeur Moriarty avait toujours sur lui un calepin rouge ? Je l'ai vu, même. Mon père le garde dans un tiroir. Et tu peux acheter ce modèle de carnet sur soixante-douze sites en ligne, sans parler des innombrables librairies et magasins de souvenirs… J'ai fait des recherches avec le numéro de la plaque d'immatriculation de cette grosse voiture noire. Elle a été volée à Brooklyn il y a cinq ans. Pourquoi reparaît-elle maintenant ? Watson, il n'y a aucune suite logique là-dedans. En tout cas, je n'arrive pas à en trouver une. Je suis *dans le noir total.* Tu sais ce que c'est ?

Et comment ! Et par sa faute.

— Quand même, tu aurais pu me le montrer, marmonnai-je en me levant.

De l'autre côté du campus, une fille hurla de rire alors qu'un garçon la soulevait de terre et la hissait sur son épaule comme un sac de patates. La soirée se terminait, les danseurs se déversaient dans la nuit.

— Et si ç'avait été écrit « Jamie Watson est un meurtrier » ? Tu me l'aurais montré ?

Elle avança le menton et esquiva mon regard en répondant :

— Tu penses pas une seconde que je l'aurais cru ?

Sa voix tremblotait de façon angoissante. Je contemplai ses épaules minces, la forme noire de sa robe sous mon blouson. Dire que la veille au soir j'étais convaincu de la connaître mieux que n'importe qui.

Qu'avait bien pu faire Charlotte Holmes pour qu'on l'ait envoyée aux États-Unis ?

— Tu n'as pas tué Dobson, dis-je.

— Non, murmura-t-elle. Je n'ai pas tué Dobson.

— Alors… (Je déglutis.) As-tu… ? August Moriarty est toujours en vie ?

Comme si une mouche l'avait piquée, elle se leva et partit à toutes jambes.

Je ramassai le carnet et la poursuivis en bousculant les grappes de filles hurlantes que les garçons assiégeaient, semblables à de grosses mouches noires dans leurs smokings. La voix criarde d'un chaperon nous ordonna de réintégrer les dortoirs : le couvre-feu était dans dix minutes. Mais Holmes se dirigeait non pas vers Stevenson Hall, mais vers le bâtiment Sciences. Comme si elle courait vers un abri… un abri anti-panique.

Je l'appelai tandis qu'elle fonçait vers la haie d'arbres au milieu du campus, indifférente aux têtes qui pivotaient vers elle sur son passage. En piquant un sprint, je parvins à la rattraper.

Elle libéra son bras d'une secousse.

— Ne me touche jamais plus sans ma permission !

— Écoute, je ne t'accusais pas de l'avoir tué. Je pense simplement que quelqu'un voudrait me le faire croire. Veut le faire croire à tout le monde. Pourquoi tu peux pas me dire simplement s'il est mort ou vivant ? August est mort ?

— C'est ce que tu pensais. Je l'ai bien vu.

— Pourquoi tu ne… ?

J'avais fait un pas en avant et elle un pas en arrière. Je la poussai dans les arbres, comme si chaque mètre gagné me rapprochait d'une réponse. Concentré sur mon envie de savoir à tout prix, je ne remarquai pas ce qui pourtant s'inscrivait sur son visage. J'étais si habitué à son intrépidité que je n'avais pas vu qu'elle avait peur.

Elle avait peur. De moi.

Dobson l'avait poussée dans ses retranchements, lui aussi.

Holmes recula encore et trébucha sur le corps d'une jeune fille.

C'était la mignonne petite blonde dont j'avais refusé l'invitation.

Six

On l'avait jetée là, sur l'herbe sombre, comme un objet sans valeur. Étendue sur le dos, sa robe rouge étalée autour d'elle pareille à une flaque de sang.

C'est pas vrai, pensai-je. *Voilà que ça recommence.*

Étant accoutumé à ce que Holmes prenne la tête des opérations, j'attendis bêtement les ordres. Mais rien ne se produisit. Ses yeux restèrent fixés sur un point au-dessus de mes épaules. Ses mains tremblaient. *Surmenage.* C'était le mot qu'elle avait employé. À présent, je me disais qu'il y avait aussi autre chose. De l'angoisse, peut-être. Du désarroi. Quoi qu'il en soit, elle avait perdu le contrôle.

Tout doucement, je m'agenouillai devant la jeune fille. Les yeux mi-clos, elle aurait pu être endormie. *Ce n'est pas juste*, me dis-je.

Je m'aperçus que je ne savais même pas comment elle s'appelait.

M'attendant au pire, je posai deux doigts au creux de sa gorge. Là. Un pouls.

— Elle respire, dis-je en me penchant pour écouter son souffle.

C'était plus un râle qu'un souffle.

— Elle a du mal à respirer, ajoutai-je plus fort. Il faut appeler des secours.

Holmes hocha la tête mais ne bougea pas d'un pouce.

— Eh, lui dis-je tout bas. Il faut que je la surveille. Tu peux appeler une ambulance ?

Elle ferma les yeux, sans doute pour se ressaisir. Nous perdions du temps. La jeune fille fut secouée par un spasme.

Il fallait que j'appelle quelqu'un d'autre à l'aide.

— Eh ! hurlai-je à des filles qui traversaient le campus pour regagner leur dortoir. Il y a une blessée ici ! Faites le 911 !

Elles accoururent. L'une d'elles tira son téléphone de son sac. Une autre identifia celle devant qui j'étais à genoux.

— Elizabeth ! sanglota-t-elle.

Elle se glissa entre moi et la fille inconsciente, comme pour la protéger.

— C'est ma coloc ! Elizabeth ! Qu'est-ce que tu lui as fait ?

— Mais rien du tout, répondis-je, sidéré.

Je ne m'étais pas rendu compte du tableau que nous offrions aux regards. Je m'empressai de préciser :

— Je l'ai trouvée comme ça. Elle dansait avec Randall et puis… On l'a trouvée là, Charlotte et moi. On… marchait juste…

Une petite foule commençait à s'agglutiner. Derrière moi, j'entendis des chuchotements. Des éclats de colère. Une cavalcade qui se rapprochait.

La camarade de chambre d'Elizabeth tourna vers moi un visage ruisselant de larmes.

— Assassin !… Meurtrier… Meurtrière !

Dans notre dos, le concert de voix furieuses enflait.

Meurtrier. Ce fut ce mot qui la fit sortir de son état de stupeur. Ce mot que je sentais sans cesse dirigé contre Holmes, et contre moi, depuis la mort de Lee Dobson. Ce mot écrit des milliers de fois avec une perversité diabolique dans le carnet que j'avais dans ma poche. Ce mot qui, confusément, m'apparaissait plausible. Que Holmes ait pu être envoyée ici pour avoir tué un Moriarty. Elle avait lu instantanément dans mes pensées…

Quelle qu'en soit la raison, il eut l'effet sur elle d'un choc électrique.

Elle s'agenouilla auprès du corps inerte.

— On a besoin de l'aide d'un adulte, dit-elle à la camarade de chambre. Écoute, tu peux croire ce que tu veux sur mes intentions, mais ces gens-là ne me permettront pas de faire du mal à ton amie. D'accord ? Alors va chercher de l'aide et laisse-moi faire. J'ai reçu une formation…

— De secouriste ? demanda la jeune fille, déconcertée.

Holmes fit tristement oui de la tête.

— Qu'est-ce que tu veux que je fasse ? lui proposai-je.

— Maintiens-lui la bouche ouverte, dit-elle en renversant en arrière la tête d'Elizabeth. Tiens-la fermement. Elle a quelque chose dans la gorge. Tu vois ?

Une petite bosse au niveau du cou signalait en effet la présence d'un corps étranger. Avec une grande douceur, je tirai sur son menton afin de lui faire écarter ses lèvres.

Cette fille m'avait invité à l'accompagner à la soirée. Peut-être avait-elle eu envie de sentir mes doigts sur sa bouche, mon souffle sur ses joues, nos deux corps proches dans le noir. J'en avais l'estomac tout retourné.

— Elle est en état de choc, déclara Holmes d'une voix calme en avançant des doigts en forme de pince vers le fond de la gorge de la jeune fille.

Je fermai les yeux. Entre mes mains elle se débattit avec d'horribles gargouillements.

— Bravo, murmura Holmes, c'est ça.

Lorsque je rouvris les yeux, elle levait vers le clair de lune un gros diamant bleu qui rutilait.

Il rutilait parce qu'il était couvert de sang.

— *L'Escarboucle bleue*, murmura Holmes.

— Je sais, dis-je alors qu'Elizabeth prenait une grande inspiration dans un violent tressaillement.

Holmes lança la pierre à une pensionnaire en lui disant :

— Toi ! Prends ce truc. C'est du plastique, ça ne vaut pas le coup de le voler, mais la police voudra sûrement l'examiner, et comme vous êtes tous si désireux de me voir soupçonnée… je préfère ne pas en être responsable. Où est Randall ? Toi. Va le chercher. Tu ne vois donc pas que cette fille a été malmenée par un joueur de rugby ? Regardez ces empreintes de pas. Regardez sa *robe*. Je les ai vus en train de danser. *Trouvez-le*. Il faut que je sache si c'était consenti. Le rapport sexuel, bande de débiles, pas le faux diamant qu'on lui a enfoncé dans le gosier… Bien sûr que oui, ils l'ont fait, enfin, il lui a au moins roulé une pelle musclée. Regardez les traces au sol, vous êtes aveugles ? Et où sont nos soi-disant chaperons ? Et cette infirmière à la noix ?

— Je suis là, prononça une voix angoissée.

Je n'avais jamais vu Mlle Bryony Downs hors de son infirmerie. Sa robe de soirée était si serrée qu'elle avait l'air peinte sur elle.

— Occupez-vous d'elle, voulez-vous ? lui lança Holmes en se redressant. Qu'est-ce que fiche cette foutue ambulance ?

Elle mit sa main en visière au-dessus de ses yeux, mais de l'obscurité ne jaillissait aucune lumière. Elle arracha le téléphone des mains d'une de nos camarades et composa le 911.

L'autre protesta.

— Tu n'as qu'à leur parler, lui dit Holmes en lui restituant son téléphone. Rends-toi un peu utile.

— *Holmes*, dis-je avec insistance.

Je venais d'apercevoir à la lisière de la foule la silhouette blonde du dealer. Elle suivit la direction de mon regard et émit un petit cri de surprise.

— Je ne pensais pas qu'on le reverrait.

— Qu'est-ce qu'on fait ?

— Ne le regarde pas directement.

Trop tard. Alors qu'elle prononçait ces mots, il se détourna et commença à se fondre dans la nuit.

— On va devoir le poursuivre de nouveau, soufflai-je.

Mes jambes me faisaient mal rien qu'à cette pensée.

— À vos marques, dit-elle en me gratifiant de son fulgurant sourire.

Le dealer jeta un coup d'œil derrière lui et détala.

Nous nous élançâmes à travers la foule. Certains s'écartèrent sur notre passage, d'autres tentèrent de nous retenir, croyant que nous étions en train de fuir la scène du crime. Ce qui était vrai d'une certaine façon, néanmoins pas dans le sens où ils l'entendaient. Le dealer courait à toute vitesse vers Stevenson Hall. De nombreuses pensionnaires occupaient ces chambres, dont Holmes et Elizabeth. Je ne voyais pas pour quelle raison il allait là-bas sinon pour provoquer encore plus de grabuge. Les coupables couraient toujours… Il était forcément coupable. J'aurais voulu tracer, mais j'avais déjà atteint mon maximum. Soudain, des sirènes me vrillèrent les tympans. Devant moi, la robe de Holmes reflétant les lumières rouge et bleu se parait d'une étrange beauté. Elle était plus rapide que moi, plus petite, plus gracile. Elle était sur le point de rattraper notre fugitif quand trois voitures de patrouille et une ambulance montèrent sur la pelouse à côté de nous.

— C'est pas trop tôt ! hurla Holmes aux policiers qui descendaient de leurs véhicules.

Les ambulanciers sortaient déjà une civière de l'ambulance.

— Charlotte Holmes ?

À sa voix, je reconnus l'inspecteur Shepard, le seul à ne pas porter d'uniforme. Il cria ensuite :

— Stop ! Qu'est-ce que vous faites ? James ! Jamie Watson !

Ni Holmes ni moi ne faisant mine de ralentir, Shepard se lança à notre poursuite.

Les flics, en maugréant et en respirant fort, se mirent à courir en désordre derrière lui. Devant nous, le dealer tourna le coin de Stevenson Hall et disparut.

— Les souterrains ! s'écria Holmes. Il y a une entrée… La porte basse, là, il faut un code…

Je soulevai la masse enchevêtrée du lierre qui tapissait le mur et elle se mit à pianoter sur le digicode.

— Tu as environ deux secondes et demie avant qu'on ait à supporter des brutalités policières.

Elle me jeta un regard féroce.

— Une me suffira.

Le verrou s'ouvrit avec un déclic. Elle me poussa à l'intérieur. La porte claqua dans notre dos.

Lorsque Holmes m'avait pour la première fois signalé l'existence des passages souterrains de Sherringford, j'avais essayé de comprendre. Un réseau de tunnels sous le campus reliant les différents bâtiments de la pension ? Il fallait que je creuse le sujet.

Et la solution, pour en savoir plus, c'était de faire pivoter ma chaise de bureau afin d'interroger Tom, ma source de renseignements privilégiée.

Selon une légende, ces passages dataient du XIXe siècle, une époque où Sherrinford n'était encore qu'un pensionnat de jeunes filles. Dès que la neige s'accumulait sur le sol, les religieuses empruntaient ces tunnels chauffés pour se rendre aux matines ou aux vêpres. De nos jours, d'après Tom, ils étaient utilisés par le personnel d'entretien des différentes résidences. On y trouvait les chaudières et des placards à balais. L'entrée de chaque passage était accessible par une serrure électronique dont le code changeait tous les mois. J'avais fait part à Tom de ma déception : j'aurais préféré entendre parler d'abri antiatomique datant de la guerre froide ou de caches ayant servi aux bootleggers pendant la Prohibition. Tom s'était fendu d'un large sourire. Il y avait encore mieux : les codes n'étaient jamais les mêmes parce que les élèves soudoyaient les types de l'entretien pour les obtenir, ces galeries souterraines étant les seuls endroits où on pouvait vraiment se réunir tranquille sur le campus.

Je savais que Holmes y pratiquait l'escrime.

— C'est un espace long et vide idéal, m'avait-elle dit un jour, les joues rouges. Et si tu continues à ricaner comme ça, je dis à ton père que tu veux déjeuner une fois par semaine avec lui pour parler de tes problèmes existentiels.

Ce soir, il n'y avait personne dans le passage. Notre fugitif était hors de vue. Je mis mes pas dans ceux de Holmes. L'éclairage au plafond clignotait. Le bruit des chaussures de mon amie cliquetant sur le sol me fit penser à un insecte frottant ses pattes. Les poils se hérissèrent sur ma nuque.

— Il se planque quelque part, dit-elle d'une voix qui n'était qu'un souffle.

— On essaie les portes ?

Elle fit non de la tête et leva un doigt en l'air. Des pas résonnaient devant nous, d'une lenteur inquiétante. Nous étions passés d'une folle course-poursuite à une traque prudente. Je me coulai derrière elle dans le tunnel où elle avançait, les yeux fixés sur le sol.

Elle se guidait aux traces qu'il avait laissées sur le linoléum. Pour ma part, je ne voyais rien qu'un peu de terre charriée par le va-et-vient des ouvriers et des marques irrégulières de roues de chariot. Et elle, que voyait-elle ? Je regardai de tous mes yeux. Et soudain, je me rappelai : « Pourquoi courait-il dans des grolles à quatre cents dollars ? » C'était la question qu'elle avait posée la nuit dans la forêt. Du coup, je crus déceler de vagues empreintes de chaussures de ville.

En silence, nous parcourûmes un dédale de galeries. Les cris des flics dehors ne nous parvenaient plus que comme un écho lointain. Mais ils ne tarderaient pas à avoir le code, bientôt ils seraient à nos trousses. Holmes le savait aussi. Elle arpentait ces tunnels tel un chien de chasse. Nous étions à présent sous les pelouses. Les parois étaient maculées de taches d'humidité. L'odeur qui flottait dans l'air me rappelait l'entraînement de rugby. La boue. La terre mouillée. J'étais transporté sur le terrain de Highcombe, je voyais les cheveux brillants de Rose Milton dans les gradins, ses mains jointes, mes crampons arrachant des mottes d'herbe, et surtout je retrouvais cette sensation de faire ce qu'on attendait de moi, pour une fois, et de le faire *bien*…

Holmes me flanqua son bras en travers de la poitrine.

— Là, chuchota-t-elle.

La porte au bout du passage.

Dans notre dos, un fracas métallique nous informa que la police entrait dans le tunnel. La grosse voix de l'inspecteur appela Holmes.

— Après toi, dit-elle en ébauchant un sourire de chasseresse sur le point de fondre sur sa proie.

Elle ne pouvait pas savoir ce qu'il y avait derrière cette porte.

Impossible.

J'entrai sans précipitation, Holmes sur mes talons. Elle laissa la porte se refermer, nous privant du peu de lumière dont nous avions bénéficié jusque-là. Je cherchai à tâtons un interrupteur, un cordon, quelque chose. Mes mains ne rencontraient que des étagères, des rangées d'étagères, et la surface solide et froide d'un mur de parpaings. Je sortis mon téléphone et explorai la pièce à la faible clarté de l'écran.

Nous étions seuls.

Je ne sais pourquoi, j'avais su, dès qu'on y avait mis les pieds, que notre homme n'y serait pas. Sans m'en rendre compte, peut-être avais-je été à l'affût de sa respiration, ou d'un bruit de déplacement à travers la porte. Peut-être commençais-je à m'accoutumer aux surprises que nous réserve le sort ? Peut-être que dans le tréfonds de moi-même, je préférais ne pas être obligé de lui faire face ? Toujours est-il qu'il n'y avait que nous, Holmes et moi, et que je n'en étais pas étonné. Pas étonné, mais pas soulagé non plus.

Nous nous trouvions dans l'antre du tueur.

Des photos de Dobson, avant et après notre bagarre – quelqu'un les avait prises de l'autre bout du campus avec un téléobjectif de paparazzi au rendu si net qu'on voyait les bleus dont j'étais l'auteur. Une carte des passages souterrains, et des plans de Michener Hall et de Stevenson Hall. L'emploi du temps de Dobson avec certains cours soulignés alors que d'autres étaient barrés, annoté dans les pattes de mouche rageuses de Holmes. Et… Merde !… Des photos d'Elizabeth disposées sur le sol plus un dossier épais à son nom. Je me baissai pour le ramasser, puis me ravisai aussitôt : Holmes m'avait dressé à ne pas laisser d'empreintes.

— Holmes, dis-je, c'est ton écriture.

— Je sais.

Enveloppant sa main avec un pan de sa robe, elle tira un tee-shirt du tas de linge sur le matelas nu posé à même le sol. Je m'aperçus qu'il m'était familier.

— C'est le tien, dis-je.

Elle opina.

— C'est une copie d'un des miens.

— C'est ton… ton… ?

— Mon antre ? dit-elle, le tee-shirt toujours entre ses doigts. Quelqu'un voudrait le faire croire, en tout cas.

Tant de questions me brûlaient les lèvres, des questions dont je n'avais pas envie d'entendre la réponse, des questions à reporter à plus tard, parce que les flics étaient en train de forcer la porte du passage. Dans une minute, ils nous trouveraient.

Et pas un instant ils ne cessaient de crier le nom de Holmes.

Ils nous embarquèrent au commissariat, avec la bénédiction de l'administration de Sherringford.

— Au temps pour la protection des mineurs. Toutefois, je suppose que de découvrir l'antre d'un assassin de série télé, ça change beaucoup de choses, ironisa Holmes à l'arrière de la voiture de patrouille.

Portant ses menottes avec une sorte d'élégance dédaigneuse, elle se servit de ses deux mains pour remettre une mèche de cheveux derrière son oreille.

— Tout va bien se passer, Watson. Tu me fais confiance ?

Je restai coi. Je ne voulais pas mentir.

À l'avant, l'inspecteur Shepard s'éclaircit la gorge.

— Je ne préviens jamais ceux à qui j'ai déjà lu leurs droits, mais vous êtes des gosses… Faites gaffe à ne pas dire quoi que ce soit qui puisse vous incriminer… (Une pause.) Bon, c'est pas comme si vous alliez m'écouter, ni l'un ni l'autre.

Une fois au commissariat, Shepard nous sépara. Je me retrouvai enfermé dans une salle d'interrogatoire mal éclairée, dont un mur était pourvu d'une glace dont je savais grâce au cinéma qu'elle était sans tain. Il y avait une chaise, un verre d'eau, une feuille de papier et un crayon. Pour mes aveux, sans doute.

C'était comme au cinéma, sauf que sur le grand écran, on vous épargne l'attente. Et celle-ci fut interminable. Je restai assis près de quatre heures sur cette chaise inconfortable, à piquer parfois du nez, en espérant que quelqu'un vienne enfin me demander de lui raconter ce qui s'était passé.

Qu'allais-je dire, au fait ? Eh bien, monsieur l'inspecteur… Primo, cet imbécile est mort après que, mais non *parce que*, je lui ai flanqué mon poing dans la figure. Il a été empoisonné, et mordu par un serpent, un serpent qui s'est matérialisé apparemment comme par magie, étant donné que personne sur la côte Est n'a signalé la disparition de son reptile chéri. Puis un dealer nous a suivis au restaurant et nous a échappé dans les bois. Je suis allé à une soirée dansante où j'ai failli embrasser ma meilleure amie. Une autre fille voulait danser avec moi et peut-être aussi m'embrasser, mais quelqu'un lui a enfoncé un faux diamant dans la gorge. Alors personne n'a embrassé personne. Dans une salle souterraine, j'ai vu un tas de preuves désignant ma meilleure amie comme une tueuse psychopathe. Car je suppose que vous m'interrogez à propos de tous ces crimes dingues que je n'ai pas commis, alors qu'on cherche justement à vous faire croire que c'est moi le coupable, et on y arrive si bien que même moi je commence à avoir des doutes.

Parfait, pensai-je, le cerveau totalement brouillé. Et je me mis à écrire.

Au-dessus de ma tête, un haut-parleur crachouilla. Je levai les yeux. Il y en avait deux accrochés dans les coins. Je ne les avais pas remarqués, et maintenant je ne pouvais plus les ignorer : ils diffusaient la voix de Charlotte.

« L'année dernière, je me fournissais chez un étudiant de terminale du nom d'Aaron Davis. »

— Eh ! hurlai-je. Votre système audio est détraqué !

Pas de réponse. Seulement la voix de Holmes qui continuait.

« Il me livrait au dortoir, et moi je mettais l'argent dans sa boîte aux lettres. Un jour, il m'a emmenée dans cette pièce, et m'a demandé d'en prendre devant lui. Il voulait s'assurer que je n'étais pas une balance. »

La voix de Shepard l'interrompit.

« C'est donc un dealer, celui que vous avez tous les deux jugé bon de prendre en chasse…

— Je n'avais jamais vu ce type avant. En fait, je n'ai pas bien distingué ses traits, c'est pourquoi je pensais qu'il travaillait pour… (Je crus qu'elle allait dire Milo, ou mon frère, ou peut-être Moriarty.) Je ne sais pas. Je ne sais plus ce que je me suis dit. »

Pas ta meilleure dérobade, pensai-je en faisant la grimace. Puis je me rappelai que je n'étais pas dans son camp. Pas ce soir, en tout cas.

« On a trouvé tes empreintes, Charlotte.

— Aaron faisait ses deals là-dedans. Vous n'écoutez pas ce que je vous dis ? S'il y en a, elles sont sur l'intérieur de la porte et sur le mur, nulle part sur ces faux trucs de tueur en série. En plus, elles datent de quelques mois.

— Est-ce pour cette raison que tu y étais ? Tu essayais de détruire les quelques empreintes que tu avais semées en oubliant de mettre des gants ?

— Vous voulez savoir pourquoi vous m'avez trouvée dans cette pièce vers laquelle j'ai foncé directement sachant que vous me poursuiviez… cette pièce que seuls les plus lamentables étudiants de Sherringford peuvent connaître ? Cette pièce que je me suis amusée à décorer comme dans une série ? Tout ça pour pouvoir détruire les *preuves écrites* que j'y avais laissées… ? (Elle renifla.) Je ne ferai pas insulte à votre intelligence, inspecteur Shepard, en vous rappelant quel nom de famille je porte. Pas par snobisme, mais à cause de ma formation. Je ne suis pas une idiote. Et je n'ai pas tué Lee Dobson, ni agressé Elizabeth Hartwell. Je suis sûre que lorsqu'elle sera en état de parler, elle vous le confirmera.

— Elle souffre d'un grave traumatisme crânien, dit Shepard en baissant d'un ton. Nous ignorons encore à quel point sa mémoire a été affectée. Mais grâce à ta *formation*, tu devrais te douter de ce qui se passe quand on frappe une personne avec un bâton.

— Très bien. Appelez mes parents. Appelez Scotland Yard. J'ai des contacts là-bas. Ils vous diront tous que j'*aide* les gens.

— Tu aurais dû nous appeler, nous, Charlotte. »

Le bruit d'une chaise que l'on recule. Puis la gifle finale :

« Et pendant qu'on y est, quel a été le rôle de Jamie Watson ? C'est ton complice ? De toute évidence, il n'est pas le cerveau derrière tout ça. »

— Eh ! m'écriai-je de nouveau. (Je refusais d'entendre la suite.) Eh ! Il y a quelqu'un ?

« La flatterie ne prend pas avec moi, rétorqua Holmes. Je me débrouille parfaitement toute seule.

— Ton complice, répéta-t-il, plus fort, jusqu'à ce que tu aies besoin d'un gars pour plonger à ta place… pendant que tes parents pleins aux as te font quitter le pays en jet privé. »

À cet instant, je fus dans la position épouvantable de celui à qui vient une pensée à laquelle il se refuse désespérément de croire.

À savoir : la police avait mis en scène cette bizarre écoute « accidentelle » afin qu'en entendant Holmes avouer qu'elle s'était servie de moi depuis le début, je flippe et avoue à mon tour qu'elle était la seule coupable. J'avais déjà regardé *New York, section criminelle*. Je savais comment ça marche, comment ils dressent les suspects les uns contre les autres dans le but qu'ils se dénoncent mutuellement. Mais ils se trompaient. Fin de l'histoire.

Sauf que….

Et si la police avait raison ?

Et si elle avait tué ce connard de Dobson et décidé, pour rire, de me traîner avec elle en feignant d'enquêter sur le crime qu'elle avait elle-même commis ? Et si Holmes était furieuse contre cet homme qui la traitait de meurtrière parce que, justement, elle en était une ? Et si, pendant le temps qui séparait le moment où elle m'avait laissé en compagnie de M. Wheatley au buffet et celui où je l'avais retrouvée assise dehors sur le banc, elle avait assommé Elizabeth Hartwell et lui avait enfoncé un joyau synthétique dans la gorge ? Et si elle s'était débarrassée de sang-froid de Dobson pour se venger ? Et si… oh, mon Dieu… notre amitié n'était qu'une note en bas de page perverse dans une parodie des aventures de nos ancêtres ? Holmes et Watson, réunis de nouveau, rejouant *L'Escarboucle bleue* sur le campus ténébreux de Sherringford. Seulement, au lieu de cacher le joyau volé dans le gosier d'une oie, elle l'avait fourré dans la gorge d'une pauvre fille afin qu'elle s'étouffe.

« Jamie Watson, dit Holmes d'une voix égale, est beaucoup plus futé que vous ne croyez. Il n'est pas mon complice. Il n'est le complice de personne. Et il n'est coupable de rien. »

Elle avait dit « il », pas « nous ».

Je ne me sentis pas mieux pour autant. Pas même quand la porte s'ouvrit pour livrer passage à mon père ahuri, qui, en me voyant, s'exclama :

— Bon, je te ramène à la maison.

En sortant du commissariat, mon père m'apprit que nous n'étions, ni Holmes ni moi, mis en examen.

La police ne détenait pas assez de preuves contre nous, et celles qu'elle avait étaient seulement circonstancielles. Tout ce que les flics pouvaient faire, c'était nous interroger.

— C'est une bonne chose qu'ils n'aient pas eu le temps avec toi, me dit-il.

Il me dévisagea intensément et me rappela, comme s'il prononçait une sentence de vieux sage, que je devais toujours réclamer un avocat.

En général, je détestais que mon père ne se conduise pas en père. Je l'aurais volontiers échangé, lui et son enthousiasme, contre n'importe quelle figure d'autorité, même la plus barbante, mais ce soir, j'étais content qu'on m'épargne un sermon et des larmes.

Mon père me récupère dans un commissariat au milieu de la nuit, pensai-je, *et il a juste l'air un peu plus survolté qu'à l'accoutumée.*

— Je vais chercher la voiture, me dit-il. Une fois à la maison, tu vas dormir. Je n'ai pu t'obtenir qu'une journée de répit. Ils veulent de nouveau t'interroger ce soir. Shepard a maintenu son rendez-vous.

Je vacillais un peu sur mes jambes, ne pensant à rien de particulier. Pas avant de l'entendre s'approcher derrière moi comme un chat. Je m'interdis de me retourner.

Mon père avança la voiture. Holmes ouvrit la portière côté passager et s'installa près de lui. Furax, je me contentai de la banquette arrière où je me ménageai une place en écartant une petite avalanche de jouets et de papiers bonbon appartenant, sans aucun doute, à ces demi-frères que je ne connaissais pas.

Je m'efforçai de repousser l'impression d'être la *guest star* dans le film de ma propre vie.

Tout en conduisant, mon père ne cessait de bavarder et Holmes répliquait par monosyllabes. Quant à moi, je n'avais rien à dire. Au fond de mon cerveau se réveillait un monstre rugissant. Lors d'un arrêt à une station-service à la lisière de la ville, j'appuyai ma tête à la vitre froide et tentai de calmer ma respiration. Dans quelques heures, je serais arrêté pour un crime que je n'avais pas commis. Si seulement je n'étais jamais revenu aux États-Unis ! Si seulement j'avais tué Dobson, rien que pour avoir quelque chose à avouer et mettre un terme à toute cette histoire. Je repensai à mon rêve débile, Charlotte Holmes et moi dans un train emballé. Peut-être était-ce ce que j'aurais ressenti à l'instant où il aurait fini par dérailler.

À un moment donné, Holmes se retourna à moitié pour passer son bras derrière son siège. Elle me prit la main et la serra fermement dans la sienne. Je fus tenté de me dérober. C'était peut-être la main d'une meurtrière. Bah, j'étais trop fatigué. Le trajet se termina en silence.

J'étais tellement embringué dans cette affaire d'interrogatoire que j'avais oublié le reste. Quand ma maison natale m'apparut soudain, je ne sais pourquoi, c'est le souvenir de mon premier vélo qui me traversa l'esprit. Je me revoyais assis sur la selle, mon père continuant à la tenir alors que je lui avais demandé de lâcher. Il l'avait fait, finalement, en explosant de rire, et j'avais roulé quelques mètres avant de heurter une bosse et de faire un vol plané par-dessus le guidon.

Aujourd'hui, malgré le froid, un vélo gisait sur la pelouse. Ce n'était pas le mien. Les yeux de mon père observèrent ma réaction dans le rétroviseur. J'y distinguai une lueur d'inquiétude. Le pauvre, lui aussi avait droit à sa dose d'angoisse. Pour la première fois de ma vie, j'eus pitié de lui.

Alors qu'il rentrait la voiture au garage, il dit en affectant un ton jovial :

— Abbie est chez sa mère avec les garçons pour le week-end. On a la maison pour nous tout seuls. J'ai préparé un hachis Parmentier. Il suffit de le mettre au four. Mais d'abord, pour vous deux, la consigne, c'est : repos.

Holmes s'effondra tout de suite sur le canapé du salon. Sans ôter ses chaussures, sans prononcer un mot, elle s'allongea dans sa robe de soirée et s'endormit immédiatement.

— Il y a une chambre d'amis, me dit mon père alors que je me recroquevillais dans le fauteuil à côté d'elle.

— Je sais. J'habitais ici autrefois.

Il ne trouva rien à répliquer, parce qu'il n'y avait rien à dire.

En vérité, pour diverses raisons, contradictoires en plus, je ne voulais pas la lâcher des yeux. Même à moitié endormi, je restais vigilant. Au cas où elle déciderait de se sauver et de me laisser seul.

À mon réveil, la lumière était crépusculaire. L'horloge murale indiquait 18 : 07. J'avais roupillé toute la journée, et à voir l'état du canapé, Holmes aussi.

Un bruit me parvint de la cuisine. La pièce était aussi bien éclairée que dans mon souvenir. La table et les chaises étaient les mêmes. Les placards autrefois sombres avaient été repeints en blanc, et les murs en bleu pervenche. Un coq en céramique trônait au-dessus de l'évier... Les touches Abigail. Lorsque mon père me proposa un tour de la maison, je refusai.

Holmes, perchée sur un tabouret, balançait ses jambes dans le vide tout en inspectant la pièce. Je voyais dans ses yeux se construire l'histoire de la maison, de mon enfance, comme un soldat assemble son fusil dans le noir. Au moins l'un de nous deux savait se conduire normalement et, aujourd'hui, pour la première fois, c'était elle.

— Salut ! dis-je.

— Salut. T'as bien dormi ?

— Super.

Nous évitions de nous regarder.

— Bien, dit mon père qui venait d'allumer le four. Il faut nous y mettre. Ce gars, Shepard, débarque dans... (il consulta sa montre)... dans une heure. Qu'est-ce qu'on a comme éléments ? À votre décharge ?

— Zéro, répondit Holmes. Bon, sauf le fait qu'on n'a tué personne.

— Tu n'as tué personne, répétai-je.

Elle haussa un sourcil.

— On n'a attaqué personne dans cette pension. On n'a jamais tué personne.

Elle faisait attention aux mots qu'elle employait. Ça se voyait.

— Et cet antre de tueur en série n'avait rien à voir avec toi.

— Non…

Étonnamment, elle me fit un grand sourire.

— … C'était le tien ? Tu aurais quand même pu le partager.

Je fronçai le nez et elle me donna un coup dans le bras. Au secours ! Je ne pouvais pas rester en colère contre elle, même s'il s'avérait qu'elle était capable de tuer de sang-froid. Je nageais en eaux trop profondes.

— Bien, dit mon père de nouveau, déconcerté. Pour moi, c'est évident. Mais avez-vous des preuves ?

— Nous avons un témoin qui confirmera que nous n'avons pas agressé Elizabeth. Elizabeth elle-même, quand elle se réveillera. Mais ça, c'est pour l'instant théorique. Dans une heure et quinze minutes, j'aurai de quoi lever tous les soupçons qui pèsent sur nous et obliger Shepard à nous faire participer à l'enquête.

Je tombais des nues.

— Quoi ?

Elle coinça une mèche derrière son oreille et se renfrogna. En face de nous, mon père avait les yeux qui pétillaient.

— Tu ne devrais pas être… tu sais… inquiet ? ajoutai-je.

Il sortit du réfrigérateur une bouteille de champagne.

— C'est le moment de porter un toast, je crois. Un petit remontant ne nous fera pas de mal.

Le bouchon sauta, des bulles montèrent. Holmes et moi échangeâmes un coup d'œil stupéfait. Nous ne nous étions pas attendus à ce qu'il la croie. Très peu de gens réussissaient à la prendre au dépourvu. Apparemment mon père avait ce talent. Moi je m'en contrefichais. Je tenais une flûte de champagne, sans doute la dernière de ma vie d'ado libre. J'aspirai avec délices la mousse.

Holmes étant Holmes, elle voulut tirer cette histoire au clair.

— Oh, c'est merveilleux, merci beaucoup. Mais dites-nous ce que nous célébrons ! Vous ne pouvez pas avoir à ce point confiance en moi. Il y a quelque chose d'autre…

Elle s'appuya sur une main, déployant les vastes réserves de charme qu'elle tenait cachées pour ce genre d'occasion.

— … Ce plat que vous cuisinez sent délicieusement bon. Je ne me rappelle même pas à quand remonte mon dernier vrai repas.

Mon père remarqua peut-être, non, il remarqua forcément qu'elle jouait la comédie. Mais cela n'eut pas l'air de le déranger.

— C'est une recette de la grand-mère de Jamie. Ça fait longtemps que je n'avais pas préparé ce plat, dit-il avec un énorme sourire. Je suis content que ce soit arrangé pour vous deux. Je me suis fait de la bile.

— Qu'est-ce qui est arrangé ? (Tout ça ne me disait rien qui vaille.) Charlotte, tu vas m'avouer maintenant que tu as tué Dobson rien que pour exercer tes talents de détective… ?

Mon père m'arrêta d'un geste.

— Jamie, ne sois pas aussi mélodramatique. Bien sûr que non.

— Bien sûr que non, souffla Holmes dont le mécanisme intellectuel se remettait en marche. J'ai commencé bien avant.

— Oui, approuva mon père, l'air enchanté. Continue.

Elle me toisa comme elle l'aurait fait avec un cheval. Je me trémoussai, gêné.

— Pour le sport. Ça a un lien avec le rugby.

Mon père leva sa flûte.

— Excellent. Désolé, Jamie, mais je n'arrive toujours pas à croire que tu aies gobé un truc pareil. Une bourse due à tes prouesses sur le terrain ? D'accord, tu es un très bon joueur, et sûrement assez bon pour leur équipe, mais avoue que c'était un peu tiré par les cheveux. (Il but une gorgée d'un air pensif.) Eh bien, non, c'est quelque chose qu'on a comploté entre nous l'été dernier.

— Qui, « nous » ?

— Vous et mon oncle, dit Holmes à mon père.

— Comment ? fis-je d'une voix faible.

Ainsi je n'étais finalement pas un génie du ballon ovale et personne n'en avait informé notre pauvre capitaine.

— Attends un peu, repris-je en montant le ton. Tu vas trouver la clé de ce mystère. Pas celui de Dobson, d'Elizabeth et du dealer, mais *celui-ci*. Et tout de suite ! (J'étouffai un rire hystérique.) Alors que je n'étais même pas au courant qu'il y avait un mystère. Bon sang, mais quel péché ai-je commis dans une vie antérieure pour être maintenant coincé avec quelqu'un comme toi ?

— Continue, l'encouragea mon père en riant. (Au moins l'un de nous s'amusait.) Dis-moi comment tu l'as appris.

Elle énuméra ses déductions en comptant sur ses doigts.

— Vous êtes né à Édimbourg ainsi que tous les membres de votre famille, mais vous avez cette pointe d'accent qu'on n'acquiert que dans les meilleurs pensionnats anglais. Quand vous avez ouvert le placard pour prendre les flûtes à champagne, j'ai aperçu un mug sur l'étagère du haut au logo du Balliol College. Vous avez donc fait vos études à Oxford…

Mon père ouvrit les mains, attendant la suite.

— … Vous m'avez tout de suite prise dans vos bras quand vous m'avez rencontrée, alors que vous n'avez pas embrassé votre fils. Même compte tenu de vos relations difficiles…

Le sourire de mon père flancha un instant.

— … Si vous étiez capable de ce genre d'élan de tendresse, je ne voyais pas pourquoi vous n'aviez pas au moins essayé de l'embrasser. C'est que vous aviez l'impression de déjà me connaître. Vous aviez entendu parler de moi, et pas dans les journaux, ou vous auriez seulement manifesté une pitié polie sans démonstration d'affection. Non, quelqu'un vous a parlé de moi en termes élogieux – ce qui exclut mes parents – et chaleureux – ce qui exclut la majorité de ma famille. Mon frère Milo n'a pas d'amis et, de toute façon, vous n'aviez aucune raison de bavarder avec un génie de l'informatique grassouillet qui ne quitte son appartement de Berlin qu'en dernière extrémité. Ma tante Araminta est gentille, autrement dit elle est glaciale en société. Ma cousine Margaret a douze ans, et ma grand-tante Agatha est morte. Voilà pour le panorama de mon expansive parentèle.

« Il manque, bien sûr, mon cher oncle Leander, Balliol College, promotion 1989, qui m'a offert mon violon et qui est le premier Holmes de mémoire d'homme à avoir organisé de son propre chef une fête. Vous êtes potes tous les deux, c'est bien ça… ?

Elle le dévisagea quelques instants.

— … Oh, et colocs. Pendant au moins un an et pas plus de trois.

Je me versai un autre verre de champagne et le bus cul sec.

Mon père eut le bon réflexe de ranger la bouteille.

— Tu es aussi futé que lui, Charlotte, et beaucoup plus rapide. Leander, cet ami si cher, est si paresseux qu'il est capable de résoudre une énigme et d'oublier pendant des mois d'en informer son client.

— Il était ici pour la fête d'anniversaire de tes sept ans, me dit mon père. Tu ne te rappelles pas ?…

Je me souvenais d'une fête foraine, d'autos tamponneuses et de jeux d'arcade.

— … Il t'avait donné un lapin. Géant. Avec de longues oreilles pendantes. Ta mère étant ce qu'elle est l'avait envoyé tout droit dans une ferme à la campagne.

— Harold, dis-je, recomposant le tableau.

C'était ainsi que s'appelait le lapin. J'avais un vague souvenir d'un homme immense et longiligne avec des cheveux noirs coiffés en arrière et un sourire goguenard.

— Je partageais une chambre avec lui à l'époque où je n'avais pas encore rencontré ta mère. Au temps où j'étais célibataire, avant qu'on ne m'ait attiré à Londres. Leander a ouvert un cabinet de détectives privés, et j'étais… eh bien, je m'ennuyais. On nous avait présentés lors de je ne sais quelle réunion d'étudiants dans une taverne. Je suis sûr que tu as remarqué combien les gens sont tous pressés de présenter un Holmes à un Watson. Il draguait le barman. Je crois qu'il a fini par le ramener chez lui ce soir-là. Quel charme il avait quand il le voulait, sacré Leander… et quand la situation s'y prêtait.

Il haussa un sourcil au bénéfice de Holmes qui ne rougit pas mais n'en était pas loin.

— Vous êtes encore potes ? demandai-je.

— Oui, bien sûr. À nous deux, on est un magnifique désastre. On ne compare pas les pommes et les oranges, n'est-ce pas ? Et encore moins les pommes et les machettes…

Il scruta quelques instants mon expression.

— … Je pensais que tu avais besoin de te secouer un peu, Jamie. Cette fabrique à snobs prétentieux à Londres coûtait beaucoup trop cher pour ce qu'elle était. J'en ai parlé à Leander et il m'a appris que Charlotte ici présente avait été parachutée, seule et sans copines, dans un établissement à une heure de route de chez moi. Tu croyais vraiment à une coïncidence… que vous vous retrouviez tous les deux ici, en Amérique, dans la même pension ?

J'en avais par-dessus la tête de ses rodomontades et de ses questions rhétoriques.

— Oui, dis-je sèchement. Et ton hachis Parmentier est en train de brûler.

Holmes huma l'air.

— Ça sent bon, dit-elle en sortant le plat du four.

Je la fusillai du regard. Elle fit un geste d'impuissance.

— Leander a proposé de payer tes frais de scolarité. J'ai refusé, mais il a dit que c'était ça ou acheter un nouveau stradivarius. J'ai essayé de lui démontrer qu'il lui faudrait inscrire une ville entière à Sherringford pour s'approcher du prix d'un strad, mais il a tenu bon. J'ai cédé. Voilà. Leander a fait un tour de passe-passe et la direction t'a offert une « bourse ». Tu ne t'es pas demandé pourquoi tu ne l'avais pas perdue quand tu as été suspendu de l'équipe de rugby ? dit mon père avec un large sourire. Tu le sais maintenant. Tout ça a été très rigolo. Il était enchanté.

— Tant mieux, dis-je, songeant combien j'avais été furieux d'être envoyé au loin, de quitter Londres, mes amis, ma petite sœur. Très drôle, vraiment.

— Eh bien, dit mon père en tapant dans ses mains. Vous vous êtes rencontrés ! Vous avez sympathisé ! Vous vous êtes trouvé un meurtre à résoudre ! Je n'en demandais pas plus. Venez, mangeons avant que l'inspecteur débarque.

Le téléphone de Holmes vibra.

— Il faut que je réponde, excusez-moi.

Elle sortit dans le jardin par la porte de la cuisine. Je l'observai à travers la vitre marchant de long en large dans sa robe longue. Elle parlait avec animation.

— Qui peut bien lui téléphoner ? m'interrogeai-je à haute voix. Ça doit être son frère.

Mon père continua à découper des parts de hachis Parmentier.

— J'espère que tu ne m'en veux pas.

— Non, je suis furieux, c'est tout.

— On dirait pourtant que notre plan a marché, tu dois bien l'admettre.

Il me tendit une assiette pleine. J'aurais voulu la refuser, mais j'avais une faim de loup.

— Et alors ? Ça a marché, et après ? répliquai-je d'une voix étranglée. Je ne te dois rien.

— Jamie. S'il te plaît, ne fais pas le difficile... (Il évita mon regard.) Tu n'es pas content d'avoir rencontré Charlotte ? Elle est merveilleuse, non ?

— Tu veux bien arrêter de tourner autour du pot ? Il n'est pas question de Charlotte, mais de tes magouilles pour m'amener ici. Merde ! Tu me connais même pas ! Je t'avais pas vu depuis des années. Si tu t'ennuies, tu n'as pas le droit de fiche ma vie en l'air rien que pour te distraire. C'est dégueulasse !

— Surveille ton langage.

— T'as pas le droit ! m'écriai-je, surpris moi-même par la force de ma voix. Tu ne peux pas nier ce que je te dis. Ma vie est un foutoir sans nom que, pour une raison qui m'échappe, tu as l'air de trouver *charmant*.

Les mains tremblantes, il posa son couteau. Et à ma consternation, ses yeux se remplirent de larmes.

— Tu as raison, Jamie. Je ne te connais plus. Mais je ne vois pas pourquoi je n'aurais pas envie que ça change.

À cet instant, on sonna à la porte.

— Il est en avance, constata mon père en se dépêchant de servir Holmes. J'y vais !

Lorsqu'il quitta la pièce, je laissai échapper un gros soupir.

Holmes se coula à l'intérieur.

— Eh bé, pas cool, ça, fit-elle en me dévisageant.

C'était une simple observation, pas l'expression d'une quelconque sympathie.

— Assieds-toi, dis-je en tirant un tabouret. C'était qui au téléphone ?

Mon père entra, l'inspecteur Shepard sur ses talons. Holmes décela sur leurs visages quelque chose qui m'échappa, car elle qui se tenait déjà toujours très droite, se redressa comme un ressort qui se détend.

— Jamie, Charlotte, nous salua Shepard dont les yeux étaient plus cernés que la dernière fois que je l'avais vu. Je suis là pour vous ramener au poste. Maintenant, tout de suite.

— Sous quel motif ? lui demandai-je.

— Je vous ramène, répéta-t-il, ce qui était une non-réponse.

— Vous devrez attendre l'arrivée de mon avocat, déclara Holmes froidement. Il nous représentera tous les deux. Comme son cabinet est à New York, il faudra patienter quelques heures. Je peux l'appeler ?

L'inspecteur acquiesça et elle téléphona devant nous.

Quel soulagement, me dis-je. Comme le pire était en train de se produire, je pouvais enfin cesser de m'angoisser à l'avance.

Mon père étant mon père choisit ce moment pour commencer à s'inquiéter.

— Ça ne vous dérange pas qu'ils mangent en attendant ? s'enquit-il. Dieu sait combien de temps vous allez les retenir… Vous êtes invité à vous joindre à nous d'ailleurs, inspecteur.

Shepard hésita. Il contempla la silhouette longiligne de Holmes puis l'assiette fumante placée devant moi.

— Très bien. Ils peuvent manger, puisque de toute façon il faut attendre l'avocat. Mais ne traînez pas.

Il posa son sac et s'assit.

Je fis de mon mieux pour faire honneur au hachis Parmentier, mais ne parvins à en avaler que quelques bouchées. Pour sa part, Holmes décida, pour une fois, qu'elle était en appétit. Lentement, avec beaucoup de soin, elle prit les carottes une par une. Une fois qu'elles furent toutes mises de côté, elle les coupa en quartiers. Après en avoir piqué un sur sa fourchette, elle le nappa de purée et le porta à sa bouche. Elle mastiqua chaque bouchée dix-sept fois. En face d'elle, mon père l'observait, cramponné d'une main au bord de la table.

Je me demandais s'il trouvait toujours la situation aussi cocasse.

Le silence régnait. Vingt minutes s'écoulèrent. Holmes n'avait pas encore attaqué la partie viande. L'inspecteur se mit à manifester des signes d'impatience. Je tentai de lui appliquer la méthode de déduction de Holmes. Il avait la trentaine bien sonnée, frisant la quarantaine. Il était rasé de près mais ses vêtements étaient chiffonnés. Il n'était manifestement pas rentré chez lui prendre une douche depuis qu'il nous avait interrogés la veille au soir. Il portait une alliance à la main gauche. Je n'aurais su déterminer s'il avait des enfants, mais le fait qu'il nous ait permis de manger m'incitait à penser qu'il était père de famille. Ce que je trouvais bizarre, c'était son manque d'aisance. Comme mon père, il avait perdu sa belle assurance.

— Je comprends pourquoi tu as fait ça… À Dobson, déclara-t-il calmement en fixant Holmes, les sourcils froncés.

Elle ne leva pas les yeux. Il continua :

— D'après tout ce que j'entends, ce gamin était un salaud, en plus il te harcelait. Ce que je ne comprends pas, en revanche, c'est pourquoi tu n'as pas porté plainte auprès de l'administration. Et je ne vois pas pour quelle raison vous avez tous les deux agressé Elizabeth Hartwell. L'infirmière, Bryony Downs, m'a rapporté, Charlotte, ta conduite extravagante pendant la soirée…

— Une façon de se faire des amis, dis-je en regardant Holmes.

— … Et qu'est-ce qui vous a pris de pourchasser ce type dans des passages souterrains dont je ne soupçonnais même pas l'existence, pour aboutir dans une pièce qu'on dirait tout droit sortie d'une série policière ? J'y ai trouvé ça, au fait…

Il sortit de son sac un pantalon et une chemise noire, les secoua et les brandit devant nous.

— … Ils sont à l'un de vous ?

Je reconnus une partie des vêtements qui avaient été entassés sur le matelas.

Holmes y jeta un regard indifférent.

— Oui, dit-elle. Mais si vous les regardez de près, vous verrez qu'ils n'ont jamais été portés.

Shepard acquiesça. Elle ne lui apprenait rien.

— Je les ai examinés, Charlotte. J'ai passé pas mal de coups de fil ce matin. Dont un à ta mère.

Mon père se pencha en avant en soufflant :

— Et… ?

Shepard se massa la tempe, sans doute pour nous montrer qu'il réfléchissait, puis il tira de son sac un classeur qu'il ouvrit sur la table.

— Jamie, pourrais-tu me dire si tu reconnais ton présumé dealer ?

Je repoussai mon assiette. Les douze hommes dont les portraits s'étalaient sous mes yeux avaient en commun d'une part la blondeur et d'autre part la laideur. Il y en avait qui étaient à peine plus vieux que moi, d'autres semblaient avoir une bonne quarantaine. L'un d'eux avait un sourcil barré d'une cicatrice. Un autre avait un sourire édenté. Le troisième à partir du haut était plus proche du personnage que j'avais aperçu. Je fouillai ma mémoire.

— Lui, dis-je avec une assurance que j'étais loin d'éprouver.

— Cet individu s'est présenté de lui-même au poste ce matin, dit l'inspecteur en tapotant la photo. Il a déclaré que Charlotte revendait de la drogue pour lui depuis très longtemps. Il m'a fait voir une liste de l'écriture de ta petite camarade. Il est désolé, il reconnaît ses erreurs passées, et ne pense plus qu'à protéger les gamins… contre *elle*.

Shepard ferma les yeux et serra les paupières comme s'il avait mal. Il enchaîna :

— La liste est parfaitement rédigée. Et c'est bien ton écriture, Charlotte, dont j'ai obtenu un échantillon auprès de ta prof de biologie.

— Comment s'appelle ce type ? s'enquit-elle, l'air à peine plus intéressée que ça.

Shepard haussa un sourcil.

— John Smith.

Holmes sortit de la cuisine et revint quelques instants plus tard munie du petit carnet rouge. Elle le feuilleta jusqu'aux dernières pages. CHARLOTTE HOLMES EST UNE MEURTRIÈRE, y lisait-on dans son écriture en pattes de mouche.

— Libre à vous de me croire ou de ne pas me croire, mais nous avons trouvé ceci dans la voiture de votre John Smith.

Elle retourna à son assiette.

— Nous allons enquêter auprès des pensionnaires à qui Charlotte a vendu de la drogue, nous déclara l'inspecteur. La vérité finira bien par éclater.

— Ce sont des faux, intervins-je en regardant Holmes. Tout ça, c'est l'œuvre d'un faussaire…

— Écoutez, me coupa Shepard. Ce matin, j'ai, entre autres, appelé Scotland Yard. Ils répondent tous de toi, Charlotte. Tout le monde ne t'adore pas, et personne n'est étonné que tu sois mêlée à un crime, mais ils m'ont tous juré que tu ne ferais pas de mal à une mouche. Embêter quelqu'un à mort, peut-être…

Holmes eut un petit sourire en coin mais ne broncha pas. L'inspecteur se frotta les yeux.

— Ils m'ont aussi précisé que si c'était toi qui avais fait le coup, tu ne figurerais même pas sur la liste des suspects…

L'inspecteur se tourna vers mon père afin de commenter :

— Apparemment, elle excelle à ce point. Après quoi j'ai téléphoné à la police judiciaire de Philadelphie pour en savoir plus sur Aaron Davis, le dernier dealer à avoir sévi à Sherringford. Il paraît qu'il est derrière les barreaux. J'ai un pote là-bas qui me devait une faveur. Il a posé quelques questions à Aaron. Il se souvient de Charlotte. Il confirme sa version. Il lui aurait bien vendu l'année dernière de la dope dans la fameuse pièce. Il a ajouté qu'elle n'a pas assez de copains ni de patience pour être une revendeuse. On attend de voir, comme j'ai dit. Aaron est un filou, on ne peut pas se fier à sa parole, mais…

Shepard haussa les épaules.

— … un gamin est mort. Une jeune fille est à l'hôpital. Vous êtes des suspects tout désignés. Charlotte officie dans un laboratoire où elle conserve tout un tas de poisons. Et toi… (il pointa l'index sur moi)… tu pouvais facilement te glisser dans la chambre de Lee Dobson. On t'a vu flirter avec Elizabeth Hartwell. À croire que vous jouez tous les deux aux liaisons dangereuses et avez conclu des pactes qui ont mal tourné. Il est possible qu'on vous ait tendu un piège. Il est possible qu'on sème des preuves qui vous accusent. Cependant, le pronostic le plus probable, c'est que Charlotte Holmes n'est pas celle que l'on croit, en tout cas pas tant qu'on n'a pas trouvé la…

Holmes leva les yeux et, à l'instant même, le téléphone de Shepard carillonna.

— Pardon. (Il leva le portable à son oreille.) Shepard… Pas si vite. Elle a *quoi* ?… Non. Non, c'est OK… Ouais. Elle est hors de danger… Bon, j'arrive…

Il jeta dans notre direction un regard soulagé et ajouta :

— J'ai juste quelque chose à terminer ici.

— Ce hachis Parmentier est délicieux, dit Holmes à mon père qui la fixa d'un air catastrophé. Je peux en ravoir ?

Quelqu'un avait tenté de tuer Lena.

C'est en tout cas ce que Shepard nous annonça. Pas perturbée par l'absence de Holmes, Lena avait passé la journée dans son lit, à lire des magazines et à grignoter un paquet de biscuits que lui avait posté sa mère. Comme elle avait mis la musique à fond, lorsqu'on avait frappé à sa porte, elle n'avait pas été certaine au départ d'avoir bien entendu. Elle avait quand même fini par se lever et l'avait trouvé sur le seuil : un colis, et à l'intérieur du colis, une boîte à bijoux en ivoire.

Lena l'avait déballée mais n'avait pas ouvert le couvercle coulissant de la boîte. Étant donné l'identité de celle qui partageait sa chambre, elle avait l'habitude de voir des objets bizarres y atterrir, mais jusqu'ici tous ces curieux paquets avaient toujours été adressés à Holmes (« Je fais mes courses sur Internet », avait déclaré sans ciller Holmes à l'inspecteur Shepard). Elle l'avait donc posée sur le bureau de sa camarade et s'était recouchée pour faire une sieste.

Vingt minutes plus tard, elle avait été réveillée par un type au visage camouflé par un passe-montagne. Penché sur elle, il avait la main sur sa gorge, comme s'il cherchait à vérifier si elle vivait encore, ou à l'étrangler. Lena avait poussé un cri perçant. Le type s'était sauvé. Elle avait appelé la police sur-le-champ et lui avait confié la mystérieuse boîte. Pendant que Shepard nous racontait l'incident, des techniciens étaient en train de l'examiner.

Ce récit avait un parfum de déjà-vu, mais ma mémoire se refusait à livrer le souvenir qui s'y rattachait.

— Quand est-ce que ça s'est passé ? s'enquit Holmes, dont les mains tremblaient. (Je ne m'étais pas rendu compte qu'elle tenait à ce point à Lena.) Maintenant ? Je lui ai parlé il y a vingt minutes.

L'inspecteur sortit un calepin et un crayon.

— De quoi ?

Les lèvres de Holmes tressaillirent.

— Elle a renversé du punch sur ma robe pendant la soirée. Elle voulait savoir si j'étais toujours en rogne contre elle. Je lui ai dit que c'était oublié, et que nous apporterions ma robe chez le teinturier. Sans rancune.

C'était donc avec Lena qu'elle s'entretenait tout à l'heure au téléphone. C'était la première fois que je voyais Holmes répondre à un appel de sa coloc. Elle laissait toujours la personne qui appelait tomber directement sur sa messagerie et ne rappelait que si ça l'arrangeait.

— Elle sait que tu as été au poste ? Elle sait où tu es aujourd'hui ? questionna-t-il.

— Non. La seule personne avec qui je parle vraiment, c'est Jamie. Cela m'étonnerait qu'ils sachent à l'école que je suis partie, à moins de vous avoir vus en train de nous embarquer. Sauf qu'il faisait noir.

Mon père qui, assis sur une chaise dans un coin, prenait des notes, marmonna tout bas :

— Noir.

— Mais Lena, ça va ? demanda Holmes, sa lèvre inférieure toujours tremblotante. Je suis désolée…

C'est horrible… Je suis persuadée que c'est à moi qu'en voulait ce type, pas à Lena. Et cette boîte bizarre… Jamie, ça te rappelle pas quelque chose ?

Je la dévisageai. Elle réagissait de manière beaucoup trop *normale*. Comme si d'apprendre qu'un crime avait été près de se commettre dans sa propre chambre suscitait chez elle le plus vif intérêt…

La lumière se fit soudain dans mon esprit.

Oh, Charlotte Holmes était brillante. Semblable à ces comètes dont on ne peut observer le passage sans se brûler la rétine. Semblable à un lac bioluminescent. Ce matin de très bonne heure, alors que le reste du monde dormait, la détective de seize ans fan de sciences capable d'un seul coup d'œil de retracer votre vie avait installé dans une petite boîte sculptée un ressort pointu imprégné de poison.

Elle s'était improvisée la cible d'un faux crime dans le seul but de nous innocenter du vrai. Et elle s'était servie de Lena et d'un gars mystérieux pour arriver à ses fins.

— Culverton Smith, dis-je en énonçant la solution à haute voix à l'intention de Shepard. Ça sort des aventures de Sherlock Holmes. On nous a tendu un piège. Surtout dites à vos hommes de porter des gants quand ils manipulent cette boîte. Des gants épais.

Il me prit au sérieux et rappela tout de suite le commissariat.

— J'ai quelqu'un d'autre à voir, dit-il en raccrochant. Mais j'exige une explication à mon retour.

Sur ce, il s'en fut.

— Holmes, dis-je, tu es un génie.

De l'autre côté de la table, l'expression de Holmes passa de faussement angoissée à très satisfaite.

— C'est une super histoire. *Le Détective agonisant.* Dommage que le Dr Watson ait édulcoré un superbe exercice de logique par toutes ces débilités sentimentales sur son partenaire.

Le Détective agonisant a toujours été pour moi le récit le plus pénible à lire, pourtant il est rondement mené. On est en 1890. Le Dr Watson, qui est marié et n'habite plus Baker Street, est appelé de toute urgence au chevet de Sherlock Holmes. Le détective a attrapé une maladie rare extrêmement contagieuse qui, dit-il au Dr Watson, ne peut être guérie que par un certain Culverton Smith, un spécialiste des maladies tropicales qui loge à proximité. Le hic, c'est que Smith déteste Sherlock Holmes qui l'a soupçonné à juste titre d'être un meurtrier – sa victime avait attrapé cette même maladie et en était morte. Mais Holmes insiste auprès de Watson pour qu'il le persuade de venir : Smith est leur seul espoir. Pendant que Holmes divague, Watson ramasse distraitement sur la tablette de la cheminée une jolie petite boîte en ivoire. Holmes lui ordonne dans un hurlement de la poser immédiatement.

Watson est persuadé que son ami est mourant. C'est horrible à lire, et encore plus horrible de voir que Watson suit à la lettre les ordres de Sherlock Holmes, alors qu'ils sont manifestement le produit d'un esprit délirant. Est-ce la confiance, ou l'affection, ou encore les vieilles habitudes qui le poussent à obéir à la dernière injonction démente de Holmes qui lui demande de se cacher derrière la tête de lit avant l'arrivée de Smith ? Smith entre. La lumière dispensée par la lampe à gaz est faible. Holmes, en sueur, râle sur son lit. Le type se gausse, croyant être seul en compagnie du détective. Cette petite boîte en ivoire ? C'est lui qui l'a envoyée par la poste, équipée d'un ressort pointu empoisonné, comptant sur le fait que Holmes se laisserait prendre. Après ces aveux, Sherlock Holmes, que l'autre croit à l'agonie, le prie d'augmenter la flamme de la lampe à gaz. C'est un signal : la porte s'ouvre et l'inspecteur Morton de Scotland Yard apparaît. Watson, dans sa cachette, a été témoin de la conversation. Smith est embarqué manu militari.

Et Sherlock ? Il n'était pas malade pour deux sous. Tous ses symptômes étaient simulés. Trois jours de jeûne l'avaient amaigri et rendu pâle, et un maquillage savamment appliqué lui donnait la mine d'un homme au bord de la tombe. Quant à la boîte… Eh bien, il rappelle à Watson qu'il est sur ses gardes quant aux paquets qu'il reçoit.

Charlotte Holmes avait réarrangé à son profit les éléments du récit du Dr Watson afin de le faire coller à sa propre histoire, y impliquant Lena afin de la rendre crédible. Qui pouvait bien être le garçon au passe-montagne ? Tom ? Cela m'aurait étonné. Il n'aurait pas fait un coup pareil à Lena, quand même.

Ce qui me stupéfiait, c'était que mon aïeul ait eu une confiance aussi aveugle en Sherlock. Des huîtres, je me le rappelais à présent. Entre les instructions qu'il donnait au Dr Watson, Sherlock Holmes délirait, en proie à des « hallucinations » où le monde était envahi par les huîtres.

Néanmoins son partenaire et ami s'était plié à ses quatre volontés.

Je songeai à l'interrogatoire que j'avais entendu au commissariat par haut-parleur interposé, au carnet qui était encore ouvert sur la table entre nous, aux doutes que j'entretenais au sujet de l'innocence de Holmes ou de ses capacités à nous sortir de ce mauvais pas.

Eh bien, elle venait de nous en sortir ! Et même si la raison me soufflait le contraire, je savais au fond de moi qu'elle n'était pas une meurtrière.

— Pardonne-moi de ne pas t'avoir fait confiance, lui chuchotai-je.

Elle secoua la tête.

— Il fallait que tu aies l'air choqué pour que mon coup réussisse.

— Je ne te parle pas des détails. Je n'en ai pas besoin, dis-je en tendant le bras au-dessus de la table pour poser ma main sur la sienne. Je veux juste te dire que je ne douterai plus de toi.

Elle concentra ses prodigieuses facultés d'observation sur les traits de mon visage, l'inclinaison de ma tête, ma posture sur ma chaise, le degré de chaleur de mes doigts et de décoiffage de mes cheveux : elle enregistra le tout et en déduisit quelque chose de totalement inattendu.

— Je te crois, conclut-elle avec une note de surprise dans la voix. Tu ne le feras plus, hein ?

À côté de moi, mon père s'éclaircit la gorge. Je ne lui accordai même pas un regard.

Lorsque Shepard revint de sa réunion avec ses subordonnés, on lui résuma l'histoire de Culverton Smith. Et lui nous raconta ce que nous savions déjà.

Ils avaient trouvé un ressort dans la boîte en ivoire, prêt à jaillir si l'on faisait coulisser le couvercle. Ce ressort était enduit de bactéries transmettant une dangereuse maladie tropicale. La police scientifique n'avait pas encore déterminé son origine, mais elle était sans aucun doute asiatique. Les échantillons de ce type étaient sous haute surveillance, mais jusqu'ici l'enquête auprès des laboratoires n'avait abouti à rien.

(Par la suite, je demanderai à Holmes comment elle avait mis la main sur ces bactéries. Elle prononcera le nom de Milo et d'une ex-copine bossant au centre pour le contrôle et la prévention des maladies infectieuses, et « D comme débrouille ».)

— Voilà qui fait exploser ma liste de suspects, constata Shepard. On est revenus à la case départ. Vous êtes tous les deux les victimes d'un coup monté. Il va falloir qu'on parle des gens qui vous en veulent par le vaste monde. Et je vais devoir avertir les collègues qu'ils n'ont pas besoin de préparer deux cellules. Du moins pas pour ce soir.

— Permettez-nous de vous aider, dit Holmes. Je suis une consultante officielle de Scotland Yard et à nous deux, Watson et moi…

J'étais soulagé d'être de nouveau appelé par mon patronyme.

— … nous sommes des experts des modes opératoires des meurtriers dans les récits des aventures de Sherlock Holmes. Vous avez besoin de nous. Sans compter que nous pouvons interroger n'importe qui à Sherringford sans éveiller les soupçons, et que vous bénéficierez de la collaboration d'une excellente chimiste et d'un boxeur qui n'a peur de rien…

ou presque. Ce n'est pas une offre promotionnelle que nous vous faisons là. Nous sommes des produits de luxe.

— Non, dit-il. Pas question.

Holmes haussa les épaules : elle s'était attendue à ce refus.

— Dans ce cas, je mènerai ma propre enquête et je verrai ce que je ferai du ou de la coupable, quand je l'attraperai.

— Tu crois vraiment que me narguer en menaçant de faire justice toi-même va me persuader de vous engager tous les deux ? Tu n'es qu'une *enfant*. Que la police britannique soit assez désespérée pour recevoir ton aide, c'est sidérant, je dois avouer, mais ici, en Amérique, on reste dans les clous. Vous devriez déjà être contents de ne plus faire partie des suspects, non ? Je ne vois aucune raison de vous exposer à un risque pareil.

— Je vous suggère alors de rappeler Scotland Yard et de leur demander ce qui a résulté d'une conversation semblable là-bas avec l'inspecteure Green. Si elle refuse de vous en informer, dites-lui que vous savez tout sur le congélateur, le crochet à viande et sur le fait que je l'ai retrouvée deux minutes avant le retour du tueur. Franchement, je serais arrivée plus tôt si elle n'avait pas été aussi vache. Et l'année d'avant, j'ai retrouvé pour trois millions de livres de bijoux et je lui en ai attribué toute la gloire…

Elle bâilla.

— … Mais attendez demain matin. Je suis crevée.

— Mais…

— Monsieur Watson, merci pour ce délicieux dîner. Auriez-vous la gentillesse de nous ramener, maintenant ?

Sans attendre la réponse de mon père, Charlotte Holmes fonça dans le garage, sa longue jupe flottant dans son sillage.

Avec son nez pour la dramatisation, elle avait laissé derrière elle mon blouson et son téléphone. Je les ramassai en essayant d'étouffer en moi l'impression d'être son serviteur.

— Cette fille, c'est un sacré phénomène, commenta Shepard entre admiration et désespoir.

— Ah, ces Holmes, rigola mon père en cueillant ses clés de voiture. Et encore, c'est une des plus gentilles de la famille.

Sept

Shepard mit moins d'une journée à acquiescer aux conditions de Holmes.

— Vous avez jusqu'aux vacances de Thanksgiving, nous déclara-t-il.

J'avais enclenché le haut-parleur de mon téléphone. Il avait passé la matinée à fouiner dans la chambre de Holmes et Lena, sans rien trouver. Je n'étais pas étonné. Holmes, comme toujours, avait fait les choses bien.

— C'est dans un peu moins d'un mois. Nous nous échangerons nos informations. Avec l'idée de *partage*, vous pigez ? L'inspecteure Green m'a raconté que tu aimes faire ta magicienne et tout dévoiler dans une scène finale. Eh bien, ça ne marche pas ici. (Un long temps de pause rempli de grésillements.) La seule raison qui me pousse à accepter votre « club des cinq », c'est que je ne veux pas qu'il arrive malheur à d'autres gamins. Et ça vaut aussi pour vous deux. Alors, Jamie, je compte sur toi pour veiller sur elle. J'ai entendu dire que t'étais un bagarreur. Ça me va.

— Vous croyez vraiment que je ne peux pas me défendre toute seule ? se rebiffa Holmes, affalée sur son petit canapé comme un chat qui n'aurait pas eu de squelette. Sachez que je manie la canne de défense et maîtrise l'art du bartitsu.

— D'accord, mais parfois une paire de poings est plus utile, fis-je remarquer, quoique moins spectaculaire. Je garde l'œil ouvert, inspecteur. Vous allez nous innocenter publiquement ?

— Ça, c'est une très mauvaise idée, intervint Holmes. Cela pourrait pousser le meurtrier à continuer à essayer de convaincre la police de notre culpabilité. Non, signalez-le à la direction de l'internat, mais ne laissez rien transpirer.

— Très bien. (Nouveaux grésillements.) Je vous enverrai ce que nous avons sur le serpent.

— Plus l'exemplaire de la bibliothèque des *Aventures de Sherlock Holmes*, ajoutai-je.

— Entendu. Je vous informe que nous avons retrouvé le passe-montagne de l'intrus dans la poubelle de Stevenson Hall, mais nous n'avons pas pu relever d'empreintes.

— Ces malfrats sont très au point, commenta Holmes. (Je toussai.) Mais, OK, envoyez-nous ce que vous avez sur le serpent. Et je veux les fiches de tous les élèves et factotums de Sherringford, y compris les précisions sur une éventuelle immigration de l'Union européenne.

— Je vais perdre mon boulot.

— Vous le perdrez de toute façon s'ils découvrent que vous acceptez notre aide.

Grésillements.

— C'est un deal alors, dit-il finalement. Charlotte, Jamie… motus.

— Bouche cousue, dit Holmes. Merci.

Et elle lui raccrocha au nez.

C'était la pause déjeuner du lundi. Je m'étais caché dans le labo de Holmes en me disant que je parviendrais peut-être à terminer mon poème pour le cours de M. Wheatley cet après-midi-là. Bref, cela n'allait pas trop fort, et ça ne s'arrangea pas quand je vis Holmes faire un sort à un problème d'algèbre en dix minutes après une expérience mousseuse et nauséabonde et avant de ramasser son violon pour attaquer la *Sonate à Kreutzer* comme s'il s'agissait de « Brille, brille, petite étoile ».

Elle abaissa soudain son archet.

— Dire qu'il faut que je patiente jusqu'à la fin des cours pour mener mon enquête. Encore deux heures ! Tu crois que si je foutais le feu au bâtiment Mathématiques… ?

— Non.

— Mais…

— Non, c'est non. Pourquoi tu m'aides pas plutôt avec ce poème ? lui demandai-je dans l'espoir de la distraire de ses noirs desseins.

— Qu'est-ce que tu as déjà ?

— « La »… Ou « Une ». Je ne suis pas sûr.

— Les mots, c'est pas ma tasse de thé…

Mais elle s'assit à côté de moi.

— … Trop imprécis. Trop de nuances dans leur signification. Et les gens s'en servent pour mentir. Tu as déjà entendu quelqu'un mentir au violon ? Je suppose que c'est possible, mais cela doit exiger une habileté hors du commun.

— À propos de mensonge, qui a joué ton homme masqué l'autre soir ?

— Un garçon qui en pince pour Lena. J'étais en mode « gestion de crise », et Lena était prête à jouer le jeu. Nous avions tout préparé il y a une semaine. Elle n'attendait plus que mon feu vert. Elle lui a raconté qu'elle adorait les films d'horreur, que ça l'excitait d'avoir peur, et lui a demandé s'il avait un passe-montagne, ou autre chose du même genre. Tout ce qui lui restait à faire, c'était lui dire que je serais absente le dimanche soir. Il n'a pas du tout été surpris quand elle a poussé des cris et l'a fichu dehors. Après, je lui ai demandé de cacher dans la poubelle dehors un passe-montagne que j'avais piqué dans les placards de la salle de sport. Heureusement qu'elle est totalement givrée. Avec elle, tout passe.

— Et comment elle se porte, après sa « grosse frayeur » ?

— Oh, très bien, répondit-elle avec désinvolture. Je crois qu'elle attend avec impatience son nouveau sac griffé qui doit arriver par la poste.

Je posai mon stylo.

— Je me disais bien que tu achèterais son silence. Tu as trouvé le fric où ?

Elle se mordit la lèvre.

— Elle a refusé que je la paye. Ce qui, je dois t'avouer, m'a plutôt inquiétée.

— Qu'elle t'aime assez pour t'aider gratuitement ? C'est ça qui t'inquiète ?

— Je préfère les transactions quantifiables. Mais elle a dit qu'elle avait fait un malheur au poker et m'a rappelé que ce qu'elle reçoit en guise d'argent de poche est stupéfiant. Et elle m'a demandé de l'aider à acheter en ligne une « minaudière ». Tu verrais ce truc, on dirait un crapaud en pierres précieuses.

— Ah, fis-je en me demandant bien pourquoi Holmes n'avait jamais proposé de rémunérer mes services.

— J'ai un bas de laine pour les jours de pluie, dit-elle sans me regarder. Jusqu'à il n'y a pas longtemps, il a plu à verse. Mais… j'ai essayé de me servir d'un parapluie.

— Et tu prétends que tu ne sais pas manier les mots. Je te pique ça pour mon poème, dis-je en notant la phrase.

Elle se campa devant les rayonnages et alluma une cigarette. Du bout de sa chaussure, elle délogea *Les Aventures de Sherlock Holmes*, puis se baissa pour ramasser le volume. Perdue dans ses pensées, elle était soudain ailleurs.

Le moment me parut venu d'entreprendre ce que j'avais repoussé jusqu'ici.

Un bouquet à la main, je suivis les couloirs déserts de l'hôpital, n'ayant eu aucun mal à trouver le bon service. L'endroit était aussi bien gardé que Fort Knox. Par bonheur, l'inspecteur Shepard avait eu la présence d'esprit de déposer mon nom sur la liste des visiteurs. Après avoir présenté ma pièce d'identité à deux policiers, je fus admis dans sa chambre.

On m'avait informé qu'elle était réveillée, mais elle avait les yeux fermés. Elle avait une mine affreuse. Ses cheveux blonds collés par la transpiration ressemblaient à de l'étoupe, ses bras étaient emmaillotés de pansements. Bizarrement, elle serrait contre elle une ardoise blanche comme si c'était un ours en peluche.

Aussi doucement que possible, je posai les fleurs sur sa table de chevet. J'hésitai à laisser un mot. Était-ce à cet usage qu'était réservée l'ardoise ?

Soudain, Elizabeth ouvrit un œil, puis un deuxième.

— Salut, soufflai-je. J'espère que tu ne m'en veux pas de venir te voir.

Elle fit non de la tête, mais je ne compris pas trop si cela signifiait « Non, je ne t'en veux pas » ou « Non, sors d'ici tout de suite ».

— Je peux m'asseoir ?

Elle acquiesça.

— Tu sais quand tu vas retrouver ta voix ?

Quand l'inspecteur Shepard avait dit qu'Elizabeth n'avait encore rien pu leur dire, je n'avais pas pris la remarque à la lettre.

Avec des gestes lents et douloureux, elle sortit un stylo feutre de sous ses draps et écrivit quelque chose sur l'ardoise. Je me penchai et lus : *Je sais pas*.

Je n'étais pas là pour l'interroger. En plus, Shepard m'avait dit que ses parents avaient prié la police de la laisser tranquille quelques jours : elle avait déjà été assez éprouvée, ce n'était pas la peine de lui faire revivre ce cauchemar.

— Je suis désolé, dis-je en baissant les yeux sur mes mains.

Je voulais lui demander pardon. C'était pour cette raison que j'avais évité d'emmener Holmes. Présenter des excuses lui donnait sûrement de l'urticaire.

Un grattement me fit lever le nez.

Pour quoi ?

— Pour ce qui t'est arrivé. C'est trop injuste. Je suis désolé.

Je ne me rappelle pas tout. L'inspecteur m'a dit que tu m'as trouvée et que tu as appelé au secours. Merci.

Ses yeux battus croisèrent les miens. Battus, et très tendres. Je ne méritais pas tant de gentillesse.

— J'espère que tu vas vite te remettre, dis-je en me levant pour partir.

Elle écrivit de nouveau. *L'inspecteur a parlé d'une « escarboucle bleue » à mes parents. Il me croyait endormie. Explication ?*

Je me rassis.

— Tu as lu cette histoire ?

Elle fit non de la tête. Elle effaça son ardoise à l'aide de sa chemise de nuit d'hôpital et écrivit : *Dis vite. Mes parents sont allés chercher à manger. Ils voudront rien me dire mais j'ai besoin de savoir.* Elle souligna furieusement les cinq derniers mots.

Je comprenais ce qu'elle éprouvait.

— C'est une histoire de Sherlock Holmes, à propos de la disparition d'un diamant rare. Une escarboucle bleue. Un policier l'a trouvée dans le gésier d'une oie, et a remonté jusqu'au frère de l'éleveur. Celui-ci l'a volée à une comtesse et l'a cachée dans une oie.

C'était un exposé de l'intrigue d'une platitude à faire bâiller d'ennui, sans le sel du mystère. Il manquait tous les détails qui me faisaient adorer ce récit. Mais les stratagèmes de Sherlock Holmes et les observations du Dr Watson n'étaient pas bienvenus dans cette chambre d'hôpital gardée.

N'empêche, Elizabeth m'écouta avidement. Puis elle leva son ardoise. *Alors c'est moi, l'oie.*

Comme j'hésitais, elle leva les sourcils.

— Hum.

Moche.

— Ouais… (C'était super moche.) De quoi tu te souviens ?

Pas grand-chose. Toi. Randall me roulant une pelle. Ils m'ont montré ce que j'avais dans la gorge.

— Tu l'avais déjà vue ?

Non. Son regard m'implora. *Et toi, tu sais quelque chose* ?

— La police est sur l'affaire, répondis-je avant de prendre une grande inspiration. C'est Randall qui t'a fait ça ? Tu n'as aucun souvenir ?

Elle fit non de la tête, en rougissant un peu. *Je me rappelle pas son visage, seulement ce que le type a dit. « Tu salueras Charlotte Holmes de ma part. » Je ne crois pas que Randall dirait un truc comme ça.*

Des bruits résonnèrent tout à coup derrière la porte. « Qui avez-vous laissé entrer ? C'est quoi son nom ? » Je n'entendis pas la réponse du policier en faction. Elizabeth se dépêcha d'effacer l'ardoise et griffonna autre chose à la place.

La mère d'Elizabeth se rua dans la chambre, les bras chargés de sacs de traiteur chinois.

— C'est pas vrai, s'exclama-t-elle d'une voix menaçante. Tu es Jamie Watson. Celui qui l'a trouvée.

Le verbe qu'elle avait employé était « trouver » mais elle aurait aussi bien pu dire « attaquer ». Elizabeth retint mon regard.

— Non, dis-je en lui tendant la main. Je suis Gary. Gary Snyder.

Gary Snyder était le nom du poète que nous étions en train d'étudier dans le cours de création littéraire de M. Wheatley, et que je détestais cordialement.

— Et que fais-tu ici, Gary Snyder ?

Elizabeth tira sur la manche de sa mère en levant son ardoise où figurait une grille de morpion.

Charlotte Holmes aurait été fière d'elle.

Sa mère se calma d'un coup.

— On s'est fait tellement de souci, ma chérie, dit-elle avant d'éclater en sanglots.

C'était le moment de m'éclipser. Dans l'ascenseur, j'envoyai un SMS à Holmes : *Je crois que j'ai une piste.*

Je ne sais pas pourquoi je ne fus pas étonné de voir l'inspecteur Shepard qui m'attendait sur le canapé de la salle 442.

— La prochaine fois, dis-je à Holmes en accrochant mon blouson, préviens-moi quand tu comptes faire un petit numéro de ce genre. Ses parents n'étaient pas là. Pratique, hein ? Et, oh, Elizabeth ne pouvait pas parler à l'inspecteur mais à moi, si, facilement. Dès que je suis sorti d'ici, tu t'es débrouillée pour faire fermer la cafétéria de l'hôpital ou quoi ?

Elle fit tournoyer un de ses squelettes de vautours.

— Pour ta gouverne, sache que j'ai juste attendu que tu sois parti pour commander par téléphone à l'Emperor Kitchen des repas gratuits pour toutes les familles en visite à l'hôpital. Je les ai fait mettre sur le compte de Milo…

Elle se tourna vers Shepard.

— … Je vous avais dit qu'il irait aujourd'hui ou demain. Vous devriez me faire confiance plus souvent, c'est vrai. Je suis l'experte en matière de Jamie Watson.

— Bon, fis-je, OK, je l'ai interrogée, mais la prochaine fois, pas de cachotteries. Sinon je vais me construire un échiquier à taille humaine pour que tu puisses me bouger comme un pion.

— Arrête de faire des histoires, et raconte un peu, intervint Shepard qui avait l'air de vouloir décamper le plus vite possible, ce qui était d'autant plus compréhensible que, sans doute en l'honneur de la visite de l'enquêteur, Holmes avait rétroéclairé son bocal de dents… une version macabre de guirlande lumineuse.

Je leur rapportai ma conversation. Shepard émit une espèce de grognement sourd.

— « Tu salueras Charlotte Holmes de ma part », répéta-t-il en hochant la tête. Il va falloir que je revoie ce John Smith. Il nie qu'il est l'agresseur. Il n'avoue que pour la drogue, et ne me livre que des informations dont il veut que je me serve contre *toi*, Charlotte.

Holmes appuya sur le bec du vautour qui cessa de tourner.

— Un autre malheur va se produire si notre adversaire n'obtient pas ce qu'il veut, déclara-t-elle.

— Qu'est-ce qu'il veut ? dis-je. Nous voir bouclés pour de bon. Je ne vois pas comment. À moins que Shepard fasse semblant de nous arrêter…

Elle fronça les sourcils.

— Non. J'ai besoin de pouvoir circuler dans tous les coins du campus, pas de moisir dans une cellule. Il faut trouver le lien entre le type que vous détenez et le type qu'il prétend être. Ce qu'il me faut, c'est un plan.

— Ce qu'il *nous* faut, rectifia Shepard.

Nous nous mîmes au travail.

Nous refîmes notre chemin dans les passages souterrains jusqu'à la pièce interdite d'accès par la police. Les empreintes de pas de John Smith s'arrêtaient toujours devant la porte, comme au bout d'un cul-de-sac. Mais Holmes refusait de renoncer. Ce soir-là, nous parcourûmes des kilomètres de galeries, moi lancé au pas de course derrière elle, la main souvent devant la bouche pour cacher un bâillement.

De retour au labo, nous étudiâmes l'exemplaire des *Aventures de Sherlock Holmes* de la bibliothèque. Une nouvelle édition destinée à un public scolaire. Le marque-page que l'assassin avait placé à l'intérieur était de ceux que l'on trouvait à la disposition de tous au bureau de prêt et ne comportait que les empreintes du bibliothécaire. Ce qui était prévisible. Le volume n'avait rien de remarquable, il était en parfait état et ne présentait aucune marque susceptible d'expliquer pourquoi on l'avait retrouvé dans les mains glacées de Dobson. À l'aube, alors que Holmes entreprenait d'en examiner chaque page à la loupe, je m'endormis pelotonné sur le sol.

Je passai ensuite plusieurs nuits exténuantes à visionner les rushes des journaux télévisés sur le meurtre de Dobson. La police avait réquisitionné tout ce que la presse n'avait pas mis en ligne, et il y avait des heures d'images. Je les inspectai toutes minutieusement, en quête du visage du dealer. Je voulais savoir si l'homme que Shepard détenait en garde à vue était bien celui que j'avais vu rôder autour de Sherringford. Je me tapai des heures d'inepties sur la vie en internat et la tendance des gosses de riches à considérer le meurtre comme un jeu. J'écoutai des interviews où nos camarades disaient du mal de Holmes et de moi en versant des larmes de crocodile. Je me gavai de chips soufflées au fromage pimenté et n'aperçus même pas l'ombre de celui que je cherchais. Voyant que je dormais à son cours pour le troisième jour d'affilée, *Monsieur** Cann me suggéra d'un ton jovial de prendre plutôt l'option espagnol, *n'est-ce pas ?** Je décidai de laisser tomber mes vaines recherches.

Pendant que j'étais enchaîné à mon ordinateur, Holmes de son côté avait bien bossé. Elle avait trouvé des images de caméras de surveillance. Sherringford n'en étant pas équipé, elle avait fait le tour des commerces dont les devantures faisaient face au campus. Elle avait capté les fréquences de leurs systèmes de sécurité. Après ça, me dit-elle, il ne lui restait plus qu'à se servir du logiciel décodeur que lui avait refilé son frère et qu'elle avait, forcément, modifié en se servant d'une je-ne-sais-quoi différentiel puis d'un autre truc qui me parut sortir d'un des manuels de math les plus coton… Je fis la grimace.

Elle me poussa du bout de sa chaussure que j'attrapai des deux mains.

— Quoi ? fis-je.

— Puisque tu es trop épuisé pour ce qui nécessite de la réflexion… (elle libéra son pied d'une secousse)… tu veux t'occuper des snacks ?

— Ah, mais ça nécessite de la réflexion. Que dirais-tu de chips soufflées de maïs ?

Encore des images. Encore des chips grignotées dans l'obscurité de la salle 442. Encore un interminable week-end n'aboutissant à rien. Car toujours aucun signe de cet homme, à croire qu'il était capable de se rendre invisible. Existait-il seulement ? Je m'endormis la tête sur un sachet de Jiffy Pop et me réveillai un peu plus tard, nauséeux et dégoûté. Le visage de Holmes baignait dans la faible luminosité de l'écran de son ordinateur. Ma montre indiquait 02:21, mais ses yeux étaient grands ouverts.

Il ne me restait plus qu'à demander à Shepard l'autorisation de parler à son prisonnier. J'étais sûr de pouvoir me rappeler sa voix nasillarde d'imbécile, à défaut d'avoir un souvenir très net de son visage. Shepard se fit tirer l'oreille, mais il fut bien obligé d'admettre que ni lui ni nous ne progressions. Holmes, la bouche pincée, concéda que c'était mieux si c'était moi qui m'en chargeais. Après tout, je l'avais vu de plus près.

La veille du jour où je devais me rendre à la prison, le dealer se pendit dans sa cellule.

Il nous fallut trois jours de plus pour persuader Shepard de nous laisser entrer à la morgue.

— Vous faites partie du *forensics club* ? marmonna la légiste d'un air soupçonneux.

Je me balançai d'un pied sur l'autre.

— L'inspecteur Shepard nous parraine, lui affirmai-je.

Ce qui était vrai. Plus ou moins. Ce semestre était fructueux en études hors les murs les plus étranges.

— Je croyais que c'était un club de débats, pas un club de sciences[1], fit observer le médecin en battant des cils derrière les verres de ses lunettes.

— Ah. Je l'ignorais, répliquai-je, impassible.

On était samedi, mais Holmes portait quand même son uniforme scolaire, impeccable jusqu'à sa fine cravate parfaitement repassée. Elle avait déniché quelque part des lunettes à monture noire qui lui mangeaient le visage, et pour faire bonne mesure, épaissi ses sourcils à l'aide d'un crayon. Elle qui, en général, faisait penser à une arme chargée, avait l'air de l'intello de service dans une série pour ados. Elle allait d'un moment à l'autre ôter ses bésicles, secouer sa chevelure et être élue instantanément reine de la prom.

Exactement le genre de nana en qui les adultes ont assez confiance pour lui parler à cœur ouvert.

— Je peux vous dire la vérité ? dit-elle à la légiste avec un accent américain. Je voulais surtout venir ici parce que j'ai entendu dire que vous avez un microscope extraordinaire. J'ai dans mon sac mes lames de TP de biologie. Je pourrais les regarder ? Je fais un exposé pour le concours Intel… la recherche sur le cancer.

---

1. Le premier sens de *forensic* (du latin *forum*) encore en usage aujourd'hui est celui de « débat sur la place publique », par extension il s'est appliqué au débat dans un tribunal, puis à la médecine légale qui peut trancher dans ce débat grâce aux preuves qu'elle fournit aux légistes. *(N.d.T.)*

L'expression de la femme s'adoucit et elle émit un petit rire :

— Ah, ça va, dit-elle. J'ai eu peur que vous ne vouliez voir un *cadavre*.

Holmes fit sonner son rire de jolie fille première de la classe.

— Mon Dieu, je ne crois pas que je pourrais. Vous êtes arrivée à vous habituer ? Il faut beaucoup de courage.

— Il faut surtout de la pratique et de la patience, rectifia le médecin.

De toute évidence, on ne flattait pas tous les jours sa vanité.

— Ça fait peur ? dit Holmes. Vous avez l'impression que ce sont de vraies personnes ? Ou ça change selon les cadavres ?… Aïe aïe aïe, je dormirais plus la nuit si j'étais vous.

La légiste prit un air philosophe.

— Tu poses des questions importantes, Charlotte. Je réfléchis tous les jours à ces choses-là.

Quelle hypocrite, me dis-je en hochant la tête pour cacher mon mépris.

Comme d'habitude, Holmes se révéla une championne de la dissimulation.

— Eh ben dites donc ! En plus, c'est vous qui faites tout ici. C'est incroyable. Vous en disséquez combien par jour ?

— Cela dépend. Aujourd'hui par exemple, je n'ai qu'un seul client, dit la légiste en se dirigeant vers le mur de tiroirs. Vous avez le cœur bien accroché ?

C'était gagné !

Holmes tourna vers moi de grands yeux écarquillés d'élève appliquée.

— Oh, mon Dieu, je ne sais pas. Oui ! Oui, je suis prête.

Une fois que nous fûmes affublés de gants et de masques, la légiste fit coulisser un tiroir et annonça d'une voix de spirite qui communique avec les esprits :

— John Smith !

Je préfère ne pas décrire son visage. Il suffit de dire que la mort par pendaison l'avait rendu méconnaissable. Impossible pour moi de l'identifier. Pourtant il était d'une taille qui correspondait, la carrure de ses épaules… Je fixai sa gorge en regrettant de ne pas pouvoir entendre sa voix.

— Vous permettez ? demanda Holmes en tendant la main vers l'avant-bras du mort.

La légiste fronça les sourcils et acquiesça avec réticence.

D'un geste vif, Holmes retourna le bras, révélant un tatouage au niveau du poignet figurant une boussole, avec écrit dessous : *navigateur*.

Holmes se tourna vers moi. « Tu te rappelles ça ? » me disaient ses yeux. Je fis non de la tête et déclarai :

— C'est le style de tatouage que l'on cache sans mal sous une manche longue.

Sentant que la légiste tiquait, je m'empressai de mentir :

— Hum, j'ai envie d'en avoir un comme ça.

— Le navigateur, prononça Holmes pour elle-même en levant le bras pour examiner les ongles.

Elle vérifia chaque doigt avec soin, puis souleva le menton de l'homme pour étudier les veines de son cou. Après quoi, elle se pencha afin de jeter un coup d'œil dans les narines.

— Moriarty, à l'origine, signifie navigateur.

La légiste ne tiquait plus, elle était furieuse.

— C'est de l'étymologie. On en fait beaucoup en classe, lui expliquai-je.

Nous n'étions plus en odeur de sainteté.

— Il travaillait de ses mains, énonça Holmes qui déduisait à cent à l'heure.

Faisant la sourde oreille aux marmonnements de protestation de la légiste, elle sortit une feuille de papier et un tampon d'encre noir. Pendant qu'elle relevait les empreintes du mort, j'eus l'impression qu'elle parlait toute seule :

— Regarde ces doigts calleux, et ces chevilles... Il est tout en muscles, et c'est pas en salle de gym qu'il est devenu aussi fort. Un ouvrier, oui... Tu vois la trace de brûlure d'une corde sur son bras ?

— C'est pas un dealer, alors. C'est pas lui, dis-je.

— Non, c'est pas lui, approuva Holmes de sa voix naturelle, voilée et sauvage. Jamie... c'est un Moriarty.

La légiste fit un pas vers nous en nous montrant la porte.

— Sortez d'ici. Tout de suite !

Le lendemain, je séchai tous mes cours – mes notes, à propos, avaient chuté de façon vertigineuse – afin de pouvoir me consacrer à mes recherches sans avoir Holmes sur le dos. Je collationnai les informations auxquelles Shepard nous avait donné accès avec celles que nous avions glanées. Des listes de passagers de compagnies aériennes. Des arbres généalogiques. Les noms des Moriarty qui avaient des casiers judiciaires et ceux de leurs pseudonymes connus. J'ôtai les cravaches du mur pour y installer le fruit de mes recherches. Commença alors la tâche ingrate consistant à établir des liens entre les différents éléments. Je devais savoir quels Moriarty étaient entrés aux États-Unis et à quelle date. Si John Smith n'était pas un membre de la famille, il était sûrement à sa solde. Il fallait donc découvrir qui l'avait engagé.

En mon for intérieur, j'avais conscience que je me laissais emporter. La réponse la plus simple était presque toujours la bonne. L'idée que la famille Moriarty au complet voulait notre peau, à Holmes et à moi, était sans doute aberrante. Même si un différend opposait Holmes à ces gens, il n'avait pas l'envergure que j'imaginais et n'était sûrement pas le complot international que j'étais en train d'élaborer sur mon mur.

N'empêche que le tueur de Sherringford n'avait cessé de recréer les récits de Sherlock Holmes. Ces crimes que Sherlock et le Dr Watson avaient élucidés étaient réactualisés, leurs bonnes actions servaient à faire du mal à notre entourage, comme à nous-mêmes. Bon, le meurtrier souhaitait peut-être se venger personnellement de Holmes, mais j'avais quand même l'impression d'avoir affaire à quelque chose d'une plus grande ampleur, quelque chose portant la griffe du passé, quelque chose qui plongerait ses racines dans un terreau vieux de plus d'un siècle.

Et puis le simple nom de Moriarty me donnait la chair de poule.

Je me concentrai sur quatre d'entre eux. Ils avaient beau avoir choisi des métiers respectables, ils avaient laissé transpirer leur part d'ombre. Et celui qui nous prenait pour cible n'était pas très rigoureux non plus, ce dont je comptais bien tirer avantage.

Hadrian et Phillipa, un frère et une sœur, étaient collectionneurs d'art. Grâce à leur immense fortune, paraît-il, ils soudoyaient les dictateurs dont ils voulaient piller le pays. Lucien, le frère aîné d'August, était le conseiller de plusieurs membres du parlement britannique entourés d'un parfum de scandale. Je lus dans *The Guardian* un article sur ce Lucien Moriarty qui savait qui arroser pour blanchir n'importe qui.

Enfin, il y avait le petit frère de Lucien : August.

À son sujet, il ne me fut pas nécessaire de consulter les fiches de Shepard. Il me suffit de lancer une recherche sur Google.

Une première page s'ouvrit sur le site de son université à Oxford. August avait présenté un théorème complexe à une conférence à Düsseldorf. L'auteur de l'article prenait soin de préciser son âge : vingt ans. C'était jeune pour faire un doctorat en mathématiques. Il fallait être un génie. Le titre même de sa thèse, comprenant fractales et nombres imaginaires, me passait par-dessus la tête.

Sauf que l'article datait déjà de deux ans, et que j'avais besoin de renseignements plus récents. Résidait-il toujours à Oxford ? Avait-il terminé son doctorat ? Avait-il eu un accident de voiture ? Avait-il immigré… je ne sais pas… dans le Connecticut ?

Les autres informations que je récoltai dans diverses revues universitaires et sur des sites spécialisés dataient toutes de la même année. Pas un mot sur sa vie privée ni sur le fait qu'il était sorti avec Charlotte Holmes. Simplement une liste de prouesses académiques : August, bénéficiaire de la prestigieuse bourse de l'Institut Zalen. August, auteur d'une publication sur l'espace vectoriel et le cosmos dans la revue *Mathematics Today*. August en voyage dans le cercle polaire afin de collaborer à l'étude des « structures fractales » de la glace.

Après ça, je n'avais plus rien. Pas un mot n'avait été écrit sur August Moriarty depuis deux ans.

Je punaisai quand même le tout sur le mur.

À trois heures tapantes, Holmes ouvrit à la volée la porte de la salle 442 en fredonnant.

— Coucou, Watson, dit-elle avant même de me voir, t'es déjà là ?

En apercevant le collage, elle se figea.

Je me rendis compte soudain que j'avais plus ou moins recréé l'antre souterrain du tueur.

— Oh ! fit-elle.

Je m'attendais à une explosion.

Avec un soupir, elle lâcha son sac à dos par terre.

— Il faut bien commencer quelque part, déclara-t-elle. Sache que Milo a comparé les empreintes digitales de John Smith avec… des bases de données secrètes. Eh bien, depuis cinq ans, il bossait comme domestique.

— Un domestique ?

— Un serviteur, Watson. Jusqu'à sa disparition il y a quatre mois, il était le chauffeur de Phillipa Moriarty. Voilà pour le lien avec cette famille. Maintenant, agissait-il seul ou… ?

— Tu penses que non. Alors, Phillipa ?

Côte à côte, nous contemplâmes le mur.

— Tu as entendu parler d'un truc qui s'appelle « roi des rats » ? me demanda-t-elle en effleurant le coin de la photo d'Hadrian. Les Moriarty… leurs queues dégueulasses sont entrelacées les unes avec les autres. N'essayons pas de les séparer pour l'instant. On va commencer par trouver lesquels sont venus aux États-Unis et à quelles dates.

On imprima les listes de passagers des porte-conteneurs ayant fait la traversée Angleterre-Boston et le nom des membres de l'équipage. On poursuivit par les aérodromes de taille moyenne, les jets privés, les hélicoptères, les barques, que sais-je ? On éplucha des archives aussi bien de ce côté de l'Atlantique qu'en Angleterre. Moriarty était un patronyme affreusement banal, et notre déconfiture fut à son comble quand la question des pseudonymes vint sur le tapis. Au bout de quelques jours, le mur avait disparu sous les couches de papier.

Phillipa donnait un speech à l'occasion d'un vernissage d'une galerie à Glasgow. Lucien était photographié à côté du Premier ministre anglais. Hadrian participait à une émission de télé allemande à propos du Sphinx. Comment l'un d'eux aurait-il pu être notre coupable ? Ils s'occupaient de leurs affaires en Europe et traversaient les mers sous le couvert de la nuit pour empoisonner nos existences ? Cela semblait absurde, même à nous. Je passais mon temps dans la salle 442 à bosser comme un dément ; d'ailleurs, une barbe de forcené commençait à me manger les joues, ce qui, au fond, me plaisait assez. Charlotte restait à mes côtés, tout aussi sinon plus passionnément investie que moi. Tout le reste passait à la trappe.

Surtout pour elle.

Elle avait cessé d'être agressive au sujet d'August Moriarty. Maintenant, quand j'essayais de lui tirer les vers du nez à propos de ce qu'il y avait eu entre eux, elle me regardait en penchant la tête de côté, comme si j'étais une mouche dont elle n'arrivait pas à se débarrasser. Elle ne dormait ni ne mangeait, ça, j'en étais certain. Ses yeux avaient un aspect à la fois vitreux et sec et elle se grattait distraitement la tête en produisant un drôle de bruit, scratch-scratch. Je devais me retenir de toucher son front pour vérifier si elle avait de la fièvre. Mais je m'interdisais de m'occuper d'elle.

Je lui apportais des choses à manger, mais elle refusait de s'alimenter malgré mes efforts pour la convaincre. Lorsque je la surpris à prendre vingt minutes pour grignoter une amande, je me mis à songer qu'il existait peut-être une sorte de guide « watsonien » sur la manière de s'occuper d'un Holmes.

J'envoyai à mon père un mail à cet effet (sujet : *J'ai besoin de ton aide*. P-S : *Je ne t'ai pas encore pardonné et ne te pardonnerai jamais*). Il me répondit qu'il avait au fil des ans rassemblé quelques notes sur ce sujet dans son journal. Il allait me mettre tout ça en forme et m'envoyer une compilation.

La liste arriva le lendemain : douze pages bien remplies.

Ses conseils allaient du plus évident (8. *Grosso modo, il est plus efficace de le tanner que de lui présenter une demande franche*) au plus inutile (39. *Ne permets jamais à un Holmes de te préparer un repas à moins d'aimer le bouillon froid insipide*), au plus absurde (87. *Cache toutes les armes à feu avant si tu as organisé une fête pour son anniversaire*), au plus utile (1. *Cherche les caches de substances illicites et jette-les vite ; les représailles sont rares, mais fulgurantes – ne t'attache pas à tes miroirs et à tes verres* ; 2. *Quand tu cherches, commence par les talons creux de ses boots* ; 10. *N'aie pas scrupule à droguer le thé d'un Holmes s'il n'a pas son content de sommeil* ; 41. *Attends-toi à un compliment tous les deux ou trois ans* ; 74. (souligné deux fois) *Quoi qu'il arrive, ce n'est pas ta faute, tu n'aurais pas pu l'éviter quels que soient tes efforts*). Je me demandai si on pourrait ajouter un conseil pour quand le Holmes en question était une fille et son Watson un garçon qui aimait les filles. *Ce n'est pas ta faute si tu tiens trop à elle… si tu veux des choses impossibles. Tu n'aurais pas pu l'éviter, quels que soient tes efforts.*

Dès que la vraie vie me rattrapa, je fus bien obligé de suivre le conseil numéro 9 (*Il faut savoir parfois laisser un Holmes à lui-même, au risque de le retrouver en train de s'immoler par le feu*). Mon capitaine de rugby avait obtenu de la direction de l'école que je réintègre l'équipe alors que ma période d'exclusion n'était pas encore tout à fait terminée. Holmes insista pour que j'y aille. Des amis de Dobson jouaient dans l'équipe et elle souhaitait leur soutirer discrètement quelques informations sur sa dernière semaine avant sa mort. Leur pote avait-il vu quelqu'un d'inhabituel, quitté le campus à des heures indues, reçu des appels bizarres ? Un blond lui avait-il vendu de la drogue et dans ce cas que lui avait-il dit ? Ce genre de choses. Je pensais pouvoir me débrouiller.

Holmes n'était pas d'accord.

— Tu mens horriblement mal, me dit-elle.

Elle était perchée sur la paillasse de son labo. Debout devant elle, j'avais l'impression d'être un écolier à qui on demande de réciter ses leçons.

— Je dirais même, ajouta-t-elle, que je peux lire dans tes pensées comme si elles étaient imprimées en grosses lettres sur ton front. Sans blague, quelquefois, tu penses si haut que je t'entends même quand je suis dans la pièce d'à côté. Ils vont tous te voir venir avec tes gros sabots. Il faut qu'on les empêche de te percer à jour.

— Je suis désolé d'apprendre que tu souffres de télépathie, rétorquai-je sèchement.

— Tu vois ? Je t'ai vexé, tu me trouves pas sympa.

— Bravo. Superbe déduction. Alors on en est là ?

Elle se passa la main dans les cheveux.

— Watson, on est dans une impasse. On n'a rien de neuf à se mettre sous la dent. Que dirais-tu de t'entraîner un peu, hein ?

— D'accord, opinai-je, cédant à la note plaintive dans sa voix.

Elle sourit.

— Commençons par l'élémentaire. Comment sais-tu que quelqu'un te ment ? Cela te permettra de t'endurcir.

Elle me guida pas à pas : quelle est l'expression d'une personne qui se souvient et quelle est celle d'une personne qui s'invente un souvenir ? Quelle est la posture d'un homme qui dit la vérité et quelle est celle d'un homme qui ment ? Comment sont leurs épaules (voûtées ?), leurs mains (dans le dos, pour cacher leurs tics) ? Préfèrent-ils rester debout ou s'asseoir (on est mieux debout quand on est nerveux) ? Elle m'exposa tout cela aussi aisément que si elle était en train de lire un manuel.

— À quel âge t'as appris tout ça ?

— À cinq ans, répondit-elle. Maman n'était pas contente que Milo me taquine. Il me racontait que le père Noël existait.

— Tu veux dire, n'existait *pas* ? m'étonnai-je.

— Non, soupira-t-elle en consultant mon emploi du temps sur ses genoux. Bon, il est déjà huit heures du soir et tu t'inquiètes parce que t'as pas fait ta dissert d'histoire pour demain… Je le vois à la façon dont tu bouges les pieds, arrête ça… Maintenant, un ou deux galops d'essai, et on aura terminé.

Je fourrai mes mains dans mes poches pour prévenir toute manifestation de nervosité.

— Tu veux que je te mente ?

Holmes se retint de rire.

— Oh, pas du tout, cela ne servirait à rien. Voilà : je vais te faire une série de déclarations et tu vas me dire quand je dis vrai et quand je dis faux. Pouce en l'air pour vrai, pouce en bas pour faux.

— J'arrive assez bien à savoir ce dont il retourne avec toi.

— Peut-être, mais sache que mon père a bossé quatorze ans au ministère de la Défense avant que le Kremlin ne s'en aperçoive et ne tente de l'assassiner. Et sais-tu que j'ai une chatte appelée Mouse ? Blanche et noire, elle est folle, un jour le voisin a essayé de la noyer. Ma mère la déteste. Milo a fait partie du MI5 dès ses dix-sept ans. Non, c'est faux, Milo dirige la plus grosse compagnie de sécurité du monde. Ou plutôt, c'est un homme d'affaires aux dents longues, il s'apprête d'ailleurs à mettre la main sur Google. Il est au chômage. C'est un loser total. Pendant des années, il a été la personne que je préférais entre toutes.

Je tenais la main bêtement levée. Mon pouce n'avait pas bougé. J'avais passé trop de temps à m'imaginer à quoi ressemblait sa vie. Je gobais tout ce qu'elle me racontait, même ses affirmations contradictoires.

— Observe mon visage, Watson. Les mots ne comptent pas. Écoute le son de ma voix. Regarde comment je suis assise, ce que je regarde… (Elle claqua des doigts.) Je possède trois robes de chambre. J'ai les flingues en horreur… trop vulgaires. Quand je t'ai rencontré, j'ai cru d'abord que c'était un coup monté par mes parents. Tu vois, tu avais l'air *rêveur*…

Avec un large sourire, je levai le pouce. Elle le rabattit.

— … Je t'ai pris quand même pour un de ces salauds de machos qui estiment que je ne peux pas m'occuper de moi-même.

— Tout est vrai, décrétai-je d'une voix calme. Tout ! À un moment donné dans le temps, ç'a été vrai, y compris l'histoire de ton frère. Il a fait tout ça, il a été tous ces personnages. Et toi, tu as vraiment eu ces pensées me concernant.

— Explique-moi ta méthode, dit Holmes en tirant une cigarette de sa poche.

— Quelque part dans ta tête, tu as décidé que je devrais en savoir plus long sur toi, mais tu ne veux pas me faire de confidences, alors... Rien ne peut être simple, tu es Charlotte Holmes. Donc tu me fais passer un test.

La tête penchée de côté, elle souffla un nuage de fumée. Je m'empêchai de tousser.

— Très bien, dit-elle enfin.

Je risquai un sourire. Elle me le rendit à regret en ajoutant :

— Sauf qu'aucune de tes déductions ne relève de la *méthode*, Watson. C'est tout de la psychologie, et je *hais* la psychologie.

— Ça va, moi aussi je suis mauvais perdant.

Le lendemain, elle me fit passer un deuxième test. Je n'aurais pas dû être étonné de la voir amener Lena.

Après les cours, nous nous retrouvâmes dehors, frissonnants et tapant du pied dans nos boots. Lena avait une longue tresse dans le dos. Une fleur tricotée sur son bonnet de laine lui tombait sur le front. C'était charmant de la voir debout à côté de Holmes longiligne en manteau noir, les mains enfouies dans un manchon en fourrure. Elles étaient comme le jour et la nuit. Une bourrasque glacée balaya les pelouses. Lena se serra contre son amie pour lui dire quelque chose tout bas. Je me demandai de quoi elles pouvaient bien parler toutes les deux.

Puis je me mis à poser des questions à Lena et je devais chaque fois en déduire une information sur elle. C'est fou tout ce que j'appris sur son compte, même des détails sur sa vie amoureuse que je n'avais vraiment pas envie de connaître.

Au bout de deux heures, je grelottais tellement de froid que je ne songeais plus qu'à rentrer au chaud boire une tasse de chocolat. À un signal de Holmes, nous nous dirigeâmes vers Stevenson Hall.

— Et vous deux, où vous en êtes avec vos plans secrets ? interrogea Lena en déroulant son écharpe dans le hall d'entrée de la résidence.

— Ils se présentent plutôt bien, répondit Holmes en glissant discrètement un rouleau de billets dans la poche du manteau de Lena. Tu veux bien faire la banque au poker demain à ma place ? Je ne voudrais pas qu'on remarque un changement dans ma conduite.

Lena repêcha les billets et les fourra dans la main de Holmes.

— Garde-les. Ça me plaît de jouer les cobayes…

Holmes se raidit.

— … Sois pas gênée. On est amies. En plus, j'ai pas besoin de ton argent.

En se mettant sur la pointe des pieds, Lena m'embrassa sur la joue.

— Merci, Jamie. On s'est bien amusés. La prochaine fois, c'est moi qui te poserai des questions indiscrètes. Si tu veux, on pourrait aller manger une pizza un de ces jours.

— Je te rappelle que tu manges une pizza avec Tom ce soir, lui dit Holmes.

J'ignorai son intervention et assurai à Lena que la perspective de manger une pizza avec elle me plaisait beaucoup.

Holmes fit une moue d'enfant gâtée et me tira par le coude.

Le lendemain, à l'entraînement, je trouvai Kline au bord du terrain, les mains sur les hanches, inspectant son domaine tel Bonaparte – un Bonaparte géant et pas très fute-fute. Il était furieux ; normal, ils étaient à 0-7.

— Ça commence dans dix minutes. Secouez-vous un peu, les gars !

L'équipe avait en effet l'air plus morte que vive. L'ouvreur dormait debout. Larson, notre numéro huit, passa devant lui au trot et lui flanqua un coup de pied dans le dos. Devant eux, l'entraîneur assis sur une chaise leva les yeux une seconde avant de se replonger dans sa revue de musculation.

— On n'est plus que quatorze. Pourquoi fallait-il qu'ils rentrent tous chez eux ? Je pense pas que l'administration t'aurait laissé repiquer sur le terrain si elle te croyait coupable. (Kline me toisa des pieds à la tête.) Alors, tu t'es maintenu en forme ?

— Je cours huit kilomètres par jour, mentis-je. Je suis prêt, et content d'être de retour dans l'équipe… (Un deuxième mensonge, énoncé avec aisance – je devenais bon.) Tiens, où est Randall ? Je lui ai pas parlé depuis qu'Elizabeth… tu sais… J'aurais aimé mettre les choses au clair avec lui.

— Il se prépare à l'arrière. Si tu veux lui parler, fais vite. (Il mit ses mains en coupe autour de sa bouche.) On commence dans cinq minutes !

Randall avait la figure encore plus rouge que d'habitude. À cause de l'effort ou de la colère ?

— Eh ! Le connard est de retour, dit-il en me bousculant pour aller s'asseoir sur le banc.

Sans doute à cause des deux, conclus-je en lui emboîtant le pas.

— Randall, attends. (Il ralentit pour marcher à côté de moi.) Écoute, je veux te dire que je suis désolé pour Dobson. Je le connaissais à peine, mais je sais qu'il était ton ami.

— T'as un sacré culot, mon vieux. C'est merdique, ce que t'as fait. Lui taper dessus parce qu'il ne cachait pas ce qu'il pensait ? Il rigolait, et toi tu… Et puis peu de temps après le voilà mort. C'est merdique, répéta-t-il en sortant une bouteille d'eau de son sac.

Je tournai sept fois ma langue dans ma bouche avant de répliquer :

— Charlotte Holmes est comme une sœur pour moi. D'accord ? Il n'aurait pas pu trouver quelque chose de plus dégueulasse à dire sur elle. Mais je l'ai pas tué. Ça, je te le jure.

— Alors pourquoi la police t'interroge tout le temps ? Pourquoi c'est vous qui avez découvert Elizabeth ?

— Le hasard, ripostai-je.

— N'importe quoi. J'ai vu cet inspecteur, il est tout le temps en train de vous tirer les vers du nez. Il vous a embarqués tous les deux au poste… après ce qui est arrivé à Lizzie. Pourquoi ils vous soupçonnent si vous êtes aussi innocents que vous le prétendez ?

— Je suppose que tu nous embarquerais à leur place, repartis-je avec humeur.

En mon for intérieur, j'avais toujours peur de finir derrière les barreaux en combinaison orange, et cette angoisse teintait chacune de mes paroles.

Randall me défia du regard.

— C'est quand même suspect.

— Crois ce que tu veux, lui dis-je. Je suis pas tellement fier. Je sais qu'on raconte que Dobson s'est pendu. J'ai perdu le sommeil, à force de me reprocher d'avoir été en partie responsable de son geste affreux.

Encore une fois, je mentais. En fait, j'appliquais le principe de Holmes selon lequel les gens préfèrent vous corriger que de répondre à une question. Randall ne faisait pas exception à la règle.

— Te fais pas d'illusions, tu comptais pas autant que ça pour lui. De toute façon, il a été empoisonné. Enfin, il paraît.

— Empoisonné ? Par la nourriture de la cantine ?

— Peut-être, dit Randall avec un haussement d'épaules. Mais dans ce cas, il y aurait eu d'autres personnes malades. Il a bouffé des cookies que sa sœur lui avait envoyés. Ils n'avaient pas l'air bons du tout. C'est peut-être ça. Ou bien ces protéines en poudre… La couleur était dégueulasse. Il disait que ça venait d'Allemagne et que ça coûtait un œil, mais j'en ai pas voulu. Ta petite amie a peut-être versé quelques gouttes dedans…

— Sur le terrain ! Tous ! gueula Kline.

— Bon, on verra plus tard, dit Randall d'une voix qui avait perdu son fiel.

Au moins je m'étais réconcilié avec lui. Un bon point pour moi.

— Ça va ? me demanda Kline.

— Ouais. Dis… on m'a parlé de protéines en poudre. Tu connais une bonne marque ?

Je me baissai pour relacer ma chaussure afin qu'il ne voie pas mon visage. Je n'étais pas certain de pouvoir rester imperturbable à ce jeu-là. Après tout, je portais des pulls tricotés main, lisais des romans de Kurt Vonnegut et passais ma vie avec une fille qui n'était pas ma petite amie. J'avais autant de chances de développer d'énormes biceps que de marcher sur la lune.

— T'as qu'à poser la question à Bryony, à l'infirmerie, me conseilla le capitaine de l'équipe. Elle a des trucs sur ordonnance qu'elle importe d'Europe.

J'enfonçai la main dans mon sac, soi-disant pour en sortir ma bouteille d'eau, en réalité pour envoyer un texto à Holmes. J'espérais que son téléphone était allumé cette fois, et qu'il ne baignait pas dans du formol ou ne gisait pas en plusieurs morceaux sur sa paillasse.

L'entraînement était poussif, les passes se succédant sans qu'on marque d'essai. Serrant les dents, j'attendis le moment propice. Je fis un plongeon en avant comme si j'allais piquer une tête dans la piscine. Ma tête rebondit plusieurs fois sur le sol gelé mais je n'en aplatis pas moins le ballon derrière la ligne d'en-but.

Personne n'allait me reprocher mon manque d'enthousiasme pour le ballon ovale.

J'entendis Kline glapir :

— C'est assez ! Watson ! Watson !

Un concert de voix résonna sous mon crâne, puis un rideau noir tomba.

Lorsque je revins à moi, j'ouvris les yeux et battis des cils, ébloui par les néons. Le visage ruisselant de larmes de Holmes flottait au-dessus de moi. Des larmes ? S'était-il produit un autre meurtre ? Je me hissai péniblement sur les coudes.

— Oh, baby, renifla-t-elle en me poussant sur le lit d'un geste plus énergique que nécessaire. J'ai cru que t'allais jamais te réveiller.

J'étais abasourdi. J'avais une excuse : je venais de m'assommer.

— Où suis-je ? bredouillai-je d'une voix incompréhensible.

Holmes fondit en larmes, la main sur la bouche. Elle avait les ongles rouge vif et répandait des effluves de Forever Ever Cotton Candy. Je remarquai soudain son pull à pois et son nœud dans les cheveux.

Apparemment, elle avait travaillé son côté jeune fille douce et gentille…

J'avais très mal au cœur, sans doute à la suite du traumatisme crânien… car j'étais sûr d'en avoir récolté un. Je voyais trouble, double même. La seule solution était de dormir. Je fermai les yeux. L'avantage, c'est qu'il faudrait me garder à l'infirmerie toute la journée. Ce qui laisserait amplement le temps à Holmes de fourrer son nez dans tous les coins.

Une voix à l'autre bout de la pièce déclara :

— Ah, on dirait deux tourtereaux, vous êtes trop mignons !

Je rouvris les yeux. Bryony Downs, l'infirmière, nous regardait avec un large sourire. Elle continua :

— Figure-toi qu'elle est restée à ton chevet trois heures d'affilée. Tu as perdu connaissance, puis tu as été longtemps entre veille et sommeil. Elle ne t'a pas quitté, elle te tenait la main, pauvre chou.

Elle s'exprimait avec un accent américain mais je devinais à la façon dont elle rythmait ses phrases qu'elle était anglaise. Cela me fit bizarre de ne pas l'avoir remarqué plus tôt. Ou est-ce que j'hallucinais ? Si je passais outre aux lumières floues et au bourdonnement dans ma tête, j'étais presque capable de me concentrer.

— Il va pouvoir se lever bientôt ? s'enquit Holmes en posant la main sur ma joue. On doit dîner en ville demain. Cela fait deux mois qu'on se connaît, on veut fêter ça comme un anniversaire.

Ses doigts étaient frais et soyeux sur mon visage. J'appuyai doucement ma joue contre sa main, puis me figeai.

— Pardon, murmurai-je, horrifié.

— Tu demandes pardon pour quoi ? s'enquit-elle, écartant de son autre main mes cheveux de mon visage.

L'infirmière s'éclaircit la gorge.

— Je vais garder un œil sur lui. Ce n'est pas assez grave pour l'hospitaliser, mais on ne sait jamais. Il vaut mieux annuler votre soirée.

Holmes me sourit. Elle n'était pas déguisée en Hailey. Son nouveau personnage était beaucoup plus subtil. Bien peignée, propre, affectueuse… À l'évidence, il ne tiendrait pas vingt-quatre heures. Ces regards tendres, ce parfum, le ruban dans ses cheveux. Tout cela retournerait dans la malle à costumes et elle reprendrait ses atours de longue fille impatiente, Charlotte Holmes, la vraie.

— Tu entends ? On va te dorloter, me dit-elle.

Mes paupières s'alourdissaient. Quand je me réveillerais, tout serait de nouveau comme avant. Les néons me firent un clin d'œil. Ils savaient garder un secret, semblaient-ils me chuchoter. Puis ils s'éteignirent, l'un après l'autre, telles des bougies que l'on mouche.

— Bonne nuit, me dit Holmes en posant la main sur ma poitrine.

Puis je fus happé par le sommeil.

— Watson, susurra-t-elle. Watson, réveille-toi. Faut que je m'en aille. *Elle* va venir voir comment tu vas dans dix minutes.

La chambre était plongée dans le noir, hormis un filet de lumière sous la porte du bureau de l'infirmière. Par bonheur, j'avais repris mes esprits.

— Tu as trouvé quelque chose ? essayai-je de lui demander.

J'avais la sensation d'avoir du coton hydrophile plein la bouche.

Holmes me tendit un verre d'eau d'un geste impatient. J'avais raison. Elle était redevenue elle-même. Je ravalai une vague et coupable déception.

Je bus une gorgée et reposai ma question, de façon plus intelligible cette fois.

— Elle est sortie fumer une clope. J'ai bidouillé la serrure de l'armoire à pharmacie. Elle détient un stock de protéines en poudre et des boîtes de médicaments sur ordonnance au nom de Gabriel Tinker. Il n'y avait rien dans les boîtes. J'ai goûté à la poudre, je crois que c'est inoffensif.

Tinker était le nom de l'ouvreur endormi sur le terrain de rugby.

— Tu l'as *goûtée* ? Pourquoi tu l'as pas rapportée à ton labo pour l'examiner au microscope ?

Elle prit un air offusqué.

— Efficacité avant tout, dit-elle.

— Tu es vraiment folle, lui murmurai-je en me hissant en position assise. (Holmes releva mon oreiller dans mon dos.) Résumons. Elle est anglaise. C'est pourquoi nous l'avons mise sur notre liste de suspects, non ?

— Elle est née en Angleterre, mais elle est arrivée aux États-Unis à l'adolescence. C'est ce qu'elle m'a raconté quand elle m'a vue verser quelques larmes de pauvre gamine qui a le mal du pays. J'en ai encore la figure toute bouffie. J'avais oublié combien c'est pénible après.

— Alors ce n'est ni la poudre, ni l'Anglaise, ironisai-je. À moins que tu lui aies créé des ennuis quand t'étais au berceau. Si j'ai bien retenu son âge… Vingt-deux ans ?

— Vingt-trois, corrigea Holmes en se levant. Si elle est notre coupable, de toute façon, elle ne nous dira pas la vérité, alors qu'est-ce que ça peut faire ? Je vois bien qu'elle cache quelque chose. D'un autre côté, c'est normal d'être réservée en présence des élèves. Je vais essayer de prélever un échantillon de cette poudre demain. Ça ressemble plus à de la poussière qu'à des protéines.

— On ne devrait pas plutôt cibler quelqu'un de plus visiblement suspect… comme… je sais pas… August Moriarty ?

— Non, je crois pas, répliqua-t-elle d'un ton ferme. Bon, j'ai une dissert sur *Macbeth* à terminer. Fais gaffe ce soir. Et prends une douche. Tu pues.

Après son départ, je m'aperçus que j'avais la dalle. Je dévorai le paquet de crackers qui se trouvait sur ma table de chevet, puis je pris le petit gobelet de cachets et l'avalai avec un verre d'eau. Alors que je reposais le verre sur la table avec précaution (après un trauma, on a du mal à viser), mon sang se glaça dans mes veines. L'infirmière était peut-être une empoisonneuse. Elle faisait peut-être une fixation sur Holmes et moi. Et j'étais entre ses mains. Je venais d'avaler ce qu'elle m'avait donné sans réfléchir.

La lumière dans la pièce voisine s'éteignit. Je me tournai vers la porte en souhaitant de toutes mes forces que l'infirmière quitte le bâtiment. Au fond de moi, j'espérais n'être la victime que d'une paranoïa post-traumatique. Bryony était en réalité une jeune femme ordinaire ayant pris ce poste à Sherringford parce que le campus était magnifique et qu'elle n'avait pas peur d'attraper la grippe quand les élèves venaient se faire soigner à l'infirmerie. Non, Bryony n'avait pas traqué Holmes jusqu'ici sur les ordres de Moriarty.

La poignée de la porte tourna. Le battant s'ouvrit.

— Je m'en vais, me dit doucement Bryony. Tu as besoin de quelque chose avant que je parte ?

— Non, merci.

Pars, fiche le camp !

Je l'entendis poser son sac par terre. Elle entra dans la chambre. Elle sentait bon les fleurs. Une jolie jeune femme banale. Je déglutis. La pièce commençait à tanguer. Je regrettai que Holmes…

— Tu n'as plus d'eau, déclara Bryony.

Elle me remplit mon verre au lavabo et sortit un autre paquet de crackers du placard. Elle posa les deux sur ma table de chevet.

— Tiens. N'abuse pas. Je suis étonnée que tu n'aies pas la nausée.

Je me demandai si Dobson avait eu mal au cœur avant de mourir. Je n'avais jamais eu de traumatisme crânien. La nausée était-elle un symptôme ? Était-ce un symptôme d'empoisonnement à l'arsenic ?

Je suis bon. Holmes va enfin avoir une piste.

Les longs cheveux de Bryony brillèrent dans la pénombre quand elle se pencha sur moi. Allait-elle m'embrasser, me gifler, m'étouffer avec un oreiller ?

Elle posa une main fraîche sur mon front.

— Repose-toi, Jamie. Il faut que tu sois en forme demain pour ton amie, murmura-t-elle en soufflant une haleine chaude sur mon visage. L'autre infirmière arrivera tôt demain matin.

Une minute plus tard, elle était partie.

Au lieu d'essayer de dormir, je guettai le moment où j'arrêterais de respirer. J'avais péché par imprudence, toutefois je ne méritais quand même pas de mourir. Je songeai à envoyer un texto à Holmes. Mais si je me trompais, j'aurais l'air d'un imbécile.

À l'aube, je jetai mon verre par terre, de colère, d'angoisse, rien que pour casser quelque chose. Il était en plastique. Il roula en rebondissant à l'autre bout de la pièce. Au moment où l'infirmière du matin entra dans la chambre – une femme plus âgée qui avait un accent du Midwest –, j'avais des frissons de fatigue et luttais toujours contre le sommeil.

Elle lava le verre et me donna des cachets – identiques à ceux de Bryony. Elle fit une remarque sur ma mine en riant : j'avais l'air d'un garçon qui avait le diable aux trousses. Et moi j'eus l'impression que je passais à côté de quelque chose… de quelque chose d'énorme.

Je ne réussis à sortir de l'infirmerie qu'en fin d'après-midi. Mme Dunham voulut absolument m'accompagner à ma chambre.

— Maintenant, au lit, me dit-elle en croisant les bras sur la poitrine. J'ai parlé à Tom. Il va te monter de quoi manger. N'hésite pas à m'appeler si tu as besoin de quoi que ce soit, ou si tu te sens mal. On t'emmènera à l'hôpital.

Je la remerciai mollement. J'avais surtout la sensation de puer – je n'avais pas pris de douche depuis l'entraînement de rugby. Bien sûr, j'avais aussi une faim de loup et j'étais crevé à cause de ma nuit blanche. En somme, je n'avais qu'une envie : qu'on me fiche la paix !

Elle s'affaira autour de moi, rajouta une couverture à mon lit et ramassa quelques vêtements de Tom qui traînaient sur le plancher.

— Je t'ai obtenu une autorisation de visite exceptionnelle. Si tu veux voir Charlotte.

— Merci, je n'ai besoin de rien, dis-je, exaspéré par cette femme gentille mais pot de colle.

— C'est formidable que vous soyez aussi bons amis, dit-elle. Quand j'étais jeune, j'adorais ces récits. C'était ma lecture préférée.

Je lui adressai un sourire bouche fermée. Ce genre de compliment ne me faisait plus plaisir, au contraire. Il rendait suspecte la personne qui me l'adressait.

— La mienne aussi.

Elle s'en alla. Je poussai un ouf de soulagement.

Tom entra avec, en équilibre précaire dans les mains, un sandwich, une pomme et un gobelet de chocolat chaud.

— C'est pour toi, me dit-il en posant le tout sur mon bureau. Il paraît que tu t'es blessé en faisant un touché à terre historique, dis donc. C'est Randall qui m'a raconté.

Je mordis à belles dents dans le sandwich.

— Comment tu vas ? Comment ça va avec Lena ? m'enquis-je, préférant ne pas m'attarder sur le rugby.

— Ça va. Pourquoi Charlotte lui a filé du fric ? Lena est pleine aux as tout d'un coup.

— Pour le poker, dis-je, la bouche pleine.

Je n'avais pas non plus envie de parler de l'enquête.

— C'est vrai que Charlotte et toi vous êtes les suspects numéro un ? demanda-t-il en tirant sa chaise à côté de mon lit.

Je voulus hausser les épaules, mais mes muscles étaient en plomb.

— Tu ne peux pas me dire plutôt ce que j'ai manqué en histoire ? On a une nouvelle dissert ?

Le visage de Tom s'allongea.

— Rien, t'as rien manqué mais je…

Il laissa sa phrase en suspens. Manifestement, il me tendait une perche. Il attendait que je lui raconte mes aventures avec Charlotte, ou plutôt mes mésaventures que, personnellement, je préférais ne pas ébruiter. C'était trop la honte. Je m'abstins donc de saisir sa perche et croquai dans la pomme qu'il m'avait apportée. Tom laissa tomber.

Une heure plus tard, Holmes vint me voir. Heureusement, j'avais eu le temps de me doucher.

— Comment va le malade ? dit-elle gaiement en se perchant au bord de mon lit.

La bonne humeur chez Holmes était mauvais signe.

— Il y a eu un autre meurtre ? lui lançai-je, ne plaisantant qu'à demi.

Elle me sourit.

— Tu brûles.

Sans se retourner, Tom détacha légèrement les écouteurs de ses oreilles. Une nouvelle façon d'écouter aux portes… Cette tentative maladroite d'espionnage me tapa sur les nerfs. J'allais continuer à être la victime favorite des ragots du campus. Je haussai un sourcil pour rappeler à Holmes que les murs ont des oreilles, mais c'était inutile. Elle sortit son téléphone.

— J'ai un rendez-vous, m'annonça-t-elle tout en textant fébrilement.

Mon téléphone s'alluma silencieusement entre nous sur le lit. Je tendis le cou pour lire le message. *Le frère de Wheatley élève des serpents dans le New Jersey.*

M. Wheatley ! Mon prof de création littéraire !

Je répondis par texto. *Tu as trouvé ça où ? Google ? On a signalé la disparition d'un serpent ?*

Shepard va vérifier.

— Je me disais que tu pourrais m'aider à écrire ce fichu poème pour le cours de M. Wheatley. Je pourrais le lui montrer demain ?

En même temps, je recevais : *Interroge-le.*

Je pianotai : *Pourquoi pas toi ?*

— Un poème d'amour ? C'est du lourd.

C'est ton prof, il me connaît pas.

Elle se pencha pour sortir une barre chocolatée de la poche de son manteau et la posa sur le bureau. Un Cadbury Flake ; elle l'avait sûrement commandé sur Internet. Comment avait-elle deviné que c'était ma marque préférée ?

— Avec ça, tu vas te sentir mieux, dit-elle en me décochant un sourire en coin.

L'instant d'après, elle se glissait hors de la chambre.

Tom se dépêcha de renfoncer ses écouteurs dans ses oreilles.

T'as rien trouvé sur Bryony ? pianotai-je sur mon téléphone.

Non R-V à 442. J'entendais encore ses pas dans le couloir. *On trouvera un plan pour Wheatley.*

Après le cours, je m'attardai devant le bureau de M. Wheatley et fis signe à Tom de ne pas m'attendre.

Notre prof parlait à la meilleure élève de la classe, comprenez la meilleure poétesse, une fille timide, frêle et géniale qui chantait dans ses textes les beautés de la nature de son Michigan natal. Il lui conseillait la lecture de plusieurs livres de sa voix sourde, qui donnait l'impression d'être rêveuse. Elle notait religieusement ses recommandations. Nous avions des cahiers d'un modèle identique. Je planquai le mien dans mon sac à dos et tentai de me concentrer sur la stratégie que Holmes et moi avions mise au point pendant la pause déjeuner.

Finalement, M. Wheatley se tourna vers moi.

— Ah, Jamie. Que puis-je pour toi ?

— Je voulais vous parler de mes poèmes. J'ai un peu de mal… C'est beaucoup plus dur que les nouvelles. Je me demandais si vous aviez des livres que je pourrais consulter…

Il opina songeusement.

— J'ai quelque chose dans mon bureau que je peux te prêter. Suis-moi.

Wheatley me fit entrer dans son antre tapissé de bouquins. En d'autres circonstances, j'aurais été émerveillé. Sur la table, une lampe de bibliothèque en cuivre éclairait une pile de papiers. Sur le haut de la pile, je reconnus mon écriture : ma dernière nouvelle. Dans un coin, un globe terrestre était tourné de façon à exposer aux regards les contours de l'Europe. Il m'invita à m'asseoir dans un fauteuil.

Je n'avais pas la capacité de Holmes d'observer par le menu ce qui l'entourait, mais j'avais l'habitude de noter plein de détails pour nourrir mes histoires. Évidemment, mon but était d'élaborer une intrigue imaginaire et non d'exercer mon pouvoir de déduction. Je remarquai sur les rayonnages des noms familiers (Kafka, Murakami, des auteurs de polars suédois), le genre de tapis (tissé artisanalement aux États-Unis), le café qu'il buvait (apporté dans une Thermos de chez lui).

Wheatley fredonnait tout bas en cherchant dans sa bibliothèque. Alors qu'en classe il était toujours nerveux, arpentant son estrade, se tordant les mains et hésitant sur le début de ses phrases, là, dans son bureau, chez lui, il semblait très à l'aise. Je me demandai si c'était parce qu'il avait l'impression de m'avoir sous son influence. Ou alors parce qu'il m'aimait bien… Je regrettai que Holmes ne soit pas avec moi.

— Et voilà, dit-il en sélectionnant deux volumes. Des jeux d'écriture poétique, au cas où tu voudrais faire tes gammes, et un recueil d'essais par des poètes contemporains que tu trouveras utile pour trouver l'inspiration.

— Merci, dis-je en les fourrant dans mon sac.

— Tu as une bonne plume pour les nouvelles, comme je te l'ai déjà dit. Une écriture claire et concise, très agréable à lire. Certaines de tes intrigues sont un peu tirées par les cheveux, mais le côté fantasmatique me plaît. Sans doute est-ce héréditaire. J'ai lu l'œuvre complète de ton aïeul quand j'étais adolescent. Épatant ! Les adaptations cinématographiques des années 1930 sont excellentes aussi.

J'avais toujours détesté ces films où le Dr Watson est dépeint comme à moitié débile et Sherlock Holmes comme un automate. Toutefois, je profitai de l'occasion pour placer :

— Ma préférée est celle où il y a un serpent… *Le Ruban moucheté*.

— Je me rappelle cette nouvelle, dit M. Wheatley en frissonnant ostensiblement. Je déteste les serpents. Mon frère en élève dans sa ferme… Je me débrouille pour que ce soit lui qui vienne me voir… Quand j'ai appris ce qui était arrivé à ce pauvre Dobson, j'ai perdu le sommeil pendant des jours.

Il paraissait sincère, mais il valait mieux vérifier.

— Il a été mordu par un serpent ? demandai-je, faussement innocent.

— Post mortem. Je suis étonné que tu ne le saches pas. La police ne te l'a pas dit ?

— Mais à vous, elle l'a dit ?

Il sembla soudain embarrassé, ou plutôt apeuré.

— Je suis attentivement les nouvelles. J'ai un ami dans la police.

Pour le coup, je vis qu'il mentait, sans vergogne en plus.

— Au fait, dis-je en attaquant sous un autre angle, je voulais vous demander si vous pouviez me donner des conseils sur l'autofiction, écrire sur sa propre vie, surtout quand elle prend un tour bizarre… irréel. Vous insistez toujours sur l'importance de choisir des sujets que l'on connaît, vous dites qu'il faut écrire à partir de sa propre expérience, mais quand il vous arrive des choses affreuses… incroyables…

— Tu peux m'en parler, si tu veux, cela t'aidera peut-être à y voir plus clair. Tu pourrais même écrire une nouvelle. Cela te permettrait aussi de rattraper ton absence.

Je baissai les yeux sur mes mains. Que cherchait-il à me soutirer comme information ? Je décidai de jouer le jeu.

— C'est une bonne idée, dis-je.

Il tira un bloc-notes de sous une pile de papiers et se munit d'un crayon.

— Alors, voyons, que trouves-tu d'aussi incroyable ?

— Pour commencer, que ma meilleure amie soit une Holmes. Je m'y attendais vraiment pas.

— Hum, fit-il en griffonnant quelque chose. Parle-moi de Charlotte Holmes.

Même si c'était moi qui avais mis le sujet sur le tapis, je trouvai son ton de M. Je-sais-tout exaspérant. Je serrai les dents.

— Comme je vous l'ai dit, c'est ma meilleure amie.

— Une meilleure amie avec qui tu sors danser, hum… vous avez peut-être tous les deux des sentiments plus compliqués que ça. Ce sont des éléments à ne pas négliger quand on veut développer un personnage, ajouta-t-il en prenant sa voix de prof.

Des sentiments compliqués, j'en avais à la pelle. Mais cela ne le regardait pas. Je rétorquai d'un ton acide :

— Vous savez, Charlotte Holmes a des sentiments compliqués à l'égard des squelettes dans son labo.

Je pensais avoir éludé sa question. Je vis une lueur s'allumer dans son regard.

— Elle a des squelettes dans son bureau ? Intéressant…

M. Wheatley était dur d'oreille ?

— Dans son labo, corrigeai-je.

Je me mordis les lèvres en me rappelant ce que disait Holmes à propos de la facilité avec laquelle on faisait parler les gens en les obligeant à vous corriger, justement.

— Où est son labo ? s'enquit-il en esquivant mon regard.

— Je me rappelle plus, mentis-je. Elle ne permet à personne de s'en approcher.

— Hum… Bien. Elle a un look un peu gothique sur les bords, non ?

— Elle porte ce qu'elle veut, comme moi… (Je fronçai les sourcils.) Elle n'est pas une messagère de la mort, ni un personnage de dessin animé. Je lui trouve pour ma part le look londonien, c'est tout. Je ne vois pas comment cela pourrait être une source d'inspiration.

— C'est pour la caractérisation… le développement des personnages. Dis-moi, quand elle enquête, se conduit-elle de la même façon que son célèbre aïeul ?

— Sherlock ? J'en sais rien. Je l'ai jamais rencontré en chair et en os.

M. Wheatley éclata d'un rire qui s'interrompit net.

— Non, en effet. Alors, elle se comporte comme lui ?

Nous continuâmes ainsi et, par bribes, je lâchai quelques informations. J'étais curieux de savoir où il voulait en venir. Je lui confiai que je ramais pour écrire l'histoire de la mort de Dobson, mais M. Wheatley n'était pas du tout intéressé par Dobson. Il savait déjà tout ce qu'il y avait à savoir sur « ce pauvre garçon ». Il ne m'interrogea pas non plus sur le fait que nous avions découvert le corps inanimé d'Elizabeth sous les arbres. Mais sur Holmes ? M. Wheatley voulait tout savoir sur elle : son enfance, son frère aîné (il connaissait déjà son nom). Heureusement, je n'en savais moi-même pas tellement long. Mais c'était flippant de le voir prendre des notes comme pour constituer une fiche sur elle.

Dans quel but, sinon pour nous nuire, voulait-il toutes ces informations ?

Mes craintes s'envolèrent quand il déchira la feuille du bloc sur lequel il écrivait et me la tendit. Je restai bêtement à la regarder.

— Tiens, quelquefois c'est utile de formuler des idées qu'on n'arrive pas à coucher sur le papier. C'est dur pour toi, Jamie…

Il me reprit la feuille pour griffonner quelque chose en haut de la page.

— Si tu préfères parler à quelqu'un d'autre, voici le nom de la thérapeute de l'établissement. Elle est très gentille. Il n'y a pas de honte à prendre rendez-vous avec elle.

Je pliai la feuille et la glissai dans ma poche. En effet honteux, mais seulement de l'avoir soupçonné de chercher autre chose que m'aider. M. Wheatley était un brave homme. Il ne me voulait que du bien. Comment avais-je pu imaginer une seconde qu'il était capable de laisser choir un serpent venimeux sur un garçon en train d'agoniser ?

Était-ce toujours ainsi, un travail d'enquêteur ? On n'accordait jamais sa confiance à personne ? Pas étonnant que Holmes se montre si distante avec les autres.

En quittant le bureau de Wheatley, je fonçai à la salle 442. Le laboratoire était sens dessus dessous. Des dossiers étaient ouverts par terre, leurs feuilles éparpillées comme des plaques de neige sur le sol de la forêt. Quelque chose de vert bouillonnait dans le bec Bunsen. L'odeur de coriandre me fit froncer le nez. Et au beau milieu de ce chaos, Holmes était assise en tailleur à même le plancher, semblable à un grand oiseau blanc et noir dans son uniforme scolaire. Elle fumait une cigarette et lisait une encyclopédie de géologie – *Précis des différentes catégories de terres* – tellement volumineuse qu'elle tenait à peine sur ses genoux. Au-dessus d'elle, les squelettes de vautours se balançaient paresseusement au bout de leurs fils. Pendant une de nos séances marathoniennes de documentation, je les avais surnommés Julian et George. Aujourd'hui, le crâne de Julian était transpercé par la lame d'un petit poignard fiché dans son occiput. Je frissonnai.

— Ça a l'air passionnant, ce que tu lis, dis-je. Comment s'intitule le volume suivant ? « Précis des différentes catégories de vers de terre » ?

— C'est pas drôle. J'y connais rien en variétés de terres américaines. (Elle tourna une page, elle était incroyablement tendue.) Tu as l'air déçu. Finalement, tu ne soupçonnes pas Wheatley.

— Non, ni Bryony. Ou alors je les soupçonne tous les deux parce qu'on n'a personne d'autre sous la main. Je ne sais plus quoi penser.

— C'est parce que tu as une nature amicale, ce qui est très bien, mais en la circonstance, ton affect obscurcit ton jugement. C'est la raison pour laquelle j'essaie d'éviter de faire du sentiment.

— Tu n'as pas de cœur, répliquai-je, vexé.

Qu'étais-je pour elle, alors ? Un gars costaud bon seulement à porter ses bagages ?

— J'ai dit j'*essaie*, dit-elle en fermant son livre et en me fixant de ses yeux lumineux. Crois-moi, si Milo était mêlé à une histoire de meurtre, je ne pourrais pas l'aider. C'est pas manquer de cœur si ça sauve des vies.

Elle cherchait la bagarre. Je me forçai à battre en retraite. Je me rappelai la barre chocolatée déposée sur mon bureau et le jour où elle avait redressé mes lunettes sur mon nez au milieu d'une conversation. Elle n'était pas aussi dénuée de sentiments qu'elle voulait bien le croire. Je décidai de lui révéler ce que j'avais glané :

— Wheatley se procure des renseignements sur nous je ne sais comment, en tout cas il te surveille de près.

— Ça t'étonne ?

Je me retins de riposter qu'elle se prenait pour le centre du monde et ajoutai :

— Il semble aussi avoir peur des serpents et se faire du souci pour moi.

— S'il était indifférent, cela me paraîtrait moins suspect, fit remarquer Holmes. Il t'a interrogé sur ton traumatisme crânien ?

— Pas vraiment. Il a parlé de thérapie.

— Ah, la psychologie, dit-elle avec un reniflement de mépris.

Je levai les mains au ciel.

— Et les autres noms de notre liste ? Tu sais, ceux qui ne sont pas des têtes couronnées roumaines ni des pop stars. Les Moriarty. August ? Il est mort pour de vrai ?

— Rien de neuf là-dessus. (Holmes tira sur sa cigarette en me défiant du regard.) Si tu veux mon avis, tout ça ne vaut rien du tout. On n'a pas progressé pour deux ronds et j'ai fumé au moins vingt de ces trucs ignobles aujourd'hui, je vais finir par devenir accro. Tu vas voir, bientôt on va se retrouver témoins d'un meurtre et, en pleine action, je vais être obligée de courir chercher mon paquet de clopes parce que j'aurai besoin d'une Lucky Strike immédiatement, ou c'est moi qui tuerais quelqu'un… Tu vois le tableau.

Elle écrasa son mégot contre l'accoudoir du canapé et alluma aussitôt une autre cigarette. Je ne l'avais jamais entendue s'exprimer avec autant de rage rentrée…

— Alors arrête de fumer.

— Tu préfères que je devienne une meurtrière ?

— On devrait peut-être lever le pied pour ce soir. On n'a qu'à aller manger des pancakes et on fera des plans pour demain au café.

Ce n'était pas ma faute si Holmes me cherchait noise depuis que j'avais passé la porte de son labo. Le regard qu'elle me jeta était du style qu'on réserve aux cafards, ou aux êtres rampants qu'on a l'intention d'écraser d'un coup de pantoufle.

— Tu vois bien que je suis occupée. Tu crois que je fais quoi ? Joujou ?

Son agressivité eut raison de ma patience.

— Je dis que tu devrais te reposer un peu, c'est tout. Pas laisser tomber.

— T'as qu'à te reposer, toi.

— Bon, si on est aussi coincés que ça, pourquoi ne pas appeler tes parents au secours ?

— Je refuse de les mêler à cette histoire…

— Tu ne crois pas que tu devrais arrêter pour une fois d'essayer de prouver à ta famille que tu es forte ?

Elle se redressa, aussi fière et droite qu'une reine de l'Antiquité. Son visage ne trahissait aucune émotion, ou plutôt la seule trace d'émotion était la lueur hargneuse qui faisait étinceler son regard.

— J'avais pas pensé à ça, bien sûr, puisque je me livre seulement à cet exercice pour faire plaisir à mes parents, n'est-ce pas ?

— Holmes…

— Allez, va te reposer. Pendant ce temps, je vais traquer le tueur qui a assassiné mon violeur et tenté d'assassiner ta petite amie, et qui a bien failli nous faire arrêter tous les deux pour cette tentative de meurtre. J'irai peut-être plus vite sans toi d'ailleurs, étant donné que tu me sers à rien…

Elle ne m'avait encore jamais traité de manière aussi cruelle.

— Comment veux-tu que je t'aide, ripostai-je, furieux, quand tu gardes toutes les infos pour toi ? Il y a un Moriarty gros comme une maison dans cette histoire et toi tu refuses de me parler de ce qui s'est passé entre vous.

— Ce reproche a un lien avec notre enquête ou avec ta jalousie ?

Elle plaqua les mains sur sa bouche, mais c'était trop tard.

— Bien, je vois qu'il n'y a rien d'autre à ajouter.

Je mis mon manteau, résolu à fuir cet enfer.

— Watson…

Holmes se leva.

— Ça va, ça va, grommelai-je.

— Je suis une peste quelquefois…

— C'est vrai. Mais pourquoi tu m'appelles pas Jamie, comme tout le monde, puisque Watson est bon à rien ?

Holmes ouvrit et referma la bouche. Je claquai la porte, très fort, à en ébranler la cloison. Le bruit de verre brisé me réchauffa le cœur.

Huit

Je fis les cent pas devant Michener Hall en soufflant sur mes mains pour les réchauffer. Une fois calmé, je me décidai à entrer. Mme Dunham montait la garde à son bureau. Je passai devant elle sans un mot, préférant ne pas mettre à l'épreuve mes capacités conviviales.

En général, notre chambre était vide à cette heure, juste avant le repas du soir. Aussi fus-je étonné d'y trouver Tom qui regardait une vidéo sur son ordi en mangeant une barre chocolatée. Sur l'écran, une fille se trémoussait sur une chanson française. Je reconnus les mots : « … abandonne, abandonne tout ». La fille se mordit la lèvre et baissa la bretelle de sa robe.

— Ça va ? me lança Tom en appuyant sur pause.

La fille de la vidéo se figea docilement.

— Ça pourrait aller mieux.

— T'as pas trop l'air dans ton assiette en ce moment, me fit-il remarquer.

Une tache de chocolat souillait son gilet jacquard. Je vis sur sa table l'emballage du cadeau de Holmes. C'était rien du tout – Tom et moi partagions d'un commun accord nos provisions – mais j'eus l'impression d'avoir reçu un coup de poing dans le ventre.

— Je vois pas comment ça pourrait aller, grommelai-je.

Depuis mon arrivée à Sherringford, je souffrais d'une sensation de solitude constante alors que je n'étais jamais seul. Quand on est interne, on dit au revoir à son intimité. Il y a toujours quelqu'un d'autre dans votre chambre, ou bien quelqu'un peut y entrer sans frapper à tout moment. L'amitié de Holmes avait beau m'avoir remonté le moral, je me sentais encore très seul. Elle m'avait ouvert des perspectives nouvelles, mais d'un autre côté je n'étais jamais vraiment certain qu'elle était mon amie pour la vie.

Je me rendis compte que j'avais pensé tout haut lorsque Tom me dit en se raclant la gorge :

— J'ai déjà eu un ami de ce style.

— Vraiment ?

Je me fichais bien de son ami. Mais comme Tom avait l'air affecté, je ne voulais pas être cruel.

— Andrew. L'unique ami que j'avais gardé quand je suis venu à Sherringford. L'été dernier, on était inséparables. C'est un champion de foot et il récoltait toujours les félicitations en classe. Il peut faire ce qu'il veut, ce mec. Il faisait la fête toute la nuit, il rentrait à l'aube chez lui et racontait qu'il avait veillé pour préparer un exposé. Ses parents gobaient tout, je te jure. Avec lui, je me sentais… invincible.

— Mais… ?

— Des flics nous ont piqués en train de boire de l'alcool au bord du lac. Il m'a tout collé sur le dos. (Tom me fit un sourire penaud.) Il vient d'une famille riche qui a le bras long. On n'a pas été poursuivis. Mais j'ai été puni… tu peux pas savoir.

Ce salaud, il faisait comme s'il me connaissait pas. Je regrette de pas l'avoir traité de tous les noms.

— C'est moche.

J'avais du mal à imaginer Tom en perdant, lui qui était capable de s'accoutrer d'un costard bleu électrique et de sortir quand même avec la plus jolie fille du pensionnat…

— Faut éviter de jouer les faire-valoir, mon vieux. Je parie qu'elle se sert de toi pour faire son sale boulot. C'est ce que faisait Andrew.

— C'est possible… quelquefois, avouai-je avec un pincement au cœur.

Il me dévisagea d'un air entendu.

— Alors, elle te laisse rien faire du tout ?

— Si, si. Elle m'a envoyé interroger M. Wheatley. Et je me suis tapé un traumatisme crânien rien que pour enquêter sur l'infirmière. Tu vois, c'est pas mal.

Tom fit la grimace.

— Quoi… tu… ? Quoi ?

— Il fallait bien trouver un prétexte pour rester à l'infirmerie toute la journée. J'ai préféré un bon coup sur la tête à une fracture du bras. Comment est-ce que Holmes aurait pu fouiller là-dedans sinon ? Il y a une alarme pour protéger la pharmacie du vol.

Tom resta un moment sans voix, puis marmonna :

— Je ne pensais pas que tu pouvais être aussi con.

— Merci, sympa.

— De rien. Écoute, j'ai rendez-vous avec Lena et ensuite j'ai des trucs à voir à la bibli. On rediscutera de nos problèmes existentiels ce soir, si tu veux.

Tom et Lena. Moi et Holmes : deux drôles de couples.

Après avoir jeté quelques livres dans son sac à dos, il partit en coup de vent. Il avait dû déplacer légèrement son ordi en passant parce que la vidéo se remit en marche sur son écran. La fille reprit son effeuillage. Je m'installai sur la chaise de Tom et fermai la fenêtre. C'est alors que je fis une découverte.

Un miroir accroché derrière mon bureau reflétait mon lit ; la nuit je me redressais parfois croyant voir un fantôme, pour m'apercevoir que c'était ma tête hirsute. Sous cet angle, je distinguai entre ce miroir et le mur un curieux éclat lumineux. L'interstice était trop étroit pour y glisser le doigt. J'essayai de me servir du crochet d'un cintre pour déloger l'objet brillant qui semblait s'y être logé. Je ne rencontrai que du vide. Pourtant, lorsque je me reculai, je vis de nouveau un reflet de lumière.

On aurait dit du verre… Une lentille d'instrument optique ?

À cet instant, mon téléphone sonna sur le lit. Je me dis que c'était sûrement Holmes. Elle avait été infecte, franchement. Bon, nous nous sentions tous les deux sur les nerfs, abattus et perdus – même si j'imaginais mal une fille aussi alerte et audacieuse que Charlotte Holmes se sentant perdue. En tout cas, j'étais sûr qu'elle regrettait ses paroles.

C'était un texto de ma mère, me rappelant que nous ne nous étions pas encore parlé au téléphone cette semaine-là. Elle m'écrivait qu'elle réessaierait de m'appeler plus tard, bisous.

Je retournai au miroir. L'objet brillant était toujours là.

Quelqu'un l'avait caché là… Quelqu'un s'était permis d'entrer dans ma chambre… Et si c'était une caméra ?

J'écartai le bureau du mur d'un geste rageur et des deux mains tentai de décrocher le miroir. Il résistait. Je me remémorai mes leçons avec mon entraîneur de rugby à Londres et tirai fort, plus fort… Un léger craquement signala que les vis cédaient, mais le miroir ne bougeait toujours pas. Haletant, je fixai le reflet de mon visage rouge et hagard. Celui que je devais avoir à la fin d'un match. La tronche d'un homme des cavernes.

OK, quelle importance que j'appartienne à une espèce humaine préhistorique ? Avec un grognement de bête, je m'armai de mon manuel de chimie qui traînait sur ma table et l'abattis violemment contre le miroir.

Il fallut que je m'y reprenne à dix fois au moins pour qu'une fissure s'élargisse enfin à partir du centre vers les bords. Derrière la porte, dans le couloir, une voix féminine hurla : « Qu'est-ce qui se passe ici ? » Je ne fis pas attention. Pour solide qu'il était, le miroir était en verre et ce qui devait arriver arriva. Crac. Je fis volte-face afin de protéger mon visage des éclats, mais il était trop tard pour mes mains. Elles étaient criblées. Ma fureur était telle que je ne sentais rien.

Lorsque je me retournai, je vis, scotchée au mur, une lentille de la taille de mon ongle de pouce attachée à un émetteur miniature.

Une caméra ? Mais comment pouvait-on filmer à travers un miroir ? Je cueillis un des tessons à mes pieds en prenant des précautions inutiles, puisque j'avais déjà les mains en sang. Je tournai le bout de verre d'un côté et de l'autre : une glace sans tain.

À partir de là je fus la proie d'une rage d'autant plus aveugle que j'étais glacé d'effroi. Ainsi des yeux m'avaient vu m'habiller, bâiller, dormir... J'étais sûr et certain qu'il y avait aussi un système d'écoute.

Je vidai mes rayonnages de leurs livres, le contenu de mes tiroirs, fis les poches de tous les pantalons de mon placard. Avec mon couteau suisse, j'éventrai mon matelas – tant pis si je récoltais une amende – et en ensanglantai les entrailles avec mes doigts. Je soulevai la moquette. Je défis les ourlets des rideaux, inspectai l'intérieur de la tringle. Pendant ce temps, les protestations dans le couloir avaient grimpé d'un cran. Un poing tambourina contre la porte. La voix de Mme Dunham : « Jamie, Jamie, je sais que tu es là. » J'avais pris soin de bloquer la poignée avec le bureau de Tom et de tirer le loquet. De toute façon, c'est à peine si j'entendais leurs cris à travers la tempête qui soufflait sous mon crâne.

Je trouvai deux micros, chacun de la taille d'un ongle, le premier sur le mur derrière ma tête de lit, le second sous ma chaise. Je les contemplai, logés au creux de mes paumes rouges de sang. Un minisystème d'écoute sans fil... Je les posai délicatement sur ma table à côté de la minicaméra espion que j'avais détachée de l'émetteur, puis fourrai le tout dans une taie d'oreiller. Si la caméra fonctionnait toujours, l'espion à l'autre bout n'aurait plus devant lui qu'un écran noir.

Je levai les yeux, en proie à des bourdonnements d'oreille, et regardai autour de moi. On aurait dit qu'un ours blessé avait saccagé à coups de griffes tout ce qui lui tombait sous les pattes. Je ne m'étais pas encore attaqué au côté de Tom. Que devais-je faire ? Que faire surtout du dispositif que j'avais trouvé ? Appeler l'enquêteur. Appeler Holmes. Ces questions me firent redescendre sur terre. Les cris continuaient dans le couloir. J'entendais crier : « Jamie, Jamie, Jamie… »

— Allez-vous-en, hurlai-je en m'asseyant sur ma chaise.

Mes mains commençaient à me faire mal. Les éclats de verre s'étaient enfoncés plus profondément dans ma chair à chaque manipulation. Il fallait que j'aille à l'infirmerie, sauf que Bryony Downs était sur ma liste de personnes suspectes, au même titre que M. Wheatley.

Je sortis une pince à épiler de mon nécessaire de toilette, me mis un tee-shirt entre les dents pour éviter de crier, et entrepris d'opérer sur moi-même dans des conditions sanitaires… hum, pour le moins discutables. Et puis j'eus toutes les peines du monde à ne pas hurler, non seulement de douleur mais aussi de dépit : tout cela était tellement injuste ! Je me demandai distraitement si les micros enregistraient toujours. Je résistai à la tentation de les écraser comme des insectes. J'avais trop besoin de les garder intacts comme preuves.

Mais pourquoi, pourquoi me mettre sur écoutes ? Moi ? Moi qui n'étais personne. Jamie Watson, écrivain en herbe, second couteau, scribouillard du journal intime le plus rasoir du monde. Moi qu'on ne voulait pas appeler « James ». Si j'avais une importance quelconque, c'était en qualité de courroie de transmission.

Qu'avais-je révélé dans cette chambre ? Quel secret avais-je dévoilé sans le vouloir ?

En y réfléchissant, j'en trouvai plein. Tout à l'heure même. J'avais parlé de M. Wheatley, de mon traumatisme crânien volontaire, de la fouille à l'infirmerie. Oui, j'avais raconté tout ça. J'avais fait part à Tom de nos soupçons, de ce que nous avions découvert dans la chambre de Dobson. J'avais même pesté contre August Moriarty. Mon Dieu, comment avais-je pu être aussi stupide ?

Les gens qui m'espionnaient devaient à présent savoir que j'avais éventé leur piège. Je devais me rendre à la salle 442 de toute urgence. J'ôtai mon tee-shirt plein de sang, le secouai pour en faire tomber les bouts de verre et le déchirai pour obtenir deux bandes afin de m'emmailloter les mains. Les nœuds ne tiendraient pas longtemps, mais c'était toujours mieux que rien. Peut-être pourrions-nous emprunter sa voiture à Lena et foncer à l'hôpital. *Nous...* Je ne pouvais m'empêcher de penser en ces termes. Car elle m'avait sûrement pardonné. Forcément. L'un sans l'autre, nous étions morts.

J'enfilai un tee-shirt propre, ouvris la porte et tombai sur Mme Dunham recroquevillée par terre, le dos au mur du couloir. Son visage était rougi par les larmes. Je m'accroupis à côté d'elle.

— Jamie, dit-elle d'une voix rauque. Qu'est-ce que tu t'es fait ? Tes mains ! Tu es blessé. Ces bruits dans ta chambre...

— Je ne voulais pas vous faire peur. Je vais bien. Tout va bien.

Elle se pencha pour regarder dans la chambre et se redressa d'un seul coup, sous le choc.

— Oh, Jamie, qu'est-ce que tu as fait ?

— Il faut que j'y aille. Je vous expliquerai plus tard. Je dois trouver Charlotte Holmes.

Elle se saisit de ma main, je me mordis les lèvres pour ne pas crier de douleur.

— Alors tu n'es pas au courant, dit-elle, les larmes aux yeux. Oh, Jamie, je déteste annoncer de mauvaises nouvelles. Mais il y a eu un accident. Un horrible accident.

Mme Dunham m'apprit que le drame s'était produit dix minutes plus tôt – seulement dix minutes s'étaient écoulées depuis que j'avais trouvé la caméra ? Le campus avait été évacué. Michener Hall était vide, nous étions les seuls encore sur place. Elle pensait que j'avais piqué une crise en apprenant la nouvelle. Parce qu'elle savait, contrairement aux autres, où était le labo de Charlotte Holmes.

Une explosion due au gaz, semblait-il.

Je piquai un sprint à travers le campus. Il tombait quelques flocons de neige. J'avais oublié mon manteau. Mon cœur cognait dans ma poitrine.

Le bâtiment Sciences était un tas de ruines fumantes.

Mon téléphone. Où était-il ? Et si Holmes essayait de me joindre ? Et si elle était prisonnière des décombres ? J'imaginais les ossements de Julian et George écroulés sur elle, mais elle était vivante…

un peu sale à cause de la fumée, mais saine et sauve. Non, me dis-je, je sous-estimais ses talents de magicienne. Elle avait fumé tranquillement une cigarette sur la pelouse en regardant le bâtiment brûler. Elle était toujours en colère contre moi. Elle n'allait plus jamais vouloir m'adresser la parole…

Du côté abritant le labo de Holmes, je ne voyais plus que de grands morceaux de granite fichés dans le sol. À travers la fumée, je distinguais les murs intérieurs en lambeaux, empilés comme les pages d'un vieux livre calciné. Ici et là, des bouts de mur fumaient encore.

Quelque part au loin, j'entendis des sirènes. Des policiers en uniforme protégeaient l'endroit des curieux emmitouflés dans des manteaux. Une voix sortant d'un mégaphone demandait à tous les élèves de se manifester auprès de la permanence. Le puissant faisceau d'une torche électrique était braqué sur le perron intact. Les pompiers allaient pénétrer dans l'édifice, ils en sortiraient tous les survivants, disait la voix.

Les survivants.

Je bousculai le policier au mégaphone, un autre qui agitait des signaux lumineux et un pompier en tenue jaune – les gyrophares des camions éclairaient la scène. Le pompier m'attrapa par le bras. Le regard que je lui jetai devait être celui d'un chien méchant, parce qu'il me lâcha. Je courus jusqu'à la porte d'entrée. Mais ils me rattrapèrent et me plaquèrent au sol.

Ils me traînèrent jusqu'aux camions. Un policier fut chargé de me tenir à l'œil. Ils n'hésiteraient pas à m'arrêter, me dirent-ils, si jamais je tentais de nouveau de pénétrer dans le bâtiment. À un moment donné, l'un d'eux glissa un gobelet d'une boisson chaude entre mes mains de momie. Gentiment il essaya de me convaincre d'enfiler sa veste, mais je n'avais cure de sa gentillesse. Il est possible que je l'aie insulté. Je ne me rappelle plus. Après ça, il me ficha la paix.

Je me demandai à quoi ressembleraient les funérailles de Holmes. J'étais anéanti.

Puis je ne me demandai plus rien. Quelqu'un avait dû fouiller dans mon portefeuille et prévenir mon père, car il surgit soudain à côté de moi. Je le laissai me guider vers sa voiture. Le chauffage était mis à fond. Je l'entendis marmonner quelque chose à propos de l'hôpital. Mes mains. J'avais oublié.

— Surtout pas l'hôpital ! m'exclamai-je, reprenant tout à coup mes esprits. Il faut d'abord retrouver Charlotte. Tu ne vois donc pas ? Il se passe des choses terribles et j'ai besoin d'elle. Tu comprends ?

Je devais avoir l'air d'un fou, terrorisé, couvert de sang… C'est alors que mon père eut une réaction imprévisible. Il posa une main affectueuse sur ma nuque et me dit :

— Entendu, je comprends. On va à la maison.

Il alluma les phares et, comble de stupéfaction, elle était là, debout dans le double faisceau blanchâtre.

Elle était noire de la tête aux pieds, les cheveux saupoudrés de flocons de neige. Son violon pendait entre ses doigts. Elle ouvrit la bouche et je devinai qu'elle prononçait mon nom.

Je bondis hors de la voiture et la pris dans mes bras.

Holmes étant Holmes, même après un traumatisme majeur, elle posa très précautionneusement son stradivarius sur le capot ronronnant de la voiture. Ensuite seulement, elle se lâcha, enfin, si l'on peut dire, car elle garda ses mains sur ma poitrine. Elle était frêle et tremblante de froid. Mais sa posture, comme toujours, était parfaite.

— Tu es saine et sauve, murmurai-je. Je suis désolé.

Pour une fois, elle ne me reprocha pas d'enfoncer une porte ouverte.

— Tout ce que j'ai pu sauver, c'est le violon, et j'ai dû y retourner pour le chercher. Watson, j'étais aux toilettes. Si j'avais été là… La bombe a été posée dans notre labo.

— Ils disent que c'est une explosion due au gaz.

Elle s'écarta de moi et leva son visage vers le mien.

— Une bombe artisanale. J'ai vu des éclats fichés dans le mur. Watson… À voir dans quel état tu es, je suppose que tu as trouvé des écoutes dans ta chambre…

Elle n'avait pas perdu non plus ses capacités de déduction.

— À quoi est-ce que tu vois ça ? Mes mains tailladées, OK… et quoi d'autre ?

— Tu as des bouts de verre plantés partout, on dirait un hérisson. Tu as trouvé la caméra derrière le miroir et ensuite tu as cherché le micro. Tu soupçonnes tout le monde… Quand tu n'as pas confiance en quelqu'un, tu as un tic à l'œil. Comme maintenant. Et il me suffit de regarder la boue sur tes chaussures pour voir quel chemin tu as pris pour venir de Michener…

Je la serrai contre moi à l'étouffer. Elle me martela la poitrine de ses poings.

— Tu veux m'empêcher de parler…

Je relâchai mon étreinte avec un :

— C'est vrai, pardonne-moi.

Elle fondit en larmes.

— Ça te ressemble pas pourtant. C'est horrible… Mais qu'ai-je donc à chialer comme une Madeleine ?

Mon père nous installa à l'arrière de sa voiture et nous enveloppa tous les trois, nous deux plus le stradivarius, dans une couverture mangée aux mites. Je passai mon bras autour des épaules de Holmes. Elle n'arrêta pas de pleurer de tout le trajet.

Abbie, la femme de mon père, avait préparé la chambre d'amis. Holmes inspecta les éléments du système d'écoute que j'avais prélevés dans ma chambre, déclara que j'avais bien tout désamorcé et se mit au lit. Mon père téléphona à la pension. Ma belle-mère me demanda où je voulais qu'elle place le matelas gonflable.

— Vous couchez ensemble ?

Elle marqua une pause gênée, puis enchaîna :

— Désolée, je n'ai pas l'habitude des adolescents… Enfin, autant que je le sache. Vous couchez ensemble tous les deux ?

Je répondis par la négative tout en songeant que les circonstances étaient idéales pour faire connaissance avec ma belle-mère. Je n'avais même pas la force de la détester. Franchement, j'étais même soulagé. Holmes était en sécurité. On s'occupait de nous, du moins pour cette nuit. Abbie avait un visage qui me revenait, souriant, ouvert, un petit nez couvert de taches de rousseur. Et puis j'étais vanné. Je décidai que je l'aimais bien.

— Bon, alors j'installe le matelas dans la chambre avec Charlotte. Ne commencez pas ce soir, ajouta-t-elle. Tu as fait de l'hypothermie, tu as le nez tout bleu. Tu n'as qu'à monter prendre un bon bain chaud.

Je défis mes pansements de fortune dans le lavabo. Je dus poser mes mains au bord de la baignoire pour ne pas saigner dans l'eau. Une fois un peu réchauffé, j'enfilai plusieurs vieux pulls de mon père. Dans la cuisine, Abbie me donna un anti-inflammatoire, nettoya et désinfecta mes plaies et avec une pince à épiler me débarrassa des éclats de verre dont j'étais encore criblé. Quand elle passa à ceux piqués dans mon cuir chevelu, je me mordis les lèvres pour ne pas crier de douleur.

Mon père débarqua au milieu de la séance. Les lignes du pensionnat étaient toutes occupées, sans doute par des parents paniqués. L'administration avait fini par envoyer un mail collectif. Il nous le lut. Pas de blessés à la suite de l'explosion provoquée par « une fuite de gaz », disaient-ils, hormis le prof de physique qui avait été surpris dans son labo et souffrait de « blessures légères ». Cela dit, Sherringford resterait fermé pour le reste du semestre.

Il était temps, me dis-je.

Mon père se mit à jacasser sur ce qui allait se passer pour les examens, etc., mais je ne l'écoutais plus.

Il y avait des choses plus importantes. D'après le mail, les élèves avaient été évacués dans le motel le plus proche sous la houlette des surveillantes, et ils y resteraient jusqu'à ce que les parents viennent les chercher. Demain, ils recevraient une équipe d'experts de Boston qui vérifieraient s'il n'y avait pas d'autres fuites. Après quoi seulement, les élèves seraient autorisés à revenir chercher leurs affaires. Ils nous accorderaient dix minutes pour faire nos valises. Le planning pour chaque résidence était fourni en pièce jointe.

Mon père rangea son smartphone et me regarda dans les yeux.

— Charlotte est ici, elle est en sécurité, et j'ai été très patient. Mais maintenant je veux des explications. Ou je t'emmène à l'hosto.

Je sentis les mains d'Abbie se lever de ma tête.

Je fis de mon mieux pour lui expliquer : ma dispute avec Holmes, ma chambre mise sur écoutes, le miroir brisé, la bombe artisanale, nos soupçons à l'égard de M. Wheatley et de Bryony l'infirmière… et des Moriarty. Ce que j'avais confié à Tom dans notre chambre.

Mon père avait sorti son fameux petit calepin et notait tout ce que je lui racontais. Quand je prononçai le nom de Moriarty et que je lui dis que, Charlotte refusant de me confier ce qu'elle savait sur lui, j'avais mené ma propre enquête, il sourit.

— Jamie… Si tu attends qu'une Holmes te livre ses secrets, tu en as pour une éternité.

— Mais les tabloïds ne sont quand même pas des sources d'information fiables, tu ne crois pas ?

— Tu ne te rappelles pas ce que je te disais à propos de Charlotte autrefois ?

— Si, je ne suis pas idiot.

— Bon, alors tu te doutes que je la surveille de près depuis qu'elle est petite. J'ai dans mon bureau un dossier qui pourrait t'être utile.

Ainsi les réponses à mes questions avaient toujours été à portée de main, chez moi, dans ma maison natale.

Voyant que je m'apprêtais à lui demander de le consulter, il ajouta :

— Si tu n'avais pas été aussi désagréable avec moi, je te l'aurais passé il y a déjà plusieurs semaines.

Il avait appuyé sur la mauvaise touche. Ma curiosité fut supplantée par une colère sourde contre lui.

— J'en veux pas.

Il sursauta, comme si je l'avais giflé.

— Je lui fais confiance, précisai-je.

Après un moment d'égarement, il se pinça l'arête du nez en soupirant :

— Oui, bien sûr. Bon, j'oubliais, votre inspecteur Machin m'a téléphoné je ne sais combien de fois ce soir. Tu n'avais pas ton téléphone ? Non ? Ah, bon. Je vais le rappeler pour lui transmettre ce que tu m'as dit. (Il ramassa son calepin.) Si tu as envie d'aller te coucher…

— Excellente idée. (Je me levai.) Pas d'hôpital, alors ?

Il émit un petit rire étonné.

— Tu es fou ? Quelqu'un essaie de te tuer. Non, tu restes ici.

En hochant la tête, il disparut dans le couloir. Abbie rangea sa trousse de premiers secours avec un sourire. Trouvait-elle notre histoire rigolote, comme mon père ? J'ôtai aussitôt quelques points au 20 sur 20 que je lui avais donné au départ.

— C'est drôle, tu trouves ?

— Tu es son portrait craché, c'est tout. Bien sûr c'est horrible, mais d'un autre côté, on dirait un film d'espionnage. Dans un sens, c'est cool, tu vois.

Mon père avait trouvé son âme sœur, au moins. Elle était aussi insensible que lui.

— Ma meilleure amie a failli mourir, lui dis-je. J'ai senti le souffle du boulet… Cool ne me paraît pas le mot juste.

Elle me tapota l'épaule.

— Attends une minute, je vais chercher une housse pour ton matelas.

Je gravis l'escalier les bras chargés d'un tas de draps. Holmes était couchée en chien de fusil sous le couvre-lit à fleurs, profondément endormie et encore tout habillée. Elle s'était débarbouillée, à peine, et son visage sur l'oreiller évoquait celui d'un orphelin dans un roman de Dickens. Je dépliai la couverture posée à ses pieds et l'en couvris. Puis je restai un long moment à observer sa chevelure luisante dans le clair de lune. Elle était vivante. Demain, elle allait se lever et me contredire, m'apporter des sandwiches dégueulasses et m'obliger à me dépasser pour que je devienne un meilleur partenaire. Ses yeux tristes, sa langue bien pendue… La façon dont elle touchait mon épaule quand elle pensait que j'avais l'esprit ailleurs – pourtant je l'écoutais toujours.

Elle était là, je n'arrivais pas encore à y croire. Je résistai à la tentation de repousser une mèche de cheveux de son front. Elle bougea dans son sommeil.

— Watson, qu'est-ce qu'il y a ?

— Rien. Rendors-toi.

— Je ne devrais pas, dit-elle en se redressant. Il faut qu'on continue. Quelque chose de terrible est sur le point de se produire.

Je la repoussai doucement sur le lit.

— Pas ce soir. Rien ne se produira ce soir. Rendors-toi.

Je tirai le matelas à côté du lit et m'y étendis. Il exhala un long soupir.

— Watson.

— Quoi ?

— Excuse-moi, je n'aurais pas dû me disputer avec toi, me dit-elle d'une voix ensommeillée. Sache toutefois que c'était pour une bonne raison.

— Je sais, je me suis comporté comme un imbécile.

— Non. Ce n'était pas ta faute. (Sa voix n'était plus qu'un faible chuchotis.) Le mot disait que tu serais tué si tu restais. J'ai joué la peste jusqu'à ce que tu fiches le camp.

Je me dressai tout droit sur mon séant, mais Holmes s'était rendormie.

À un autre moment de ma vie, une déclaration pareille m'aurait fait passer une nuit blanche.

Mais pas cette nuit-là. Dix minutes plus tard, je dormais à poings fermés. Je ne me sentais ni particulièrement courageux ni résigné à mourir. Seulement mon organisme avait eu plus que sa dose de terreur, il avait décidé de baisser le rideau.

Je fus réveillé par les rayons du soleil et la première chose que je vis fut la silhouette à contre-jour d'un tout petit garçon.

— Salut, dit-il en plaquant une minuscule main collante sur ma bouche.

J'enlevai sa main et m'assis.

— Salut. Comment t'es rentré ?

Le lit de Holmes était vide, la porte grande ouverte.

— J'aime les canards.

J'eus l'étrange impression de me voir tel que j'avais été enfant. Un regard candide, une tignasse noire. Ma mère me disait toujours que j'étais irrésistible. Eh bien, en le voyant, je me dis qu'elle ne mentait pas.

Je n'en avais jamais voulu à mes demi-frères, ce n'était pas leur faute…

— Moi aussi j'aime les canards.

Je le soulevai dans mes bras pour descendre à la cuisine. Comme j'avais beaucoup de jeunes cousins, je savais m'y prendre avec les petits.

— Tu t'appelles comment ?

— Malcolm, répondit-il d'une voix timide. Toi c'est Jamie.

— Exact.

Je le fis sauter dans mes bras en entrant dans la cuisine.

— Il neige ! hurla-t-il en montrant du doigt la fenêtre de la porte à travers laquelle on apercevait une pelouse d'un blanc immaculé.

Je me demandai à quoi ressemblaient ce matin les décombres du bâtiment Sciences. Le contenu du labo… Le bocal de dents en avait-il réchappé ?

Abbie, qui nous préparait des pancakes, pivota sur ses talons.

— Oh, non ! Désolée. J'aurais voulu que tu fasses la grasse matinée.

Je hissai Malcolm sur mon bras.

— Il voulait juste me dire bonjour. Tu as vu Holmes ? Il faut que je la trouve, je vais la tuer.

Elle me lança un drôle de regard.

— Dans le séjour, avec ton père et Robbie. Il lui présente le chat.

— Je savais pas que vous aviez un chat, dis-je, histoire de faire la conversation, et avec l'espoir d'être récompensé de mes efforts par un pancake.

— Ce chat, il n'est pas commode. Robbie a mis une heure à le trouver.

Comme elle ne faisait pas mine de me proposer quoi que ce soit, je dis à Malcolm d'une voix chantante :

— Viens, on va aller voir Mlle Charlotte qui trouve très drôle de faire des cachotteries à M. Jamie.

Je découvris mon père et Holmes penchés sur une feuille de papier étalée sur la table basse. Un superbe chat tabby ronronnait sur les genoux de Holmes. Le petit garçon assis par terre à ses pieds protesta en gémissant :

— Moi il veut pas que je le caresse, c'est pas juste.

Elle baissa vers lui un regard pensif.

— J'ai de plus grands genoux que toi. Attends quelques années, et il t'adorera.

Robbie éclata en sanglots.

— Bien, fit mon père.

Il me reprit Malcolm et saisit Robbie par la main.

— Allons voir si maman a fini les pancakes.

Holmes parut ne s'apercevoir de rien. Munie d'une minuscule loupe, elle inspectait la feuille.

— Watson, viens me dire ce que tu en penses.

— Cela explique pourquoi tu ne m'as pas informé des menaces de notre harceleur et que tu as préféré m'infliger un grave traumatisme psychologique afin de rester seule aux prises avec une bombe ?

— Oui, dit-elle sans lever les yeux. Viens voir.

Elle poussa la feuille au milieu de la table. De plus près, je vis qu'elle avait glissé un sac à sandwich en papier entre la feuille et le bois.

Elle me tendit des gants en latex.

— Ils font partie de la trousse de premiers secours de ta belle-mère, me précisa-t-elle. Alors, qu'est-ce que tu vois ?

Je lus à haute voix.

SI TU CONTINUES À IMPLIQUER JAMES WATSON IL MOURRA AUSSI

CE SOIR

CONTRAIREMENT À TOIT IL LE MÉRITE PAS

CECI S'ARRÊTERA PAS AVANT QUE TU COMPRENNES

— *Toit* au lieu de *toi*. Une faute que n'a pas repérée le correcteur orthographique.

Elle ébaucha un geste d'impatience.

— Quoi d'autre ?

— C'est une menace de mort. On dirait qu'ils m'aiment bien.

Je soulevai un coin de la feuille. De forme carrée, un papier ordinaire. La trace d'un pli au milieu : sans doute Holmes l'avait glissée dans sa poche. Encrenoire. Je levai la feuille à la lumière. Je ne vis rien de plus.

Je lui fis part de mes observations et elle hocha la tête. Je n'étais peut-être pas aussi nul que ça, après tout.

— Qu'est-ce que tu en as tiré ?

Elle me prit la feuille des mains.

— Tout ce que t'as pas vu. C'est une femme qui a écrit ça et pas sous la dictée. Regarde, elle s'est servie d'une police de caractères sans empâtement, le genre qu'il faut télécharger parce qu'il n'est pas fourni par défaut. C'est une touche personnelle. Si tu ne fais qu'exécuter un ordre, tu te contentes d'utiliser Times New Roman. D'ailleurs, c'est ce qu'elle aurait dû faire. Soit elle se sent assez sûre d'elle pour ne pas dissimuler ses traces, soit elle a écrit ce message en vitesse et c'était la police par défaut qu'elle avait sur son ordi.

Je repris la feuille.

— Pour moi, ces caractères n'ont rien de bizarre.

Holmes soupira. Le chat leva vers moi un regard hostile. Holmes avait trouvé son alter ego chez nos amies les bêtes. J'ajoutai :

— Comment sais-tu que c'est une femme ?

— Il m'a fallu seulement quelques minutes pour localiser la police de caractères. Ça s'appelle

Hot Chocolate et c'est téléchargeable sur des sites de design. Mais ça, c'était seulement le neuvième résultat donné par Google. Le premier étant un site dédié au mode de vie « sororité ». J'ai trouvé notre Hot Chocolate sur un des modèles d'invitation à des soirées.

— Elle serait à l'université ?

— En tout cas, une fille qui regarde des sites sur ce genre de vie, rectifia Holmes. J'ai cherché aussi ailleurs. J'ai trouvé la clé de décryptage des algorithmes, j'ai écumé cent autres sites, mais, chaque fois (ses yeux se mirent à briller très fort), il y avait un site qui revenait en tête. Un site plein de paillettes, bling-bling à souhait.

— Comment est arrivé le message ?

— On l'a glissé sous ma porte hier matin. (Elle plia la feuille en deux.) Regarde bien. La feuille n'a pas été pliée négligemment. On a appuyé sur le papier avec un objet contondant, et on a appuyé très fort, ça se voit au bord légèrement effrangé. La personne qui a écrit ça était hors d'elle et s'est défoulée sur son message.

Une menace de mort. Car c'est ce que c'était. Je frémis en songeant à ce que Holmes avait fait la veille.

— Alors après m'avoir fichu dehors, tu as… tu as attendu qu'on vienne te tuer ?

Elle me dévisagea d'un air imperturbable.

— C'était l'occasion ou jamais de faire leur connaissance, non ? Sauf que je m'attendais à ce qu'ils débarquent avec un pistolet. La bombe est l'arme des lâches.

— Et si tu n'avais pas été aux toilettes au bout du couloir, tu serais… *morte*.

Je me mordis le dos de la main pour ne pas exploser de colère. Elle glissa le message dans son sac.

— Je vais demander à ton père de donner ça à l'inspecteur Shepard. Je pense qu'il sera content de l'avoir. Tu as vu pas mal de choses, mais tu as encore loupé un truc.

— Quoi ?

Elle ouvrit son sac et l'agita sous mon nez.

— Ça sent quoi, à ton avis ?

Le Forever Ever Cotton Candy. Je toussai et m'éventai la figure.

— Tu disais pas qu'on pouvait seulement se procurer ce parfum sur eBay Japon ?

— Si.

— Et qui t'a branché dessus ?

— August Moriarty m'en a offert pour Noël. Je lui avais dit un jour que j'aimais bien l'odeur du sucre grillé comme dans la barbe à papa. Il s'est vraiment décarcassé pour dégoter ce parfum. Il n'est fabriqué qu'au Japon, ou plutôt, il a été fabriqué là-bas et ils ont arrêté de le faire dans les années 1980. (Son regard se fit lointain.) Je l'ai porté quelques semaines, même s'il est infect… Bon, peu importe. Finalement, il a eu son utilité.

Je la regardai sans comprendre. Un jean de mémé, un pull trop grand pour elle – les vêtements qu'Abbie lui avait prêtés… c'était encore dans mes capacités de déduction. Elle avait le visage qui brillait à force d'avoir été frotté. Le soleil jetait des reflets dansants dans ses cheveux. Je n'avais aucune idée de ce qu'elle avait dans la tête.

— Holmes… Comment tu peux prétendre que ce n'est pas une menace de cet August Moriarty ?

— Elle ne vient pas de lui. C'est du travail de femme, Watson, c'est évident.

— Alors…

— Bryony, laissa tomber Holmes. Tu crois vraiment que Phillipa aurait l'idée de s'inspirer d'un site web d'étudiantes fêtardes ? Alors que cette infirmière… Je l'ai vue à la soirée, elle réclamait au DJ du R. Kelly et n'arrêtait pas de pérorer sur ses souvenirs de fêtes d'étudiante. Elle colle avec le profil.

— Mais le parfum désigne pourtant August.

— Elle le porte sans doute aussi, dit Holmes en haussant les épaules. Ça s'est vu, des coïncidences aussi extraordinaires.

— Tu l'as senti sur elle ?

— On ne porte pas forcément un parfum tous les jours, Watson. Je suis sûre d'en trouver un flacon dans son appartement. Elle loge en ville. On n'a qu'à aller voir pendant qu'elle n'est pas là.

— Est-ce que cela expliquerait le dealer ? Le faussaire qui a imité ton écriture pour t'accuser ? Le type à la morgue ?

— Tu me fais confiance ou non ? Moi, je sais. Ils se sont servis d'un agent. En tout cas, il s'est planté, alors ils en ont embauché un deuxième. Voilà. C'est simple comme bonjour.

— Holmes…

— Tout à l'heure, quand j'ai parlé à l'inspecteur Shepard, je lui ai demandé de convoquer Bryony demain matin à dix heures pour un interrogatoire. On en profitera pour faire un petit tour chez elle. (Elle posa sur moi un regard compatissant.) Je sais ce que tu ressens. On est toujours un peu déçu quand on arrive à la résolution d'une énigme. Mais ne t'inquiète pas, on en trouvera une autre.

Je commençais à comprendre pourquoi elle disait qu'il était dangereux d'écouter ses sentiments. Ils ne faisaient que vous aveugler. Et c'était ce qui était en train d'arriver à Holmes qui paraissait prête à embrasser n'importe quelle théorie oiseuse pour nier toute implication d'August Moriarty dans ces crimes. Cela ne lui aurait pourtant pas été difficile d'utiliser une police de caractères en usage chez les étudiantes. Il connaissait les méthodes de Holmes. Il savait de quel côté elle chercherait et ce qu'elle en déduirait. Il la manipulait.

Mais pour moi, le pire, c'était qu'elle continue à acheter ce parfum alors qu'il était cher et qu'elle le détestait. Le message en était imprégné.

Je sus alors ce que je devais faire.

— Ça tient la route, lui dis-je. (*Surtout si Bryony se révèle en effet coupable*, ajoutai-je à part moi.) L'ennui, c'est que je me sens pas très en forme, après hier… j'ai pratiquement pas fermé l'œil… et ces pancakes sentent rudement bon. Malcolm m'a réveillé à l'aube, tu sais, je crois que j'ai besoin…

— Ça va ? dit-elle, perplexe.

Je transpirais à grosses gouttes.

— Je suis patraque. Il faut que je m'allonge.

— Vas-y, me dit-elle avec un petit geste de la main pour me donner congé. J'attends l'inspecteur.

Je vais peut-être revoir ce message avec ton père. Il a du mal à comprendre mon raisonnement.

Je tombai sur mon père au pied de l'escalier.

— Je peux voir ce dossier ? lui murmurai-je.

Il me contempla avec un regard attristé.

— Là-haut, dans mon bureau. Le deuxième tiroir.

Il avait un gentil visage, mon père. Quand on avait déménagé en Angleterre, j'avais emporté mes souvenirs de lui : son enthousiasme niais, ses cravates à carreaux, les petits noms idiots qu'il donnait à Shelby, les cris dont ma mère l'accablait alors qu'il se tenait courbé sur la table de la cuisine, la tête dans les mains. Mais j'avais oublié sa grande bonté. Et la confiance qu'il avait toujours eue en moi.

— Je m'arrange pour qu'on te laisse tranquille, me dit-il.

Une fois dans son bureau, je fermai la porte à clé.

Neuf

Je posai le dossier sur la table.

Mon père y avait inclus des coupures de presse et des tirages sur papier d'articles téléchargés sur Internet. Ils étaient classés par ordre chronologique, du plus ancien au plus récent. Je résistai à la tentation d'attaquer par les dernières feuilles.

Non, il valait mieux procéder en douceur pour trahir ma meilleure amie.

Cela commençait par des éléments banals. Les sociétés Sherlock Holmes, les clubs de lecture férus des œuvres de mon aïeul, les fans des adaptations au cinéma et à la télévision. Des nouvelles des tribulations du clan Holmes. Comme ils étaient des maîtres de la dissimulation, les traquer était devenu un des sports favoris des représentants des journaux à scandale.

Je dépliai un arbre généalogique tracé sur plusieurs feuilles scotchées ensemble. L'écriture de mon père. Les Watson, ces archivistes… Au sommet, il avait placé Sherlock. Puis venaient Henry, le fils qu'il avait eu sur le tard et dont il avait refusé de divulguer le nom de la mère, les fils d'Henry, suivis du père de Charlotte, Alistair, frère de Leander,

Araminta et Julian. Un trait unissait Alistair à Emma, la mère de Charlotte. Dessous une fourche les reliait à Milo et Charlotte.

Je parcourus les articles relatifs à la première enquête de Charlotte, celle où elle avait retrouvé les diamants Jameson. Sur une photo d'elle en compagnie de ses parents à une conférence de presse de la Met, la police de Londres, elle avait une mine pâle et grave. Son père fixait l'objectif avec les yeux mi-clos. Sa mère, une blonde au rouge à lèvres foncé, la tenait par l'épaule en un geste possessif.

Tout cela ne m'apprenait rien. Je feuilletai le dossier jusqu'au bout, puis le repris plus lentement en sens inverse. Un article sur les bonnes œuvres de Leander Holmes. Une coupure de presse : le témoignage d'un type qui récoltait des fonds pour Scotland Yard. Une autre coupure se révéla beaucoup plus intéressante. Il s'agissait d'un court paragraphe à la fin d'un article de la page people du *Daily Mail* qui se répandait surtout en ragots sur la famille royale.

[...] Vous vous rappelez que, l'an dernier, ces Holmes ô combien discrets avaient engagé le charmant jeune tombeur (et doctorant en mathématiques) August Moriarty, vingt ans, comme précepteur de leur fille Charlotte, quatorze ans ? Les deux familles sont à couteaux tirés depuis plus d'un siècle. Alastair Holmes souhaitait faire la paix. Eh bien, on dirait qu'il y a eu du grabuge cette semaine chez les Holmes. August est sorti de la maison entre deux gendarmes, et pas pour avoir tripoté les enfants ! Il aurait, paraît-il, été surpris en train d'encourager Charlotte à prendre de la drogue.

Il a été renvoyé d'Oxford et sa propre famille l'a renié : que va-t-il advenir du futur professeur ? Quant à Mlle Charlotte Honoria Holmes, nous savons de source sûre que, pour elle, c'est l'internat assuré.

Ainsi son deuxième prénom était Honoria…

Je relus le paragraphe trois fois, quatre… Puis je réfléchis aux sentiments qu'il suscitait. En fait, j'avais pitié d'August Moriarty. N'importe qui se serait arrêté à la différence d'âge et se serait dit : Ce salaud a abusé d'une innocente jeune fille. Sauf que Charlotte Holmes n'avait rien d'une innocente jeune fille. Elle était impérieuse et exigeante. Elle avait des tendances autodestructrices forcenées qui avaient failli lui coûter la vie. Cela ne m'aurait pas étonné qu'elle ait fait chanter son précepteur pour obtenir tout ce qu'elle désirait.

August devait avoir pas mal de raisons de lui en vouloir à mort. Mais je me rappelais aussi les paroles de Lena à la soirée poker. À la croire, pendant sa première année à Sherringford, Charlotte n'était pas tranquille à propos de ce qui s'était passé avec August. Ce qui signifiait qu'elle avait un cœur, et une conscience, malgré ses dénégations. (Franchement, à sa place, j'aurais été paniquée à l'idée qu'il rôdait sans doute pas loin.) Milo était venu lui rendre visite et avait déclaré qu'il prenait les choses en main. Toutefois, Lena n'avait pas pu me préciser de quelle manière il comptait procéder. Milo avait peut-être offert à August de lui payer des réparations. Il lui aurait signé un gros chèque ou acheté une villa au bord de la mer, ou une maison avec une bibliothèque où le pauvre con pourrait continuer à faire des maths tranquille.

Cela n'aurait pas été correct qu'une Holmes tombe amoureuse d'un Moriarty, songeai-je amèrement. Bon, je suis un incorrigible romantique. Mais dès que j'imaginais Charlotte et August yeux dans les yeux, je les voyais s'affrontant sur le terrain de la déduction. De jeunes célébrités s'échangeant des codes de tir nucléaire sous forme de billets doux. Ils débattaient de l'annexion de la France tout en se faisant servir des côtes de veau dans le jardin. Etc., etc., *ad nauseam*.

Bref, Charlotte Holmes ne tombait pas amoureuse, un point c'est tout.

Et même si cela s'était produit, elle avait fini par le posséder dans les deux sens du terme. Incroyable mais vrai, une Holmes avait baisé un Moriarty ! Ce représentant d'un clan d'artistes faussaires, de philosophes, d'assassins au sang bleu dans leurs tours d'ivoire, en cheville avec la pègre internationale. Ils n'étaient pas tous des méchants. Cependant, après cette affaire avec August, il n'y en avait sans doute pas un qui ne voulût la peau de Charlotte.

Je m'efforçai de faire appel à mon bon sens. Je risquais de reproduire la même erreur qu'avec Charlotte l'autre nuit au restaurant : je voyais quatre-vingt-dix pour cent du tableau, mais les dix pour cent qui expliquaient tout m'échappaient. J'avais peut-être tort sur toute la ligne. Pour commencer, le *Daily Mail* n'était pas réputé pour son respect de l'éthique journalistique. Après tout, c'était peut-être vrai qu'August l'avait poussée à se droguer, peut-être était-elle réellement innocente.

Dans ce cas, pourquoi essaierait-il de la tuer ?

Bon, me dis-je, tant qu'à être un immonde fouineur, autant aller jusqu'au bout. J'ouvris l'ordinateur de mon père et lançai une recherche « images » sur les Moriarty. Un matheux ne pouvait pas être aussi charmant que le journal anglais voulait le laisser croire. Il avait sans doute du gel sur les cheveux et les dents en avant.

La page s'ouvrit lentement, les images surgissant les unes après les autres.

Il ressemblait à un prince de Disney.

Je refermai le couvercle de l'ordi d'un coup sec.

Je passai l'heure suivante à regarder dans le vague, ne sachant ni où ni vers quoi me tourner. Finalement, je pris une décision. Non que cela me réconfortât. De nouvelles recherches sur Google ne me fourniront hélas pas ce dont j'avais besoin…

Ainsi cette histoire allait-elle devenir encore plus personnelle.

En silence, je tournai la clé dans la serrure et sortis dans le couloir. La maison était calme. D'en bas me parvenait le son plaintif et spectral du violon de Holmes. Bien, elle était occupée. Dans la chambre d'amis, ses vêtements sales avaient disparu ; son téléphone, lui, était toujours posé sur le lit.

Elle m'avait un jour fait l'insigne honneur de me communiquer son code d'accès… « En cas d'urgence », m'avait-elle dit, les yeux brillants. J'avais eu l'impression de recevoir un cadeau du ciel… c'était Noël, c'était mon anniversaire, je me levais le matin et il neigeait… « Si quelqu'un met la main sur mon téléphone, avait-elle dit, c'est que je suis morte. Tu es la seule personne que j'autorise à s'en servir. J'ai choisi une combinaison de chiffres facile à retenir pour toi. Tiens... »

Je pianotai rapidement en espérant qu'elle ne l'avait pas changé depuis.

0707. 7 juillet.

Son anniversaire.

Avec un gros soupir, je fis défiler ses contacts. Il n'y en avait que quatre : home, Lena, moi et Milo. « Un des hommes les plus puissants du monde », m'avait-elle dit. Et le seul qu'elle acceptait d'écouter.

Je rédigeai avec soin mon texto. *Milo, ici James Watson.*

« Je déchiffre des énigmes depuis que je suis petite, m'avait-elle dit. Et je m'en sors plutôt bien. Je suis fière de ma compétence. Tu piges ? »

Votre sœur commet une énorme erreur qui pourrait lui coûter la vie. J'ai besoin de l'aide de votre famille.

Sa voix rauque résonnait encore à mon oreille : « Ils sont persuadés que je peux plus rien faire sans eux. »

Venez si cela vous est possible. Même si ça ne l'est pas... venez.

Je l'envoyai. Puis j'effaçai le SMS de la boîte d'envoi. Une précaution stupide. Il ne faudrait à Holmes que quelques nanosecondes pour flairer ma trahison. Et, de toute façon, nous étions en état d'urgence. Nous n'étions plus seulement menacés de moisir en prison, nous étions traqués comme du gibier. Nous n'étions en sécurité nulle part. Même pas ici... Mon cœur se serra soudain. *Malcolm et Robbie.* Notre présence sous ce toit les mettait en danger. Je me précipitai au rez-de-chaussée. Je trouvai mon père debout sur le pas de la porte. Il disait au revoir de la main à sa femme et à mes demi-frères. La voiture d'Abbie reculait dans l'allée.

— Elle retourne quelques jours chez sa mère, m'informa-t-il en fermant la porte. Charlotte nous a convaincus. Je me sens coupable de ne pas y avoir pensé moi-même, soupira-t-il. L'inspecteur Shepard est à la cuisine, si tu veux lui parler. Tu as trouvé ce que tu cherchais ?

La voix de Shepard s'échappa de la cuisine.

— C'est Jamie ? Je voudrais lui parler…

Le violon de Holmes sanglotait toujours. Je me dirigeai vers la source de ce son comme dans un rêve. Charlotte était vêtue de ses habits habituels, boots noires comprises. Debout de dos à contre-jour devant les fenêtres inondées de soleil, elle dessinait une silhouette abstraite, son instrument calé sous le menton. Elle maniait son archet avec une lenteur exquise. Après avoir joué une note dans l'extrême aigu, elle se lançait dans un langoureux decrescendo.

Elle suspendit son geste et se mua en ravissante statue.

— Watson ? dit-elle sans se retourner.

Je m'avançai à la manière d'un accusé vers l'estrade du juge à l'heure du verdict.

— Je viens de raconter à l'inspecteur l'histoire de l'explosion. Comme si j'en savais plus long que lui. Oh, et ton père m'a dit que tu devais aller chercher tes affaires à la résidence à dix heures et demie demain. J'en profiterai pour aller fureter chez Bryony.

Elle leva son stradivarius afin d'en examiner les cordes et en fit vibrer une.

— Ça te va ? me dit-elle.

— Je préférerais t'accompagner, répondis-je en essayant de prendre une voix normale.

Elle pivota sur ses talons pour me fixer de ses yeux noirs d'orage. Elle m'inspecta de la tête à mes pieds nus et eut un mouvement de recul comme si je l'avais frappée.

— Tu as dit que tu le ferais pas, murmura-t-elle.

— Il faut que tu me dises la vérité. (Ce n'était pas la peine de mentir.) Qu'est-ce qui s'est passé entre toi et August Moriarty ? J'ai besoin de savoir.

— Watson, s'il te plaît…

Je n'aurais pas pensé que le mot « s'il te plaît » faisait partie de son vocabulaire. C'était donc si grave. J'étais terrifié.

— Dis-moi, insistai-je.

Elle fit non de la tête d'un air outré, à croire que je l'avais abordée pour lui voler son portefeuille ou un truc dans le genre. Je restai bouche bée. Elle passa devant moi et sortit en faisant claquer les talons de ses boots sur le parquet. J'entendis la porte d'entrée se refermer.

Dans la cuisine, Shepard disait à mon père :

— Des soirées d'étudiantes ? Hum. Vous pouvez me réexpliquer ?

Je n'avertis pas mon père et l'inspecteur du départ de Holmes, je ne voulais surtout pas qu'ils la recherchent. Elle avait les meilleures raisons du monde de souhaiter disparaître, même en considérant que notre poseur de bombe courait toujours. Mais il n'était pas question de risquer une confrontation dans l'immédiat.

Je nageais en plein désarroi. Ce n'était pas un film de super-héros (bande-son triomphaliste, l'adversaire à ses pieds dans une mare d'hémoglobine). Ce n'était pas une nouvelle de mon aïeul (Sherlock avec sa casquette et sa montre de gousset ramenant le coupable chez lui où mon aïeul attend au coin du feu le moment de la révélation). Ce n'était même pas un élément de la liste de mon père, une anecdote formulée à la façon d'une maxime. Mettons 128. *Lorsque tu trahis la confiance d'une Holmes…* 129. *Lorsque tu t'aperçois qu'elle a aimé quelqu'un d'autre que toi, espèce de sale égoïste…* 130. *Lorsque les conséquences de ses agissements sont un salaud de macho mort, une charmante innocente à moitié étouffée, mes moindres faits et gestes filmés et Holmes elle-même pour un peu réduite en charpie…*

Elle finirait par comprendre pourquoi je l'avais fait, me dis-je après avoir ruminé de longues minutes. J'attendrais qu'elle revienne et nous reprendrions ensemble nos efforts pour ne pas être tués.

C'est à ce point de mon raisonnement que je me rappelai les règles 1 et 2.

Cherche les caches de substances illicites et jette-les.

Commence par les talons creux de ses boots.

Peut-être n'étions pas aussi éloignés du passé que ça, après tout. *Mais je suis complètement con !* me dis-je soudain. L'instant d'après, j'attrapai mon manteau au vol pour foncer dehors.

Entre la maison de mon père et la route s'étendait une pelouse saupoudrée de neige. Enfant, cet espace avait représenté pour moi un continent. Aujourd'hui, c'était un timbre-poste. D'une blancheur impitoyable, sans aucune trace de Charlotte Holmes. Comment avait-elle pu la traverser sans laisser l'empreinte de ses pas ? Je n'y voyais que celles de lapins et de chevreuils.

Nous étions à huit cents mètres de la première maison. Une fois sur la route, je regardai de tous les côtés. Je ne vis que le ruban d'asphalte, des champs plats, la girouette sur le toit de nos voisins.

J'inspectai la haie d'arbres sur le côté de la maison. J'entrai dans la remise à outils où était rangée la tondeuse. Je fis le tour de la remise. Holmes pouvait se cacher n'importe où… Je palpai le bois de mes paumes emmaillotées de gaze. Rien, rien, rien.

À l'arrière de la maison se déployait un paysage de plaine tapissé de givre. Avait-elle dans sa panoplie de talents celui de caméléon ? Peut-être était-elle devenue invisible et se tenait-elle à mon côté à cet instant précis ?

Par la fenêtre de la cuisine, je vis la tête de Shepard penchée sur la table. Mon père, assis en face de lui, s'efforçait de ne pas faire attention à moi. Je lui rendis son regard furibond.

J'avais l'intention de lui prendre sa voiture et de sillonner le coin entre ici et Sherringford. Je finirais bien par la dénicher. Quand je me serais assuré qu'elle n'avait pas fait d'overdose, elle pourrait me haïr de tout son cœur si elle voulait, me dis-je.

Mes mains, sous les pansements, étaient de plus en plus gelées. Mes gants, pensai-je. Je gravis les marches du perron.

C'est alors que j'entendis un ricanement. Il paraissait sortir de terre.

Un vilain rire bête et méchant. Le genre de rire qu'aurait un sale gosse qui vient d'arracher ses ailes à une mouche. Pourtant je reconnus sa voix. C'était elle… Je sautai du perron et me mis à quatre pattes pour sonder les ténèbres sous l'escalier.

Je ne vis d'abord que de la boue gelée, puis je la distinguai, roulée en boule, la joue posée sur ses genoux. Elle me regardait. Et elle avait les pieds nus ! Ses cheveux étaient hirsutes.

Elle s'était cachée sous le perron comme un chien battu.

74. *Quoi qu'il arrive, ce n'est pas ta faute, tu n'aurais pas pu l'éviter quels que soient tes efforts.*

Mon père, une fois encore, avait prouvé son imbécillité.

— Holmes ? chuchotai-je.

— Salut, Watson, dit-elle d'une voix pâteuse.

Je me coulai à côté d'elle et vis qu'elle avait fait un petit tas avec ses boots et ses chaussettes. De près, elle avait un regard encore plus bizarre.

— Tu as pris quelque chose, marmonnai-je en m'emparant de ses chaussettes pour les enfiler sur ses pieds gelés.

Elle se laissa faire, sans autre réaction, même quand je trouvai un minuscule sachet dans une de ses boots.

— Qu'est-ce que c'est que ça ? lui demandai-je.

— Une assurance en cas de coup dur, répondit-elle en fermant les yeux. Je suis désolée de toujours te décevoir, Watson.

— Non, ne t'endors pas, dis-je en lui tapotant les joues. (Elle fit un geste comme pour chasser une mouche.) Tu me déçois pas.

— Menteur, dit-elle d'une voix soudain plus éveillée. Tu attends l'impossible de moi, c'est ça le problème.

— Je n'attends rien de toi, sauf de ne pas mourir de froid. (Je l'enveloppai dans mon manteau.) Viens, rentrons au chaud.

— Non.

— Holmes, tu ne peux pas rester dans ce froid. On va rentrer et tu vas prendre un bain chaud.

Je la tirai par le bras. Elle griffa ma paume blessée. Je grimaçai de douleur mais ne protestai pas. Elle était vraiment sonnée.

— Non et non.

Je me résignai à patienter et me contentai de la réchauffer en la serrant contre moi. Je ne savais pas exactement ce qu'elle avait pris, mais les effets de la drogue finiraient par s'estomper.

Au bout d'un moment qui me parut une éternité, la porte au-dessus de nous s'ouvrit et des pas sonores s'avancèrent au bord du perron.

— Jamie ?

Mon père. Je retins mon souffle.

— Charlotte ? L'inspecteur Shepard et moi avons eu une bonne discussion… Jamie ?

Il poussa un juron et retourna à l'intérieur.

— Il est inquiet, c'est bien, dit Holmes. Moi je m'en fiche. T'es rien pour moi.

Un petit nuage de vapeur sortit de sa bouche.

— Menteuse.

— Ça n'a pas toujours été le cas, il fut un temps où tu comptais…

Elle se mit à frissonner. Était-ce le signe qu'elle redescendait sur terre ? Tendrement, je la pris dans mes bras. À ma stupéfaction, elle se pelotonna tout contre moi comme elle l'aurait fait si elle avait été ma petite amie. Comme si je l'avais déjà étreinte ainsi. Comme si je l'embrassais tous les jours de ma vie.

Paradoxalement, cela m'angoissa encore plus. C'était ainsi qu'elle avait dû céder à l'horrible Lee Dobson, songeai-je.

— Arrête de penser à lui, me dit-elle. T'as pas le droit.

— Et à quoi j'ai le droit de penser ? m'enquis-je d'une voix penaude.

— Parlons de ce que tu crois savoir. (À nouveau ce détestable ricanement.) Voyons ce qu'on peut trouver d'autre pour décevoir Watson… August était mon précepteur, plus précisément mon prof de maths. Ça tu le sais, je le devine à la façon dont ta main s'est crispée.

Moi qui avais souhaité une confession de sa part, soudain je n'en avais plus du tout envie.

— C'était une idée de mes parents… Un coup de pub. Il y avait eu pas mal d'articles qui nous faisaient une mauvaise réputation, nous voulions redresser la barre. Ils estimaient qu'il fallait nous forger une image généreuse : les Holmes ont le cœur sur la main, ils pardonnent. Sales menteurs. Au début, je détestais August. Puis Milo est parti en Allemagne. Je me suis habituée à lui. J'avais l'impression d'avoir gagné un deuxième grand frère. Ensuite, les choses ont évolué… dans une autre direction.

— Ah ?

— Je l'aimais. Mais lui me repoussait, dit-elle d'une voix durcie, presque féroce, en martelant les mots. Il prétendait qu'il était trop vieux pour moi, même s'il attendait que je grandisse… Il disait que nos familles étaient ennemies depuis des générations. Il me répétait que cela finirait par me passer… ce n'était qu'une *tocade*. C'était encore pire que s'il m'avait dit qu'il me trouvait moche.

Elle me récitait ses péchés. J'en avais le souffle coupé. Après un silence, elle reprit la parole d'une manière horriblement précise :

— Je voulais le punir. Je voulais qu'il se sente aussi mal que moi. Je me suis débrouillée pour le forcer à me procurer de la drogue. Je savais qu'il ne pourrait pas dire non. Il en prenait lui-même. S'il refusait, je le dénonçais… Il fallait que je le fasse payer. Cette nuit-là, son frère Lucien est arrivé avec de la drogue dans son coffre. J'ai tout de suite appelé la police. Lucien s'est sauvé. August, lui, est resté. Il s'est accusé. Ils l'ont embarqué… Après cet incident, ma mère l'a mis à la porte et a téléphoné au doyen de sa fac. Il a été renvoyé de la fac aussi. Elle m'a dit : Que cela te serve de leçon. Je ne devais pas recommencer à…

Comme elle laissait sa phrase en suspens, je la pressai :

— À quoi ?

— À m'ennuyer, je suppose. À me défoncer. À jouer à des jeux idiots… Mais ma mère avait surtout peur que je sois victime de mes émotions. Le sentimentalisme nous empêche, nous autres Holmes, d'exercer à cent pour cent nos capacités de déduction. Avoir des sentiments, c'est un vrai handicap. Et ce que j'éprouvais pour August… Bref, il fallait d'abord nous séparer puis m'envoyer loin de lui. Ils s'en fichaient bien de mes histoires de drogue, ce qu'ils voulaient, c'était m'empêcher d'être en contact avec moi-même.

— C'est horrible.

Quel genre de mère peut exiger de sa fille un renoncement aussi cruel ?

— Tu trouves ? Je pense que ma mère a eu raison. Je ne me fais plus confiance. Personne ne me fait plus confiance, d'ailleurs…

Elle leva la tête. Des veines saillaient sous la peau blanche de son cou. Elle me dévisagea.

— … Pas même toi.

— Holmes…

— Tu as cru que je l'avais tué ! Et tu étais proche de la vérité. Il a gâché sa vie à cause de moi. Finalement, il a réussi à dénicher un boulot. Il bosse pour mon frère en Allemagne. Un petit poste dans l'informatique. Quel gâchis. Mais il m'a pardonné. C'est un sentimental, tu vois, un idiot. August a été jusqu'à prier sa famille de me laisser tranquille. J'étais perturbée, leur a-t-il expliqué. Ils lui ont cédé. Une dernière fleur qu'ils lui faisaient. Car, tu vois, ses parents l'ont déshérité.

— Perturbée ? Mais pas du tout, lui affirmai-je pour lui remonter le moral. Tu as juste commis une erreur.

— Je ne commets jamais d'erreurs, riposta-t-elle en s'écartant de moi. Je sais toujours ce que je fais.

— Mais ils t'ont pardonnée et accepter leur pardon n'est pas un signe de faiblesse. Je n'aurais pas changé d'avis sur toi si j'avais su.

Je voulus la reprendre dans mes bras, mais elle se redressa, très droite.

— Ah bon ? dit-elle d'une voix soudain distante. Vraiment ?

— C'est injuste.

— La justice ! Tu y crois ?

— Oui, j'y crois.

— Si justice il y avait, Watson, August Moriarty serait réclamé par sa famille et son université… et sa fiancée. Il aurait dû me parler d'elle le jour où je lui ai avoué mon amour. Je ne me serais pas mise à la harceler, je ne l'aurais pas tuée. Aujourd'hui August est seul, dans un pays étranger, sans amis. Tu me diras qu'on a l'air de vivre tous les deux dans des mondes parallèles.

— Ne sois pas mélodramatique. Je suis ton ami et je ne vais nulle part.

Ses yeux lancèrent des éclairs. Tant mieux si elle était en colère, au moins elle avait une réaction humaine.

— Je m'en fiche, tu peux aller où tu veux.

— Tu dois m'écouter maintenant, dis-je en respirant un grand coup. Je suis désolé de ce qui t'est arrivé. C'est très moche. Je te demande pardon d'avoir trahi ta confiance. Ce n'était pas pour te nuire, au contraire. Mais j'étais désespéré. Toi et ta famille, vous ne vous méfiez pas assez d'August. Voilà ce que je pense. Tu as demandé à Milo de voir ce qu'il fabrique sur son ordinateur en Allemagne. Et aurait-il fait des petits voyages aux États-Unis récemment ?

— Tu ne peux pas l'accuser ! se rebiffa-t-elle. Je te l'ai dit au départ. Il me déteste peut-être, n'empêche qu'il n'a rien d'un tueur. Si tu ne me crois pas, à la fin, je refuse de travailler avec quelqu'un qui ne me fait pas confiance.

— C'est toi qui ne me faisais pas confiance d'abord. Pourquoi tu m'as pas dit la vérité ? Je sais que c'est un sujet intime, mais je suis concerné moi aussi.

— Tu m'en diras tant ! Comment tu pourrais comprendre, toi ? susurra-t-elle en rapprochant son visage du mien.

— Ta vie. La mienne. Est-ce que ça vaut le coup de les risquer pour prouver que tu as raison ?

— Jamais je ne te laisserais mettre ta vie en danger.

— Et toi ? Qu'est-ce qui t'attend ?...

Je ne pus empêcher ma voix de se briser. J'avais une vision d'elle gisant sur le sol en béton, un halo noir autour de sa tête. Son corps inerte au milieu des décombres de son labo... sur une civière à la morgue... sur un tas de verre brisé... Empoisonnée pendant la nuit. Recroquevillée morte sous ce perron, ses yeux vides fixés sur moi, horreur... J'ajoutai :

— Je me rends compte que t'as pas besoin de moi, n'importe quel imbécile s'en apercevrait, mais je suis à tes côtés, et je ne te laisserai jamais tomber. Tu... es plus importante que tout pour moi, je n'imagine pas mon existence sans toi, mais dès que tu seras en sécurité et que ce cauchemar sera fini, tu pourras me dire d'aller voir ailleurs si tu y es… et j'irai…

— Tu devrais y aller tout de suite. Tu vois pas que je vaux rien ? Je fais de mon mieux pour ressembler à la personne que je devrais être, mais je me plante à tous les coups. Et je vais t'entraîner avec moi. Regarde déjà où nous en sommes.

— C'est impossible.

— Tu es aveugle ou quoi ? s'écria-t-elle.

— Tu ne peux pas être une méchante, tu es un robot, tu te rappelles ?

C'était une blague nulle. Nous ne nous étions pas rendu service l'un à l'autre, c'est vrai, moi en trahissant sa confiance, elle en mettant nos vies en péril. Néanmoins, je souhaitais qu'elle retrouve son sourire en coin, je voulais qu'elle devine quelle était la garniture du sandwich que j'avais mangé à midi.

Holmes éclata de rire.

C'était stupéfiant. Lorsque nos regards se croisèrent, je perçus dans l'air une décharge d'électricité, comme si nous avions simultanément échangé et rompu un serment. Je repensai à la vague angoisse que j'avais ressentie à l'infirmerie lorsque Bryony s'était penchée sur moi. Elle pouvait aussi bien m'embrasser que m'étouffer avec un oreiller. Je ne comprenais décidément rien aux filles.

Bryony.

Bryony !

— Holmes, tu as dit que la fiancée d'August s'appelait comment ?

— Rien, j'ai rien dit. (Elle avait de nouveau son regard lointain.) Je la connaissais pas.

Je sais seulement qu'il l'a quittée après… Merde, Watson…

Elle me passa pour ainsi dire sur le corps pour sortir de sous le perron.

— Où tu vas comme ça ? m'écriai-je.

— Milo.

Je ramassai ses boots et sortis à mon tour en rampant. Nous gravîmes l'escalier l'un derrière l'autre, couverts de boue, frigorifiés, deux explorateurs de retour de l'enfer arctique. Dans un sens, c'était ce que nous étions.

Mon père se tenait les bras croisés debout au milieu de la cuisine. Il accueillit mon retour d'un « Jamie » où j'entendis un avertissement. L'inspecteur se leva. Nous passâmes devant eux en courant pour monter l'escalier.

— Où est-ce que vous étiez tous les deux ? cria mon père dans notre dos.

Je me retournai et lui répondis :

— Cinq minutes. Donnez-nous cinq minutes.

Holmes se jeta littéralement sur son téléphone.

— Milo, dit-elle.

Je me pétrifiai, me rappelant mon texto. S'il me dénonçait, ça allait de nouveau chauffer.

— Milo… Où es-tu ? Une piste d'aérodrome ? J'entends un mot sur deux… (Sa voix devint tendue à se briser.) Tu t'envoles pour New York ? Dis-moi pourquoi… Non, ça c'est un mensonge… Ça aussi. Bien, dis-moi la dernière fois que tu as quitté ton appartement… avant aujourd'hui… Non, me raconte pas de salades, c'est toi qui les as fait poser dans tes bureaux… Oui… Non, je suis pas défoncée.

Non, je t'assure, je vais très bien, raccroche pas. Bien sûr que je veux te voir… espèce d'idiot…

Ainsi il venait. Il venait et il ne lui dirait pas que c'était moi qui l'avais appelé au secours. J'adressai une prière au saint patron des frères perturbés des meilleures amies perturbées.

Charlotte arpenta le tapis de ses pieds nus boueux.

— Attends, s'exclama-t-elle. Raccroche pas. J'ai une question à te poser. (Elle se tourna vers moi.) Comment s'appelait la fiancée d'August ? C'est important… Non, c'est pas ce que tu crois… Non, je te jure… Tu viens de me traiter de quoi ? De peau de vache ? Milo… Merde !!!

Elle me fixa d'un air scandalisé.

— Il a raccroché. Il croit que je veux savoir son nom pour la débusquer et la tuer.

— Il faut avouer que ce serait ironique, répliquai-je en souriant.

Prise au dépourvu, elle me rendit mon sourire. Un sourire fugace. Un bip de son téléphone annonça un texto. Je regardai par-dessus son épaule.

Bryony Davis. La mange pas. À toute.

Bryony Downs. Bryony Davis. Elle avait à peine déguisé son nom.

Holmes et moi échangeâmes un regard sidéré. Mon cœur s'était mis à cogner dans ma poitrine.

À cet instant, Shepard poussa la porte de la chambre d'amis.

— Bien, dit-il, les sourcils froncés. J'ai examiné le message. J'ai discuté avec ton père, Jamie. Je vais réinterroger sérieusement Bryony Downs selon vos recommandations, merci. Mais qu'est-ce que c'est que ça ? dit-il en désignant d'un geste le pantalon souillé de Holmes et mes cheveux trempés.

Elle me lança un coup d'œil. Je l'attrapai.

— Hum… On sort ensemble, vous voyez, avança-t-elle. Et… euh… On vient de… d'officialiser. Au secours, Jamie, c'est trop embarrassant.

Je pris sa main dans la mienne.

— C'était inévitable, déclarai-je. Je suppose que je ne voulais pas me l'avouer.

Holmes me contempla avec un énorme sourire. Je l'attirai contre moi. Sa tête presque sous mon aisselle. Le policier fit un bruit de gorge, comme s'il était en train de s'étrangler.

— Nous étions dehors, expliqua-t-elle. Je croyais qu'il m'aimait pas, mais si, en fait, il est juste timide, alors il m'a couru après et voilà… Vous voulez savoir ce qu'il m'a dit ? C'est tellement romantique…

Shepard leva les mains en l'air.

— Je n'ai pas le temps, gémit-il en reculant dans le couloir. Tu sais ce que c'est. On m'attend au commissariat. Je devrais déjà y être.

— On parlera plus tard, lui jeta Holmes.

— Bon, oui, d'accord, répliqua-t-il avec un sourire crispé en fermant la porte.

Je l'entendis grommeler dans sa barbe : « Bon Dieu, que je déteste les ados ! »

Je crus qu'on ne serait jamais le lendemain matin. Paradoxalement, quand il arriva enfin, je ne me sentais pas prêt. Nous n'avions mis au point aucun plan. Ou si Holmes en avait un, je n'étais pas au parfum.

Pour couronner le tout, j'étais complètement vanné. Après le départ de Shepard, elle s'était effondrée. J'avais dû la forcer à boire un peu d'eau et à manger un cracker. Après quoi, j'avais fait mine de descendre mettre mon père au courant des derniers développements en ce qui concernait l'infirmière de l'internat, la prénommée Bryony.

— Non, m'avait dit Holmes en me retenant par le bras. Reste.

— Tu as résolu l'énigme. Ce n'est pas à toi de l'arrêter. Laisse la police faire son travail.

— Mon travail n'est pas terminé. Je dois comprendre quel rôle exact elle a joué, comment les Moriarty s'y sont pris pour la manipuler. (Elle avait serré plus fort.) Il ne s'agit pas d'un vol de bijoux cette fois. Elle a tué une personne et tenté d'en tuer une autre. Sans parler du fait qu'elle cherche à fiche nos vies en l'air, sinon à nous rayer de la surface de la terre. Alors, oui, c'est à moi qu'il revient de l'arrêter.

Je m'en veux de ne pas avoir insisté. Mais, au risque de me répéter, j'étais vanné. J'avais baissé les bras.

Je m'étais assis par terre et avais posé la tête contre le matelas. Les minutes et les heures avaient défilé ainsi jusqu'à ce que l'épuisement eût raison de moi. Je m'étais endormi comme un pèlerin au pied de la sépulture d'un saint.

Holmes me réveilla en me secouant par l'épaule. Pas le moindre soupçon de soleil n'éclairait la fenêtre obscure. Elle m'obligea à la suivre en bas. Nous montâmes dans la voiture de mon père. Nous n'avions pas prononcé un mot. Une fois que je fus au volant, elle me glissa un gobelet chaud dans la main.

— Du thé. Maintenant, en route.

Les mains crispées sur le volant, j'étais tout juste assez réveillé pour tenir ma droite. (J'avais appris à conduire en Angleterre où on roule à gauche.) Holmes, à côté de moi, soliloquait tout bas, passant en revue les différents éléments de l'enquête qui prouvaient la culpabilité de Bryony. Bon, la présumée culpabilité. Sauf que si notre infirmière se révélait innocente, me dis-je, je mangerais mon chapeau (si j'en avais un).

— À mesure qu'elle se rapprochait du but, elle flippait de plus en plus, disait Holmes. Elle a dû laisser tomber sa stratégie consistant à nous faire accuser par des parodies des histoires de ton aïeul. C'est très intéressant, ça... Plus que les bombes artisanales...

Je garai la voiture.

— ... Elle a détruit un super labo que j'avais assemblé à partir de rien, petit à petit, avec des trucs piqués dans celui de M. Lamarr... Oh, me fais pas les gros yeux, je t'ai vu chourer des chamallows à la soirée. Tu me donneras pas mauvaise conscience. En fait, la seule chose qui me manquera c'est les *Œuvres complètes* du Dr Watson, ton arrière-arrière-arrière-grand-père. Pas pour leur valeur marchande, qui est nulle...

Une fois dehors, elle me guida jusqu'à la rue qui longeait le campus. La rue où habitait Bryony.

— ... On peut les avoir gratis sur son Kindle, alors... Mais je les adore, tu vois. Et Bryony doit avoir un film de toi où t'es à poil… de quoi lui coller la brigade des mineurs sur le dos…

Holmes passait du coq à l'âne, c'était fatigant à la fin, même si j'étais quelque peu remonté à la perspective d'entrer chez quelqu'un par effraction. Nous n'avions pas évoqué l'incident de la veille sous le perron de mon père. Elle avait passé son bras sous le mien pour mieux m'entraîner vers le but de cette expédition.

Je me tournai vers elle et fus stupéfait de voir se peindre sur son visage un profond soulagement. Mais, bien sûr. Quelque part, malgré elle, elle avait soupçonné August Moriarty de chercher à se venger. Et finalement, ce n'était pas lui…

À la suite d'un débat intérieur – ce que je ressentais était-il de la jalousie ? –, je conclus que j'en avais par-dessus la tête d'être déprimé. Je me sentis tout de suite plus heureux. Elle me permettrait peut-être de forcer la serrure…

Au coin de Market Street et de Greene Street, nous nous arrêtâmes pour inspecter les fenêtres de Bryony au-dessus du fleuriste. Un tableau pittoresque. Des bacs à fleurs en bois peint, des balcons en fer forgé. En somme, pas le genre d'appartement qui convenait à une meurtrière ayant tué de sang-froid un garçon.

— Tu vas me dire pourquoi il fallait venir aussi tôt ? Elle est convoquée au commissariat à dix heures. Il n'est que huit heures.

— Bryony sortira de chez elle à huit heures et demie, parfaitement coiffée, style starlette. Elle fera une halte au Starbucks à la sortie de la ville. Elle ira peut-être faire quelques courses. Elle est persuadée qu'il s'agit d'un interrogatoire de routine, pas qu'elle va y rester la journée. Toute personne se servant d'une police de caractères aussi prétentieuse pour écrire des menaces de mort doit avoir trop confiance en elle pour ne pas se croire au-dessus de tout soupçon. (Elle sautillait presque.) J'ai visité la base de données de la police tout à l'heure. J'ai la marque et le modèle de sa voiture. Une carte grise au nom de Bryony Downs. Une Toyota noire RAV4 de 2009. Immatriculée 223 APK. C'est-à-dire… la voiture qui est là. (Elle était garée devant le petit immeuble.) En attendant, nous allons nous asseoir dans ce café. Si tout va bien, tu seras à l'heure à ton rendez-vous de dix heures trente pour prendre tes affaires dans ta chambre. Parce que, entre nous, ton jean commence à sentir mauvais.

Une Holmes guillerette risquait d'avoir ma peau tout autant que la Holmes déprimée de la veille au soir !

Elle nous installa dans un coin devant la fenêtre et commanda deux thés.

Les choses se déroulèrent comme elle l'avait prévu. Bryony sortit de chez elle, lèvres rouge vif et lunettes de soleil. Une star. Holmes me souffla de ne pas la fixer, mais c'était plus fort que moi, je la suivis des yeux quand elle passa devant nous en voiture. Sa manière de secouer ses cheveux blonds en chantant avec la radio… Un peu plus, et j'aurais juré qu'elle ne pouvait pas être coupable. Bryony aurait dû porter le poids de sa faute sur les épaules. Elle avait envoyé Dobson dans l'autre monde, et même s'il était le dernier des salauds, il ne méritait quand même pas ça.

Holmes me fit signe qu'on attendait encore un peu.

— La patience est une vertu, Watson, me dit-elle. Et puis elle a peut-être oublié un truc.

Lorsque au bout de dix minutes elle jugea que la voie était libre, nous traversâmes. La porte d'entrée n'était pas fermée à clé. Une bénédiction. Je n'avais pas envie de tripatouiller une serrure en pleine rue. Arrivé devant la porte de son appartement – on ne pouvait pas se tromper, son nom figurait sur un bristol à côté de la sonnette –, je m'agenouillai devant la serrure.

— C'est une Yale, dis-je d'un ton neutre. Comme celles sur lesquelles je me suis exercé avec toi. Tu crois que je… ?

Avec un petit reniflement de mépris, Holmes tourna la poignée.

— Je vois que tu laisses toujours des griffures sur tes serrures, dit-elle à l'homme assis à l'intérieur.

Dix

J'étais soufflé par ce que j'avais sous les yeux.

La pièce était quasiment vide. Vide comme dans ni table, ni canapé, ni tapis… Sur le mur, des clous ayant naguère servi à accrocher des tableaux. Vide de chez vide. Du seuil, je voyais par une porte ouverte deux hommes en costume sombre, les oreilles décorées d'écouteurs Bluetooth, en train de fouiller méthodiquement des boîtes de céréales. Ils les ouvraient les unes après les autres, renversaient leur contenu dans un bol, puis jetaient le tout à la poubelle. L'un d'eux sifflotait.

C'était un rêve… Je tournais dans un film surréaliste… Ou bien Holmes me jouait un de ses tours…

Au milieu de la pièce, l'homme assis dans une bergère tendue de velours n'avait pas adopté la posture ad hoc, autrement dit il ne croisait pas les jambes, ni n'était adossé de manière décontractée. De toute façon, ces postures n'auraient pas collé à son personnage de *geek*. Un beau garçon pour un *geek*, il fallait bien l'admettre. Sapé classieux. Il se tenait assis sur la pointe des fesses dans ce ridicule fauteuil et fumait une cigarette avec de petits gestes vifs et précis.

Il me faisait penser à une œuvre d'art campée entre les murs blancs d'une galerie. Des lunettes à la Buddy Holly, une coupe de cheveux sixties, un costume en tweed sorti des mains expertes d'un tailleur de Savile Row, le même où James Bond se fait faire les siens sur mesure... Holmes avait employé pour le décrire l'adjectif « grassouillet ». Peut-être y avait-il en effet chez lui une certaine mollesse, sans doute acquise par des journées entières passées devant un écran d'ordinateur.

Rien de tout cela n'aurait été étonnant hors contexte. Mais son attitude dégageait une impression de puissance. Une puissance électrique. Le genre de pouvoir qui vous permet de mettre à genoux le gouvernement d'un pays d'un claquement de doigts. Qu'est-ce qu'avait dit Holmes ? MI5 ? Google ? Services de sécurité privés ? Quelle part de vérité y avait-il là-dedans ? Des drones... Il contrôlait des drones.

Et c'était moi le génie qui l'avait amené ici.

— Où sont les affaires de Bryony ? m'enquis-je en essayant d'avoir l'air de connaître d'avance la réponse et d'avoir juste besoin d'une confirmation.

Milo Holmes m'ignora.

— Je ne touche pas aux serrures, déclara-t-il d'une voix aussi lisse et veloutée que celle de sa sœur était rauque et sèche. J'ai laissé ce soin à Peterson. Il voulait se faire la main. On n'était pas pressés.

Il avait eu dix minutes chrono pour vider l'appartement. Je ne les avais même pas vus entrer.

— Et je vous en remercie, monsieur, dit une voix dans la cuisine.

Les deux hommes étaient en train de casser les œufs frais de l'infirmière. Holmes croisa les bras sur sa poitrine.

— Tu les égratignes à tous les coups, accusa-t-elle. Moi je les ouvre ni vu ni connu. Tu aurais dû nous attendre.

Milo tira une bouffée de sa cigarette.

— Tu n'as pas si mauvaise mine. D'après mes sources, tu étais en piteux état cette fois.

Je déglutis.

— Il y a moins de lames de rasoir et de coups de fil à trois heures du mat, il faut juste que je sauve ma tête…

Je les imaginai enfants : Milo solide comme un char d'assaut, Charlotte un feu follet dansant autour de lui. Elle était en général réservée, mais quand elle se lâchait…

— … Si tu me dis pas ce que t'as fait de mes preuves, je dirai à maman que je t'ai vu espionner ton prof d'escrime sous la douche.

— Tu n'oseras pas. Et tu sais très bien ce que j'ai fait de tes preuves.

Holmes jeta un regard autour d'elle.

— Tu débarques sans crier gare alors que t'as loupé le principal de l'action. Je m'en charge, tu vois. J'ai pas besoin d'aide.

— Te charger de l'ex-fiancée d'August Moriarty ? Lottie, tu rigoles ou quoi…

(*Lottie*, répétai-je intérieurement. Lottie Holmes.)

— … Tu es trop émotive. Laisse ces choses-là aux grandes personnes. Maintenant que maman a eu gain de cause et qu'on a vu les résultats, tu vas rentrer à la maison. La pension, c'est pas pour toi. Tu t'installeras dans l'appartement de Londres. Je me fais fort de convaincre le professeur Demarchelier de te servir de précepteur…

— Mais il me hait et je…

— Non, tu ne réfléchis pas ! Et s'ils réussissent à te mettre en prison ? Les Américains, avec leur univers carcéral. Mes agents t'en sortiraient en deux temps trois mouvements, mais ce serait tellement la barbe. Tu as toujours aimé skier dans l'Utah, je crois. Je ne voudrais pas qu'on te prive de ce plaisir. C'est ce qu'il te faut.

Je commençais à comprendre pourquoi Holmes ne voulait pas mêler sa famille à son histoire. Émotive ? Laisser faire les grandes personnes ? L'envoyer à la montagne faire du *ski* ?

Qu'est-ce qui m'avait pris de l'appeler au secours ? Il pouvait aller au diable.

— J'aimerais que tu me dises ce que tu as fait de nos preuves, grognai-je. Et comment as-tu su que c'était ici que ça se passait ?

Milo haussa un sourcil.

— Tu as un bouledogue maintenant ? demanda-t-il à Holmes.

— Je te présente James Watson, mon ami et collaborateur. Tu vas lui répondre.

Je me redressai.

— Ma sœur m'a posé une question hier, dit Milo. Tu sais la dernière fois que c'est arrivé ? En novembre 2009. Lottie ne pose pas de questions. Elle déduit et prend ses décisions sans consulter personne. Et hier elle m'interroge… sur Moriarty, en plus. Heureusement, j'étais déjà en route pour New York. Quant aux affaires de cette… *infirmière* (il prononça ce mot comme il aurait dit *limace gluante*), il y a derrière cet immeuble une ruelle très pratique. Elles sont toutes parties par là en fourgon blindé. Elles vont être examinées au siège de Greystone en ville. Ensuite, on les enverra à votre inspecteur Ben Shepard.

— La ville dont il parle est New York, m'informa Holmes sans quitter son frère des yeux. Et Greystone est sa société de mercenaires qui en ce moment même sévit au Moyen-Orient. Il recourt aussi à leurs services en tant qu'agents de protection rapprochée, comme tu peux le constater en voyant à l'œuvre les deux mecs à la cuisine. Peterson ?

Le dénommé Peterson pointa la tête dans l'entrebâillement de la porte.

— Je suis à votre disposition, dit-il alors que son collègue poussait un grognement.

— Tu sais, Lottie, rien de tout cela n'explique pourquoi un agent de Moriarty imiterait ton écriture, fit observer Milo d'un ton badin.

— N'oublie pas qu'à cause de moi la vie d'August est fichue. Et puis sa fiancée joue à l'ange vengeur.

— Ils seraient deux à vouloir te piéger… Tu es sacrément populaire, dis-moi. Pour quelle raison n'en es-tu pas arrivée à la conclusion qu'ils sont de mèche ? Cette fille, Bryony, doit être envoyée par August Moriarty.

Holmes se renfrogna.

— Bon, soupira Milo. Concentrons-nous pour l'instant sur l'infirmière.

Je jugeai bon de demander :

— Qu'est-ce qu'elle va faire en découvrant que son appartement a été entièrement vidé de son contenu ?

Milo toussa pour s'empêcher d'éclater de rire.

— Nous aurons assez de preuves avant son interrogatoire par l'inspecteur Shepard pour l'accuser de meurtre et la faire boucler.

— Vous aurez de vraies preuves ou vous les fabriquerez ?

Milo ouvrit les mains sans répondre.

— Tu es obligé de poser la question ? me lança Holmes.

— OK, dit Milo en m'offrant une cigarette. Maintenant que c'est réglé, je vais envoyer par texto à oncle Leander ton adorable tirade sur James.

— *Watson.*

Nous avions parlé en même temps.

— Bien sûr, ami et collaborateur, j'adore.

Holmes lui arracha son téléphone de la main.

Je jetai par terre la cigarette qu'il m'avait offerte et l'écrasai avec mon talon.

— Alors, on baisse le rideau ? L'infirmière scélérate passe aux aveux et Milo Holmes s'arroge le mérite d'avoir résolu l'affaire ?

— Apparemment, chuchota Holmes.

Je la sentis s'affaisser sur elle-même. Elle était de nouveau la pauvre petite chose que j'avais trouvée blottie sous l'escalier du perron.

Je posai la main sur son épaule. Que pouvais-je faire d'autre ?

Elle leva les yeux et me regarda. Peu à peu, ses joues retrouvèrent des couleurs. Sa bouche se plissa en un sourire, un vrai, et elle cria :

— Peterson ! Demandez donc à votre collègue… Oui, vous qui avez un chat persan qui vous attend dans votre appartement en sous-sol berlinois… vous pouvez appeler le fourgon blindé et leur ordonner de faire demi-tour. Je veux que tout soit replacé exactement comme c'était. Je suppose que vous avez pris des photos de la disposition des meubles, ou alors vous êtes encore plus nuls que je croyais. Détruire des preuves… Tout ça pour que ce poseur puisse pérorer comme Orson Welles au milieu d'une pièce vide… Désolée, Milo, t'es pas assez beau garçon pour être comparé à Laurence Olivier…

Je me mordis la lèvre pour ne pas sourire.

— … Les traces dans la poussière m'auraient suffi à boucler l'affaire, poursuivit-elle. Comme tu as tout salopé, je tiens à récupérer les poudres et les crèmes. Des produits de maquillage, bien sûr, et aussi des pots de poudre de protéines. Je veux aussi qu'on me rapporte les fils électriques et les outils qui auraient permis de fabriquer une bombe. Et je veux le lecteur du traceur GPS que vous avez dissimulé dans la voiture de Bryony… Tout de suite, dit-elle en tendant une main impatiente. Je tiens à m'assurer qu'elle se rend bien au commissariat et pas à l'aéroport pour prendre un vol à destination des îles Fidji. J'ai oublié quelque chose, Watson ?

Alors qu'elle examinait le lecteur, je promenai les yeux sur la pièce et déclarai d'une voix forte :

— Tu ne vas pas lui dire que sous le coussin sur lequel il est assis il y a une peau de serpent.

Avec un cri de souris, Milo se leva d'un bond.

— Ah, j'oubliais, renchérit Holmes. Peterson, vérifiez les murs, il peut s'y cacher un serpent venimeux.

Les deux mercenaires de Greystone replacèrent les meubles suivant les instructions de Holmes. Milo les regarda faire, les bras croisés, avec une expression de vague dégoût.

Du moins, c'est ce qu'il souhaitait laisser paraître. Car en y regardant mieux – et j'avais été à bonne école avec Charlotte –, chaque fois que le regard de Milo effleurait sa sœur, il s'attendrissait. Il aurait pu ordonner à Peterson et à Michaels de vider de nouveau l'appartement et de mettre Charlotte dans le premier vol pour Londres.

Il n'en faisait rien. Il regardait sa sœur travailler.

Je résolus de profiter de ce moment de calme pour aller chercher mes affaires à la résidence. Holmes m'avait chargé de surveiller les trajets de la voiture de Bryony sur le traceur. À part deux haltes rapides – café et essence –, elle était allée tout droit au poste de police. Je n'étais plus utile à rien, et, soit dit en passant, j'avais hâte d'enfiler des vêtements qui soient les miens, et propres.

— Je reviens, lui soufflai-je.

Elle me fit un signe de tête et continua à diriger les opérations.

La température s'était radoucie. Laissant la voiture de mon père à sa place de stationnement, je parcourus à pied les huit cents mètres qui me séparaient du campus. Je ressentais un bien-être étrange, comme quand on se réveille d'une sieste un dimanche après-midi, sans rien à faire, sans obligations. Dans mon esprit, il ne faisait aucun doute que Charlotte trouverait toutes les preuves pour accuser Bryony des choses affreuses qui s'étaient produites. C'était fini. Et Charlotte Holmes était toujours là.

Je me pris à rêvasser d'un Noël avec elle à Londres. Elle serait sans doute dans l'appartement familial. Sinon, j'irais la chercher au fin fond du Sussex. Nous irions manger un authentique curry, puis je l'emmènerais dans ma librairie d'occasion préférée, celle dont le propriétaire m'a demandé de dédicacer les livres de mon aïeul. Elle voudrait peut-être assister à un concert de musique pour violon au Royal Albert Hall. Après quoi, je lui demanderais de me faire visiter les endroits où elle allait quand elle était petite. Nous serions étonnés de voir combien la ville avait changé en notre absence. Il nous faudrait chacun reprendre nos marques de Londoniens.

En traversant la cour devant Michener Hall, je ne pus m'empêcher de noter combien le campus était désert. Le bâtiment Sciences était en ruine. Un peu de fumée s'échappait encore des toiles goudronnées dont ils avaient recouvert le vestige de toit. Cette femme avait réellement voulu la mort de Holmes. Je fus parcouru d'un frisson glacé.

J'avais quelques minutes d'avance, mais Tom attendait déjà sur les marches devant notre résidence. Il grelottait sous sa veste mince. J'étais content de le voir, Tom et son vieux gilet jacquard.

— Salut, dit-il d'un air enjoué. Où vous étiez passés tous les deux ? Chez ton père ? Charlotte, ça va ? J'ai essayé de te téléphoner mais je tombe tout le temps sur ton répondeur.

Je lui appris que j'avais laissé mon téléphone sur mon bureau. Tom avait été évacué de la bibliothèque et transporté avec les autres dans un motel sans que personne les informe de ce qui se passait.

— On a entendu l'explosion. Les gens pleuraient. C'était horrible. Finalement, ils nous ont un peu mis au courant, sans plus. Tu sais, toi, pourquoi on a posé cette bombe ?

La porte s'ouvrit à point nommé. Je n'eus pas à lui répondre. Un policier blasé consulta une liste.

— Thomas Bradford ? James Watson ? Venez avec moi. Nous avons sécurisé le bâtiment, mais nous avons ordre de ne pas vous laisser seuls.

Dans ma précipitation, j'avais omis de fermer notre chambre à clé. Le policier me lança un regard inquiet quand la porte s'ouvrit et il porta la main à son holster.

On aurait vraiment dit une scène de crime. Le matelas éventré, les rideaux déchirés, les livres aux pages arrachées. Des milliers de bouts de verre constellaient le tout.

— C'est pas grave, lui dis-je. J'ai eu un accident avec le miroir avant qu'on nous évacue.

— Ça a l'air grave, pourtant, grommela-t-il.

Il resta prudemment dans le couloir.

Je me tournai vers Tom pour m'excuser et essayer de lui expliquer. Je m'attendais à ce qu'il soit choqué.

Il était blanc comme un linge, avec juste deux taches rouges sur les pommettes. Il battit rapidement des cils, le regard fixé sur le plancher.

— Tom ? prononçai-je aussi doucement que possible.

Je n'avais pas eu l'intention de lui faire peur.

— C'est arrivé quand ?

Je fus pris de court. Il ne voulait pas savoir ce qui s'était passé, mais quand ça s'était passé.

— Le soir de l'explosion, répondis-je.

— C'était Bryony, l'infirmière ?

Je tressaillis, puis me rappelai que je lui avais raconté mon traumatisme crânien et ma visite prolongée à l'infirmerie. J'optai pour la prudence.

— Je sais pas.

Il eut un hochement de tête nerveux.

Dans le couloir, invisible de nous, le policier nous avertit :

— Cinq minutes.

— Hé, dis-je à Tom. Je te promets que je t'expliquerai plus tard, mais…

— Où ils sont ?

Il se rua sur moi. Une grimace déformait ses traits. Son visage sympathique d'Américain décontracté avait cédé la place à un masque d'une laideur effrayante.

— Où ils sont, merde, Jamie ?

J'avais l'impression que le sol s'était dérobé sous mes pieds.

Je le repoussai et le tins ainsi à bout de bras. Des larmes lui montèrent aux yeux.

— De quoi tu parles ?

En fait, je savais. Mais je voulais l'entendre de sa propre bouche. Son aveu. Il avait posé des écoutes et une caméra dans notre chambre. Il m'avait bien eu. Toutes ces conversations n'avaient donc qu'un seul but : récolter des informations pour Bryony Downs. C'est ce que je croyais, en tout cas, et c'est pourquoi je fus stupéfait de l'entendre s'écrier :

— Merde ! Il va me tuer.

Tom cessa de lutter contre moi et bondit en arrière, les mains plaquées sur le visage.

Il ? Je pensai aussitôt au dealer. L'homme de main de Moriarty.

Dans le couloir, le policier toujours invisible nous rappela :

— Plus que deux minutes. Arrêtez de faire les zouaves et bouclez vos valises.

Je tirai la mienne de sous mon lit et y jetai une brassée de vêtements en disant à Tom :

— Grouille-toi.

— Ça n'a rien donné, de toute façon. Charlotte n'est plus jamais venue te voir. Vous étiez tous les deux enfermés dans sa tour d'ivoire de merde.

— On n'a pas le temps…

Je lançai les volumes de ma rangée de romans sur ma pile de vêtements, un, deux, trois, comme des grenades. Mes manuels, ma savonnette. Je voulus ensuite sortir du placard ce qui restait, mais Tom était campé devant.

— Pousse-toi, lui dis-je.

Il leva vers moi un regard bovin qui acheva de me mettre hors de moi.

— Je te jure que je vais te tordre le cou si tu m'empêches d'accéder à mes affaires, espèce de salopard. Tu m'espionnais, Tom ! Je t'ai jamais rien fait pourtant.

— Il m'a proposé de partager la moitié de son à-valoir avec moi. Il l'a déjà vendu, tu sais. Il est en train de l'écrire. Ça va cartonner grave. Il va être riche et célèbre. Il pourra enfin arrêter d'enseigner dans ce trou perdu… Son amie Penelope va lui trouver un poste à Yale…

— Wheatley ! m'exclamai-je. N'importe quoi. C'est le dealer qui t'a dit de raconter ça.

Tom ouvrit le tiroir du bas de son bureau et en tira un grand bloc sténo. Rien n'était écrit sur la première page mais quelqu'un s'était donné la peine de colorier les marques laissées par les lettres tracées sur la feuille précédente qui avait été arrachée. *Des squelettes dans son bureau, dit-il, les yeux brillants comme s'il était amoureux de la mort autant que d'elle.* Suivaient plusieurs lignes d'une prose ampoulée, puis : *Il porte des lunettes de beatnik des années 1950 mais il a un air benêt. Ils dansent sans se toucher.*

Les notes que M. Wheatley avait prises lors de notre entretien. Je me rappelai qu'il avait glissé un carton sous la feuille. Je m'étais demandé s'il craignait que son encre bave sur celle du dessous. En réalité, il y avait deux feuilles sur le carton.

— Il était tellement sûr que tu étais coupable, déclara Tom d'une voix suppliante. En octobre, alors que j'attendais de le voir pour lui présenter mon devoir, je l'ai entendu parler à un autre prof. Après, je lui ai dit que ce n'était pas toi, mais que Charlotte Holmes et toi, vous étiez Bonnie et Clyde, en gentils. Sauf que lui, il avait cette idée de bouquin, basée sur une histoire vraie. Des gosses qui s'en sortent de façon héroïque. Les lecteurs allaient adorer. Il m'a assuré que j'étais un meilleur écrivain que toi, même si ma famille n'est pas aussi célèbre que la tienne, et que je pouvais l'aider. Au final, tu serais fier de voir l'intérêt que tu suscites… Je l'ai fait pour toi.

Il laissa la suite en suspens.

— C'est pour ça que tu as mis notre chambre sur écoutes.

— Il m'a obligé à le faire. Il a commandé le système sur Internet. Le miroir… tu peux pas savoir combien ç'a été difficile de le raccrocher. Mais oui, il fallait que je te fasse parler et ensuite que je transcrive tout pour le lui passer. Maintenant, regarde… Il ne va plus jamais vouloir me payer.

— Pourquoi ?

J'avais cru qu'il était mon ami. Je l'avais pris en affection, lui et son sourire irrésistible et son absurde gilet jacquard. Le soir, on regardait des vidéos stupides sur son ordi. On partageait nos bonbons, notre shampoing. Il avait été la seule personne sympa avec moi à mon retour solitaire aux États-Unis.

— Je l'ai fait pour toi, répéta-t-il, comme s'il cherchait à s'en convaincre.

Le policier surgit sur le seuil en glapissant :

— Il est l'heure, les garçons.

Je lui claquai la porte au nez et fermai à clé. Je tenais à avoir une explication, même si je devais être arrêté.

— Dis-moi pourquoi.

— La famille de Lena va à Paris tous les étés, répondit calmement Tom alors que le flic tambourinait contre le battant. Elle m'a invité. Et… elle s'attend à ce que je participe. Je vais devoir l'inviter à dîner, lui offrir des petits trucs. Tu sais que son père est dans le pétrole en Inde. Ils ont une domestique. Lena voyage en jet privé ! Et moi je viens du Midwest et j'ai une bourse d'études… Il allait me filer dix mille dollars !

Je ne parvenais pas à compatir.

— Et que crois-tu que Lena va penser de toi quand elle saura d'où vient cet argent ? C'est incroyable, la moitié des gens dans cet internat font semblant de rouler sur l'or alors qu'au contraire… Ils ont l'espoir de s'enrichir au poker, c'est pour ça que ça marche aussi bien ici… Un peu de courage, enfin. Avoue la vérité à Lena. C'est une fille adorable, elle t'en voudra pas d'être pauvre.

— Je n'espérais pas que tu comprendrais. Toi t'as un pedigree. Moi je viens de rien… C'est pas comme si je te voulais du mal. Je pensais que tu serais content, je l'ai fait pour toi. Grâce à moi, tu serais devenu une célébrité…

On continuait à cogner et à crier dans le couloir.

— Ouvrez tout de suite ! Ouvrez !

J'étais dégoûté de tout, de Sherringford, de toutes ces jalousies minables, de ces coups en traître. Furieux, je saisis la poignée de la porte de notre placard, pressé de boucler ma valise et de me casser.

Une douleur fulgurante me vrilla la main.

Je baissai stupidement les yeux sur mes pansements. Quelques gouttes de sang coulaient le long de mon index. Je me servis de mes paumes pour ouvrir. J'écartai mes vêtements pour les déloger de la penderie et je vis qu'il y avait quelque chose écrit au marqueur sur la cloison du fond.

IL TE RESTE VINGT-QUATRE HEURES À VIVRE
À MOINS QU'ELLE TE DONNE CE QUE JE VEUX
BISOUS CULVERTON SMITH

Culverton Smith. L'esprit criminel derrière l'affaire de la boîte en ivoire empoisonnée, cette enquête de Sherlock Holmes racontée par mon aïeul.

Je contemplai mon doigt en sang. Derrière moi, Tom leva son iPhone et, d'une main tremblante, prit une photo.

J'arrachai le ressort pointu qui avait été collé à la poignée. Je ramassai mon téléphone (batterie à plat), son chargeur et ma valise. Tom, quant à lui, continuait à répéter qu'il était innocent, que ce n'était pas lui, qu'il ne ferait jamais une chose pareille… Le porc ! Je l'empoignai par son col de chemise.

— Voilà ce que tu peux faire pour moi. Débrouille-toi avec ce flic.

Il fixait la tache de sang que mon doigt avait imprimée sur son gilet.

— Qu'est-ce que je vais dire à Lena, moi ?

— T'as qu'à la baratiner. T'es fort pour ça.

Alors que je me propulsais hors de la chambre, il s'interposa entre le policier et moi.

— C'est ma faute, c'est ma faute, laissez-le partir.

Heureusement, je parvins à me sauver avant que mes jambes se mettent à flageoler.

Bryony Downs avait gagné. Elle avait retourné contre nous le leurre dont s'était servi Sherlock Holmes dans *Le Détective agonisant*, ce même leurre que Charlotte avait utilisé pour nous disculper tous les deux. De quel agent pathogène elle avait bien pu imprégner la pointe de ce ressort ? Elle pouvait m'avoir inoculé une méningite virale ou le paludisme. J'avais un temps caressé l'idée de faire médecine afin de guérir les gens de maladies horribles, et maintenant je ne pouvais m'empêcher d'en dresser le catalogue dans ma tête. Milo avait raison. Elle devait être en cheville avec les Moriarty. Sinon comment aurait-elle eu accès à un virus… à un parasite… à une bactérie… ? Elle n'était que la messagère de la famille Moriarty.

Et le message était ma mort.

En titubant je descendis les marches de la résidence au bas desquelles deux élèves attendaient leur tour de monter chercher leurs affaires. L'un d'eux s'approcha pour m'aider. Je l'arrêtai d'un geste.

— Me touche pas. Je suis peut-être contagieux.

Le pire, c'était que Bryony m'avait peut-être transformé en bombe biologique. J'étais devenu le « patient zéro » d'une épidémie qui allait décimer la côte Est. Je devais trouver un endroit où m'isoler et réfléchir. Pas la peine d'avertir mes parents. Ils ne pourraient rien faire. Je me demandai si mon père trouverait toujours aussi *rigolo* que son fils se livre à une enquête policière quand il aurait à identifier mon cadavre à la morgue.

Mais non, je n'allais pas mourir. J'avais seize ans. Je serais écrivain. J'irais à la fac, je prendrais un appartement à Londres, Édimbourg ou Paris. Je ferais plus ample connaissance avec mes demi-frères. Oh, mon Dieu, il ne fallait pas que ma petite sœur devienne une enfant unique. Je ne voulais pas laisser Charlotte Holmes avec une famille qui cherchait à la contrôler, une intelligence géniale et un défunt meilleur ami. Pas question de la laisser continuer à vivre sans moi. C'était peut-être égoïste de ma part, mais en ce qui me concernait, je ne pouvais pas imaginer ma vie sans elle.

Le ciel d'un bleu très pur était d'une beauté perfide. La neige recouvrait la terre d'un manteau immaculé. La lumière m'éblouissait. Je me frottai les yeux avec le dos de ma main. Mon mal était sûrement psychosomatique, me dis-je. Tout était dans ma tête. *Je ne peux pas être en train de mourir.* Je me raccrochai à cette pensée.

Un pas après l'autre. *Où suis-je ? Où vais-je ? Ah, oui, je monte la rue vers le sommet de la colline au-dessus de la petite ville. Comment suis-je arrivé jusqu'ici ? Je vais m'asseoir une minute, reprendre mon souffle. Je pose ma valise… là.*

Holmes me dit qu'ils m'avaient trouvé évanoui sur une congère au bord de la route.

Ils m'avaient chargé à l'arrière de la voiture de Milo. Milo, Charlotte et les deux mercenaires de Greystone. Des couvertures. Holmes frictionna mes mains glacées entre les siennes, étrangement douces et fermes.

— Non, parvins-je à prononcer. Le sang… contagieux.

Puis je vis qu'elle portait des gants en latex.

Elle savait.

J'étais en proie à de violents frissons et une sueur froide me dégoulinait du front sur le visage. J'avais la bouche en feu, mal aux gencives. Je n'arrivais pas à avaler ma salive. Ma gorge refusait de déglutir.

Holmes approcha une bouteille d'eau de mes lèvres et en versa un peu dans ma bouche. Je tentai d'arracher ma chemise, croyant dans mon délire qu'on m'avait passé une camisole de force. Elle s'empara de mes mains. À côté d'elle, Milo m'observait en prenant des notes sur son téléphone. Des notes sur quoi ? J'étais sans doute une sorte de cobaye.

Lorsque la voiture arriva à destination, Peterson dut me porter sur son épaule comme s'il me sauvait d'un immeuble en flammes. On me coucha dans un lit. Les draps étaient chauds, à croire qu'ils sortaient du sèche-linge. Peterson accumula sur la table de chevet des flacons de médicaments et des serviettes. Quelqu'un fit rouler un pied à perfusion près du lit et l'instant d'après je sentis une aiguille s'enfoncer dans mon bras.

Je flottais dans la plus complète irréalité. Milo entra, vêtu d'un costume orné d'une montre de gousset. Il se mit à la fenêtre, alluma une pipe et regarda dehors d'un air méditatif. Ma chienne Maggie était là aussi, alors qu'elle était morte l'année de mes six ans. Elle posa sa tête aux longs poils sur le bord du matelas, me regarda avec ses grands yeux mouillés et me communiqua en silence le titre du livre que ma petite sœur lisait cette semaine-là (*Un raccourci dans le temps*). Elle me dit que je manquais terriblement à maman. J'aurais voulu ébouriffer ses oreilles poilues, mais mes mains étaient de plomb. J'avais envie de lui demander : « Où tu étais passée depuis tout ce temps ? »

Bryony pénétra dans la pièce en franchissant une porte invisible et passa son bras autour de la taille de Milo. Ils discutèrent comme si je n'étais pas là.

« Mène-le au sommet de la montagne et mets-lui le couteau sur la gorge, récita Milo de sa voix sonore.

— Je croyais qu'on avait terminé avec les chèvres, qu'on ne prenait plus que des moutons pour les sacrifices. »

Bryony rapprocha son visage souriant de celui de Milo. Il la renversa dans ses bras et ils échangèrent un baiser de cinéma.

— Stop ! hurlai-je. Stop !

L'instant d'après, elle appuyait un oreiller contre ma figure afin d'étouffer mes paroles, puis la seconde suivante, elle avait disparu. Milo aussi. J'étais seul.

Seul et perdu. Où était Holmes ? Où étais-je moi-même ? À peine m'étais-je posé ces questions qu'une vague de fatigue me souleva et m'emporta jusqu'à la mer.

À mon réveil, la nuit était tombée. Je devais me sentir mieux, parce que j'eus la force d'examiner ce qui m'entourait. La veilleuse sur ma table de chevet, l'ampoule orientée vers le mur où elle dessinait une grosse médaille blanche. Un appareil mastoc relié à une espèce de pince en plastique accrochée à mon index enregistrait mon rythme cardiaque. On avait changé les pansements de mes mains, cette fois de manière experte. Je me sentais mieux que je ne m'étais senti depuis que j'avais ouvert cette fichue porte de placard.

Au bout de mon lit, je vis une couverture de couleur vive et, plus loin, une porte. Dans un coin obscur, je distinguai la forme d'un fauteuil. A priori vide. Je plissai les yeux pour m'en assurer. Je reconnus soudain l'habillage de velours, les boutons duveteux.

Je me trouvais dans l'appartement de Bryony Downs.

Fébrilement, je me levai, arrachai le capteur de mon index et entrepris de détacher les adhésifs qui maintenaient des cathéters dans les veines de mon bras. Elle m'avait emmené… Où ça ? Holmes et son frère avaient-ils aussi eu des hallucinations ? Le moniteur cardiaque émit un long bip d'avertissement. La porte dans le prolongement de mon lit s'ouvrit comme enfoncée par un vent violent.

Je fis un bond et, haletant, arrachai l'applique murale pour m'en servir de gourdin.

— Watson ! s'écria Holmes en se matérialisant sur le seuil. Watson ! J'ai bien cru que tu étais mort.

Je résistai pour la forme, mais posai l'applique et me remis au lit. Elle prononça un nom que je n'avais jamais entendu. Aussitôt entra un médecin en blouse blanche. Il me remit ma perf. Il prit ma fiche au pied du lit. Holmes se tenait à côté de lui, piaffant d'impatience. D'un geste exaspéré, elle tira ses cheveux en arrière. Elle était très pâle, avec un nez tout rouge. On aurait dit qu'elle avait pleuré.

— Pour le moment, tout ce que nous pouvons faire, c'est traiter tes symptômes. On t'a prescrit des antalgiques pour la douleur et on continue à faire baisser ta température. N'essaie pas de te lever. Si tu as besoin d'aller aux toilettes, sonne, on viendra.

J'acquiesçai d'un hochement de tête. Maintenant que j'étais en retombée d'adrénaline, j'avais les jambes en coton.

— Tu ne devrais pas être ici, Charlotte, ajouta le médecin. Il est peut-être contagieux. En tout cas, évite de le toucher…

Holmes leva le menton, fit un pas en avant et me prit la main.

— Comme tu voudras, soupira le médecin qui sortit sans un mot de plus.

Je tournai la tête vers Charlotte.

— Qu'est-ce qu'elle m'a transmis ? Comment tu as su ?

Elle se percha au bord de mon lit. Je me rappelai la nuit où je l'avais réveillée dans sa chambre et où nous étions sortis manger des pancakes. Je lui avais dit que je lui faisais confiance.

— C'est un virus artificiel, me dit-elle de sa voix rauque. Il a été créé en laboratoire. Ce médecin… le Dr Warner… est un spécialiste de ce virus… (Elle énuméra un certain nombre de mots latins.) C'est son nom.

— Tu ne peux pas lui trouver un diminutif plus facile à mémoriser ? La « grippe Watson » ?

Elle haussa les épaules.

— Comme tu veux. Il a été mis au point pour servir d'arme bactériologique et tuer le plus vite possible. Le Dr Warner travaille pour le gouvernement allemand. On a eu de la chance qu'il soit à Washington pour un congrès. Milo l'a plus ou moins enlevé pour l'amener ici.

— Alors ça se guérit ?

Holmes baissa la tête.

— C'est ce qu'il dit. Mais pour le moment, il est dans la pièce voisine, il cherche…

— La pièce voisine ? Nous sommes dans l'appartement de Bryony ?

— C'était mon idée, opina-t-elle. Elle ne va pas revenir après ce qu'elle a fait. Je ne voulais pas te ramener chez ton père, pas avec les risques de contagion. On a changé la serrure et l'ameublement. Milo a le bras long, tu vois. On fera venir une entreprise de décontamination une fois que ce sera fini. Ce serait trop injuste que le prochain locataire risque de se choper cette maladie.

Une fois que ce sera fini. D'une façon ou d'une autre, le temps était compté. Elle croisa mon regard et, comme toujours, lut en moi à livre ouvert.

Elle fit non de la tête hyper vite et se prit dans ses propres bras.

— Ne craque pas, s'il te plaît, dis-je. Attends encore un peu.

Elle détourna le visage.

— Bien, ajoutai-je. Si tu n'as pas peur d'être à côté d'un patient zéro…

Elle ravala ses larmes. J'ouvris les draps. Elle vint se pelotonner contre moi, la tête sur ma poitrine. Je pressai mes lèvres contre ses cheveux noirs. Je repensai aux heures que nous avions passées sous le perron de mon père, enlacés, sans rien faire d'autre qu'attendre en silence. Sauf qu'à présent j'avais de douloureuses courbatures partout. Mes bras et mes jambes pesaient une tonne. J'avais les poumons en feu. Je dus me tenir au lit pour lutter contre un nouvel accès de frissons.

— Comment as-tu su ? demandai-je de nouveau en serrant les dents. Pour le virus ? Pour ce qui m'est arrivé ?

— Bryony m'a envoyé une liste de choses qu'elle voulait que je fasse, répondit-elle d'une voix étouffée par ma chemise. Par SMS, bien sûr. Elle l'a envoyée à l'heure de ton rendez-vous à Michener Hall. Elle avait dû obtenir l'emploi du temps par e-mail auprès de l'administration.

— Par SMS ? Mais ça peut servir de preuve contre elle.

— Ce n'est pas ce qui est prévu.

Je n'avais pas la force de discuter avec elle.

— Qu'est-ce qu'elle veut ?

— Un poney…

Je souris à travers la douleur.

— … « Le plus beau poney du monde, avec une bride dorée. À cette seule condition, ton pis-aller sera guéri. » Tu n'es pas mon pis-aller, dit Holmes doucement. C'est sa première erreur.

— Qu'est-ce que je suis, dans ce cas ?

Mais, au fond, je n'avais pas tellement envie d'entendre la réponse. Elle avait dû percevoir ma réticence dans mes intonations, car elle reprit :

— Un poney et… trois millions de dollars, un billet d'avion pour la Russie, où, d'après mon père, en l'état actuel des relations entre les États-Unis et ce pays, elle ne risque d'être extradée ni vers l'Angleterre ni vers l'Amérique pour être jugée. De toute façon, elle veut absolument me coller sur le dos le meurtre de Dobson et la tentative de meurtre sur Elizabeth.

— Bon sang.

— Elle n'a rien laissé au hasard, dit-elle non sans une pointe d'admiration. J'aurais dû la voir venir.

— C'est pas ta faute… Tu te sous-estimes seulement parce que je suis devenu un boulet pour toi. Arrête.

— Mais…

— Je vais mourir, dis-je d'un ton presque réjoui. Il faut que tu m'écoutes.

Elle émit un petit rire triste.

— À l'heure qu'il est, Milo a réuni l'argent et organise son transfert en Russie. J'ai couché mes aveux par écrit. L'échange est prévu pour neuf heures demain matin. Elle a l'antidote. Je ne sais pas comment elle a fait. Le Dr Warner ne savait même pas qu'il en existait un. Même si elle ment… on ne peut pas refuser de tenter cette chance. Ce sera vingt-deux heures après l'inoculation. Tu seras encore en… Tout va bien se passer.

— Où se fait l'échange ?

— Elle nous communiquera le lieu de rendez-vous par texto.

— Tu n'iras pas en prison à sa place. L'inspecteur Shepard ne le permettra pas. Attends ! Elle n'est pas toujours en garde à vue ?

— Tu te rappelles que nous pensions qu'elle s'était rendue au commissariat ? Eh bien, elle y a abandonné sa voiture et elle est repartie dans une autre. (Encore une pointe d'admiration.) On la prenait pour une idiote qui ne pense qu'à faire la fête, eh bien cette idiote nous a bien eus.

— Que fait l'inspecteur Shepard ?

— Parmi ses conditions, il y a qu'on n'a pas le droit de faire appel à la police ni de t'envoyer à l'hôpital. Alors je ne sais pas. Il vaut mieux suivre ses instructions. Après tout, elle a été plutôt efficace avec sa valise piégée…

La porte s'entrouvrit, Milo pointa sa tête. S'il fut étonné de voir sa sœur pelotonnée dans mes bras, il n'en montra rien.

— Ah, tu es réveillé. Comment te sens-tu ? me demanda-t-il.

J'avais la sensation qu'un poids lourd m'avait roulé dessus. Mais je répondis :

— Très bien.

— Tu veux qu'on avertisse tes parents ?

— Oh, merde. Mon père pensait…

— Pense… Il est persuadé que tu es avec Lottie et moi en train d'élaborer une stratégie. Tout à l'heure, Peterson et Michaels lui ont ramené sa voiture. Comme nous avons décidé de nous plier aux exigences de Bryony pour obtenir ta guérison, ce n'est peut-être pas la peine de l'inquiéter pour rien. Même si la présence d'un parent dans de telles circonstances doit être réconfortante.

Il prononça cette dernière phrase comme s'il s'agissait d'une hypothèse d'école, et non un constat basé sur une expérience personnelle.

— D'accord, dis-je d'une voix que j'espérai égale. Ne les avertissons pas.

— Dors, et laisse-nous nous occuper de ça, dit-il.

Je lui fis un signe d'acquiescement et il referma la porte.

— Il n'est pas question que tu ailles en prison, répétai-je, la bouche sèche. Il doit bien y avoir un autre moyen.

— Il n'y a pas le choix, ou elle te tuera d'une autre façon.

— Holmes…

— Watson, dit-elle d'un ton sec, à croire qu'elle me rappelait à l'ordre. Je me souviens d'une conversation récente où tu as passé en revue les différentes morts qui m'attendaient virtuellement. Imagine combien ce serait horrible si cela m'arrivait pour de vrai ? Et maintenant imagine ce que ce serait pour moi te de voir mourir.

— Mais passer toute ta vie dans une cellule pour un crime que tu n'as pas commis !

Elle serra le poing.

— Si, je mérite la prison pour ce que j'ai fait.

— Ne me lance pas sur ton complexe de martyre. J'ai plus de voix…

Je tendis la main vers le verre d'eau posé sur ma table de chevet et le bus d'un trait. Elle s'écarta de moi pour me regarder, puis se leva en toute hâte.

— Tu es rouge vif. Ta température remonte. Je vais chercher le Dr Warner.

— Attends une minute…

Elle était décoiffée, des petites mèches formaient une sorte de couronne sombre autour de son visage. Ce que j'avais à lui dire était sur le bout de ma langue.

Je n'eus pas à parler. Elle avait deviné.

Elle écarta mes cheveux de mon front. Au doux contact de ses doigts, je fermai les yeux. Quel ne fut pas mon étonnement de sentir ses lèvres sur les miennes.

Son parfum était lui aussi inattendu. Je respirais une odeur de roses.

— Je peux pas faire plus, murmura-t-elle en posant son front contre le mien.

— C'est beaucoup, dis-je.

Elle rit.

— Depuis Dobson, je ne peux plus toucher personne. Tu vois… pour toi, j'essaie… (Son souffle rafraîchissait mes lèvres.) Je sais pas combien de temps je vais être comme ça, ou si j'ai toujours été comme ça. Je ne sais pas si je serai jamais assez…

Ses paroles me paraissaient confuses, mais je voyais plus ou moins où elle voulait en venir.

— Il faut continuer à essayer, dis-je. Pour moi, c'est déjà assez.

— Je sais, forcément.

On se perdit dans le regard l'un de l'autre.

— Si tu atterris en prison, je ne te le pardonnerai jamais, déclarai-je. Trouve un autre moyen, ou je te jure que je mourrai pour t'en empêcher.

Elle eut un sourire triste.

— OK.

— OK ? C'est aussi simple que ça ?

— OK, répéta-t-elle. (J'étais bien obligé de la croire.) Tu as un pouls trop rapide, et tu es brûlant. Je vais chercher le Dr Warner… (Elle fit la moue.) Je ne veux pas que tu meures avant d'avoir pu t'en servir comme dernier atout dans notre jeu.

— Merci.

Je me félicitai à l'idée qu'elle ait attribué l'accélération du rythme de mon cœur à la fièvre.

Onze

Au matin, mon état s'était dégradé, gravement dégradé.

Cela n'avait rien d'étonnant. La logique voulait qu'un malade atteint d'une pathologie inguérissable aille de mal en pis. Mais quand on est en train de mourir, on n'a que faire de la logique.

Vers minuit, les médicaments du Dr Warner avaient cessé de faire de l'effet. J'avais beau prendre des doses plus fortes, j'étais au plus mal. Les heures s'étaient écoulées… Bon, on m'a dit qu'il valait mieux que je ne m'en souvienne pas.

L'aube me trouva entre veille et sommeil, assailli de rêves pénibles, obscurs, où j'évoluais dans des paysages détrempés sous un climat à la fois torride et balayé par des vents glacés. En même temps, j'étais conscient de ce qui se passait autour de moi. Une main se posant sur mon front. Deux voix, des cris. Ma détresse n'en était que plus terrible, car je ne comprenais rien. La Birmanie, pensai-je. J'étais en Birmanie. J'étais en Afghanistan. Non, ma mère préparait des brioches à la cannelle dans la cuisine. Que c'était donc appétissant. Si je faisais mon lit et rangeais ma chambre, elle m'en monterait. Holmes était là, elle aussi, vêtue de noir. Quelqu'un était mort. Nous étions en route pour des funérailles.

Je fus réveillé par un rayon de soleil qui filtrait à travers les rideaux.

Un profond silence régnait. Rien que l'effort de soulever les paupières me semblait au-delà de mes forces. J'avais des vertiges, je transpirais. Je les ouvris. J'étais seul. Était-ce une nouvelle hallucination ? Non, tout avait l'air vrai. La table de chevet, le fauteuil capitonné.

Et je n'avais plus mal.

Je tournai la tête pour regarder la perfusion. Je ne savais pas ce qui coulait dans mes veines. En tout cas, ce médicament était efficace. La douleur avait cédé la place à une sorte d'engourdissement de tout le corps. Lorsque je voulus bouger mes jambes, elles ne m'obéirent pas. Lorsque je voulus tendre la main vers le verre d'eau, mon bras refusa de se soulever du matelas. Je haletais, et même respirer me coûtait. J'étais plus faible qu'un nourrisson.

— Non !

Une voix de femme, dans la pièce voisine. Je connaissais cette voix…

— Non ! répéta la voix, rageuse cette fois.

Silence.

Bryony Dows.

Le rendez-vous avait donc lieu ici ?

Quel culot de venir dans cet appartement investi par les Holmes pour négocier un arrangement où ils auraient, par la force des choses, l'avantage. Elle se croyait vraiment invincible.

L'antidote devait être niché au fond de sa poche.

Non. Elle ne l'aurait pas pris avec elle. Elle n'aurait pas risqué qu'on le lui arrache par la violence. Elle avait dû le dissimuler pas loin, et n'indiquerait la cache que lorsqu'elle aurait obtenu ce qu'elle voulait.

Autrement dit, j'allais mourir dans les deux heures qui venaient.

Je bataillai de nouveau contre mon corps. Bougez ! dis-je à mes jambes alors que des éclats de rire fusaient dans la pièce voisine. Bougez ! Ma chemise et mon pantalon (on m'avait habillé) étaient trempés de sueur. Était-ce bon pour moi de transpirer ? Cela voulait-il dire que mes nerfs et mes veines – je me les figurais noircis et friables – étaient encore solides ? Est-ce que mon organisme était en train de vaincre la maladie ?

Si c'était le cas, sans doute mes jambes m'obéiraient-elles. Les mâchoires crispées, je me concentrai sur mes genoux. Bougez !

Cette fois, mon cri eut de l'effet. Je roulai du lit et tombai sur la moquette en renversant la table de chevet au passage.

Un fracas épouvantable. Je gisais au milieu des cachets, des mouchoirs en papier et des débris de mon verre brisé. Impuissant.

Soudain, je ne pouvais plus nier la gravité de la situation. La mort était toute proche. On allait enfouir mon corps dans la terre, pas dans des années-lumière, pas entouré des romans que j'aurais écrits dans un appartement de la rue de Rivoli à l'âge de soixante-treize ans, mais aujourd'hui même. J'avais embrassé Charlotte Holmes une seule fois, je mourrais sans deuxième baiser.

La porte s'ouvrit à grand bruit.

— Watson !

L'instant d'après, Holmes s'agenouillait à côté de moi.

— Amenez le garçon ici, roucoula la voix enjôleuse de l'infirmière. J'aimerais le voir.

— Tu peux bouger ? s'enquit Holmes d'une voix plus forte que nécessaire en glissant les mains sous mes aisselles. Je vais t'aider à te relever. Tu peux t'appuyer sur moi ?

— Oui, parvins-je à articuler, pas persuadé d'y arriver.

Avec son aide, je réussis à me mettre à genoux.

— Écoute-moi, me chuchota-t-elle à l'oreille, ses cheveux lisses caressant ma joue. Quand je bats deux fois des paupières, tu joues ta dernière carte.

— Oui, acquiesçai-je, car dire « Je ne comprends absolument pas de quoi tu parles » était bien au-delà de mes forces.

— Milo ! J'ai besoin d'un coup de main.

À eux deux ils me transportèrent au salon qui, sous la direction de Holmes, avait retrouvé son ameublement d'origine. On se serait cru dans un appartement branché des années 1970. Un tapis à longs poils roses. Des chaises en plexiglas autour d'une table tout aussi transparente. Un canapé qui semblait capitonné de chamallows, avec un pantalon d'homme jeté négligemment sur l'accoudoir. Une station d'accueil pour iPod avec ses haut-parleurs, un assortiment de matériel et de béchers devant un microscope (sans doute propriété du Dr Warner).

Le mur du fond était entièrement recouvert d'un miroir à cadre doré où se reflétait la pièce. Charlotte Holmes dans son élégante tenue noire, installée dans un fauteuil pelucheux qu'on aurait dit sorti d'un épisode de *Fraggle Rock* ; Milo assis tellement près de sa sœur que leurs genoux étaient collés ; et moi, avachi comme une baleine échouée sur une des chaises en plexi, une baleine qui aurait perdu dix kilos pendant la nuit, se serait enduit la figure de vaseline, maquillé les yeux avec un morceau de charbon puis aurait rampé sur la plage pour en finir une bonne fois pour toutes.

Bryony Downs me regarda et la commissure de ses lèvres s'abaissa en une moue de dégoût.

Elle était restée sur le seuil. Sa doudoune violette était ouverte, mais elle n'avait ôté ni son bonnet à pompon ni ses gants. Son visage aux traits de poupée et au teint de porcelaine était rosi par le froid. Elle avait l'air de débarquer d'une piste de ski, ou d'avoir posé pour une publicité pour les pulls Fair Isle ou un chalet à Aspen. Sauf que ses yeux brillaient d'un éclat fanatique.

— Salut, Jamie ! dit-elle gaiement. Je suis contente de te voir.

Si je n'avais pas été à l'article de la mort, je me serais fait une joie de lui tordre le cou.

— Bon, où en étais-je ? Avant que celui-ci passe l'arme à gauche prématurément…

Elle s'appuyait de l'épaule au chambranle, les mains dans les poches.

— Tu nous congratulais, lui rappela Milo.

— C'est vrai, renchérit Holmes en se penchant en avant comme pour appuyer ses paroles. Allez-y, on est tout ouïe.

Elle affichait sa mine studieuse, le bout des doigts se touchant devant son nez au sommet duquel s'était creusé un pli. Je remarquai alors la mallette à ses pieds, avec dessus deux billets d'avion. Le montant de la rançon…

Les yeux de l'infirmière se posèrent tour à tour sur Holmes et Milo, puis de nouveau sur moi.

— Je ne voudrais pas vous ennuyer.

Elle ne pensait manifestement qu'à sa fuite prochaine, l'aéroport, l'avion…

— Dites-moi, balbutiai-je entre deux accès de toux dans l'espoir de la retenir encore un moment. Dobson ? Comment vous avez fait ?

— Pauvre gus ! Je suis venue voir où tu en étais, mais à mon avis la petite Charlotte n'apprécierait pas que je t'ausculte. Dommage. Tu sais, avec ce virus *orthomyxoviridae surrexit nigrum*, il n'y a pas vraiment de compte à rebours. Ce n'est pas une bombe. Tu peux mourir à n'importe quel moment. Pour cette raison, je vais exaucer cette dernière volonté, dit-elle en posant la main sur son cœur. Ce n'est pas toujours comme ça à la fin d'une histoire ? Le héros explique tout à son malheureux confident. Tu es un Watson, après tout. Respectons la tradition.

Holmes avait les yeux baissés sur les bottines de Bryony. Doucement, elle prit la main de son frère dans la sienne. Pour le réconfort qu'elle lui apportait, ou pour une autre raison ? Mystère. Je me bornai en tout cas à soutenir le regard de Bryony, me prêtant à son désir d'avoir toute mon attention.

— Lee Dobson. Un salaud, n'est-ce pas ? Il avait été un de mes premiers patients à la rentrée de septembre. Il avait une poussée de muguet. Bref, il voulait que je le soigne et… eh bien, tu devines. Une jeune femme séduisante, un adolescent lubrique… Il a tenté de m'impressionner. Il m'a posé des questions détournées sur les différents narcotiques. Quelles sont les différences entre drogue dure et drogue douce ? Quelles sont les doses à ne pas dépasser ? Les gens qui se droguent peuvent-ils toujours avoir des rapports sexuels ?…

Holmes, les épaules raides, la mâchoire crispée, écoutait d'une oreille. À son côté, Milo affectait une mine imperturbable.

— … Je savais de qui il parlait et ne demandais qu'à lui répondre. Combien d'élèves de cet internat étaient assez dépravés pour poser des questions pareilles ? Je lui ai dit que certaines drogues rendent complètement apathiques. J'ai ajouté que les filles surtout doivent se méfier car on pourrait abuser d'elles sans qu'elles s'en aperçoivent. Il m'a beaucoup remerciée. J'ai bien cru qu'il allait m'arracher le bras, quelle brute, ce garçon, mais j'étais contente, parce que je savais à qui il pensait. Cette petite pute méritait qu'il s'occupe d'elle…

Je hoquetai, incapable de prononcer un mot.

— … Après ça, il n'arrêtait pas de venir frapper à la porte de l'infirmerie. Il en pinçait pour moi, ça ne faisait pas un pli. Et tu comprends pourquoi… (Un sourire mauvais répandit sur son visage une brume empoisonnée.) Je vois que je te fais le même effet, Jamie. En fait, je l'ai su le jour où tu t'es bagarré avec Lee, je l'ai vu dans tes yeux. Il ne faut pas avoir honte. J'ai gagné des concours de beauté, plusieurs, même. Bon, revenons à Lee Dobson et à cette poudre de protéines… L'idée m'en est venue en constatant que Charlotte et toi lui en vouliez à mort. Charlotte ne cachait pas son mépris et son dégoût pour lui, et toi, tu l'avais déjà salement amoché. Non, ne me regarde pas comme ça. Tout ce qu'il disait sur ta Charlotte pendant que tu lui tapais dessus était vrai. Dobson m'a tout raconté à l'infirmerie. Il essayait de te prévenir. Il ne cherchait qu'à te rendre service ! Et toi, comment tu l'as récompensé ? De mon point de vue, le pauvre garçon avait signé son arrêt de mort… (Elle gémit doucement, on aurait dit une grand-mère déçue.) Charlotte est impitoyable, ce n'est pas un secret. Elle aurait fini par le tuer, surtout avec un mastiff dans ton genre à ses côtés. Dans un sens, je lui ai fait une fleur. Au moins je me suis débarrassée de lui sans le faire trop souffrir…

Je sentis mon crâne bouillonner.

— … Je n'ai eu aucun mal à le persuader de prendre ces suppléments. J'augmentais un peu chaque jour les doses de poudre. Il venait les prendre à l'infirmerie, bien sûr. Une fois qu'il a été mort, je me suis bien amusée. Je suis fan des nouvelles du Dr Watson depuis toujours. C'était amusant comme tout de mettre en scène une réplique d'une de ses histoires. J'ai piqué à la bibliothèque un exemplaire des *Aventures de Sherlock Holmes* et je me suis glissée dans la résidence la nuit par l'escalier de service.

J'avais demandé à Lee de laisser la porte ouverte pour moi. Il espérait sans doute qu'on allait coucher ensemble. Il m'avait dit que son compagnon de chambre était absent pour un match de rugby. Bon. Mais le temps que j'arrive, il était mort. Après, ils m'ont appelée pour réconforter les élèves…

Elle examina un de ses ongles. Je me rappelai l'avoir aperçue le soir du crime non loin de la chambre de Dobson, tapotant le dos d'un des garçons de la résidence. Je ravalai la bile qui était remontée dans ma bouche.

— Bien sûr, j'ai eu l'aide du serpent.

À ces mots, Holmes sursauta.

— Quelle aide ?

Bryony fit claquer sa langue.

— Je n'aurais pas dû le dire… (Pour la première fois, un accent de colère enlaidissait la belle voix de Bryony.) Mais d'accord, je vais jouer le jeu. Tu n'as pas encore réfléchi aux conséquences de tes actes, n'est-ce pas ? Que cela te serve de leçon. Quand tu as provoqué volontairement la ruine de mon fiancé – pour une seule raison : il osait m'aimer ! – tu as gâché ma vie…

Elle fit un pas en avant en direction de Charlotte et j'aperçus la crosse d'un pistolet et un holster sous sa doudoune.

— Tu n'es qu'une petite pute. Augie et moi, on était ensemble depuis qu'on était petits. Il avait été à Eton, puis il avait eu une dispense pour aller à Oxford avant l'âge. Moi, j'ai fréquenté une école de village. Mais il m'a toujours aimée. Moi ! Tu comprends ? J'allais tous les dimanches dîner chez les

Moriarty. Ils venaient à mes auditions de flûte, alors que ma mère était si soûle qu'elle n'arrivait même pas à décoller de son canapé. Et quand j'ai eu dix-sept ans, elle est morte. Mon père a refusé de me prendre avec lui. Qui s'est occupé de moi, tu crois ? Oui, c'est ça. Le professeur Moriarty et sa femme. Je me fichais de leurs activités annexes… Pour moi, c'étaient des saints, vous comprenez ? S'ils m'avaient demandé de me trancher la gorge, je l'aurais fait.

— Je croyais que vous aviez déménagé aux États-Unis quand vous aviez seize ans, murmura Charlotte.

Bryony sourit.

— Tu crois peut-être que mon diplôme d'infirmière et mes recommandations sont les seuls faux papiers dont je me serve ? Personne ne m'a jamais envoyée outre-Atlantique. Personne n'avait envie de se débarrasser de moi. Tu vois, je devais épouser Augie dès que j'aurais terminé la fac. Ses parents m'ont payé mes études à l'université de Londres. Ils avaient déjà acheté l'appartement où nous devions nous installer après notre mariage. Je suis très intelligente, tu sais. Même si vous autres Holmes vous vous croyez plus malins que tout le monde. Augie te bat à plate couture sur ce terrain, et moi j'allais devenir *médecin*…

Elle marqua une pause et grinça des dents très fort.

— Et puis Augie a accepté cet emploi abominable… chez *vous*… à demeure, en plus… Ses parents le lui avaient déconseillé. Son frère Lucien aussi. Il lui avait dit que c'était de la folie de se jeter dans votre nid de vipères. Ta pute de mère, ton frère sanguinaire et toi l'enfant terrible, son élève ?

Mon Dieu, les Moriarty sont des anges à côté de vous. Mais Augie avait confiance... Il avait une très haute opinion de toi. Ce fut son erreur, car tu as été la cause de son malheur.

Soudain, je me rendis compte qu'elle parlait de lui comme s'il était mort. Charlotte le remarqua elle aussi. Ses yeux passèrent des bottines de Bryony à son sourire cruel. Toutefois, en bonne joueuse de poker, Charlotte savait rester imperturbable.

— La dernière fois que j'ai vu Augie vivant, poursuivit Bryony, fut le jour qui a précédé la descente de police chez vous pour détention de drogue. Il était venu à Londres passer quelques jours avec moi. Des jours merveilleux. Il m'a emmenée dans un restaurant gastronomique, nappes blanches et candélabres. On a parlé de notre mariage. On allait le célébrer en toute intimité dans le jardin de ses parents au milieu des fleurs sauvages. J'allais porter la robe de mariage de sa mère. Nous étions si heureux tous les deux, nous n'avions besoin de rien d'autre, notre amour nous suffisait...

Elle laissa un instant sa voix vibrer dans les airs puis, brusquement, elle perdit son expression rêveuse.

— Le lendemain, il est retourné chez toi. J'imagine que tu as dû flairer mon odeur sur lui. Ça a dû te rendre dingue de jalousie. Pour une petite fille, tu avais un appétit féroce. Il m'avait dit que tu étais amoureuse de lui. Il trouvait que c'était charmant...

Pour le coup, Holmes fit la grimace. Comme si elle avait reçu une gifle.

— Le lendemain de son retour, tu as appelé les flics. Ils ont attrapé Lucien et l'ont jeté en prison.

Et toi, tu as eu l'air étonnée ! Qu'est-ce que tu pensais qu'il allait se passer ? August avait disparu. Je l'ai cherché partout. La police n'arrivait pas à le trouver. Il avait pris la fuite en laissant des aveux. Sa fac à Oxford l'avait renvoyé. Aucune autre n'allait plus vouloir de lui, pas avec un casier judiciaire. Il a paniqué. Il est rentré à la maison. Il a emporté le pistolet de son père dans sa chambre et s'est tiré une balle…

Là, je nageais en plein brouillard. J'avais compris qu'August était celui qui avait été incarcéré. Et quand il avait bénéficié d'une libération conditionnelle, il avait été engagé par Milo. C'était bien ça que j'avais retenu. Je fouillai dans ma mémoire. Quelles avaient été les paroles exactes de Holmes ?

« August est resté. Ils l'ont embarqué. Il se sentait responsable… Il bosse pour mon frère en Allemagne. »

Elle avait omis de mentionner certains éléments.

Même dans mon état fébrile, je commençais à remplir les blancs.

August Moriarty avait mis en scène son suicide, sans doute avec l'aide de ses parents. J'aurais dû m'en douter. Il avait avoué avoir vendu de la drogue à une mineure. Pour un tel crime, il aurait purgé une peine bien plus longue. Il ne serait pas sorti si vite de prison pour démarrer une nouvelle vie. Holmes m'avait dit que ses parents l'avaient laissé tomber. Sans doute l'avaient-ils isolé pour faire croire à sa mort. Ils avaient en tout cas étouffé l'affaire. Je n'avais trouvé dans la presse aucune référence à ses funérailles. À croire qu'August Moriarty s'était purement et simplement volatilisé. Wonder boy figé dans le temps, pour toujours en voyage dans le cercle polaire afin d'étudier les structures fractales de la glace, sa blonde chevelure à la Disney flottant dans le vent.

Et Bryony Downs n'en savait rien.

Cela n'aurait pas été facile de la faire participer à sa nouvelle vie, mais s'il avait vraiment été aussi amoureux qu'elle le prétendait, il aurait trouvé un moyen. C'était un garçon d'une brillante intelligence. Peut-être trop brillante pour ne pas avoir perçu chez sa fiancée la flamme d'un ténébreux fanatisme. Sa nature obsessionnelle, son égoïsme sans vergogne. Sa volonté d'arriver à ses fins coûte que coûte.

August Moriarty avait peut-être profité de cette occasion pour lui échapper. C'était sans doute une bonne chose pour lui. D'un autre côté, cela avait conduit à la situation dans laquelle nous étions tous les deux à présent, Holmes et moi.

— Toi ! s'exclama Bryony en marchant vers Holmes qui la regardait approcher sans s'émouvoir. Tu as du sang sur les mains. Tu vas aller en prison pour ton crime. Je ne suis qu'une messagère.

Et Lee Dobson et Elizabeth Hartwell, les agneaux offerts en sacrifice.

Quoique, à la réflexion, elle n'ait pas même fait allusion à Elizabeth.

— Vous travaillez en cheville avec qui ? demanda Holmes.

Bryony rejeta coquettement ses cheveux vers l'arrière.

— Qui a dit que je travaillais avec quelqu'un ?

Holmes la fixa d'un regard si intense qu'elle finit par répondre :

— Celui qui a réussi à convaincre le juge qu'il n'avait pas la plus petite idée de ce que contenait le coffre de sa voiture. Il n'a finalement écopé que d'une peine légère. Tu n'as pas oublié qui est venu à ta demande pour te fournir ta drogue, non ? Lucien Moriarty, petite sotte. C'est vrai, j'ai pris mon pied à semer des indices sous ton nez. Je t'ai envoyé des avertissements, en prenant garde de les manier avec des gants, au cas où tu parviendrais à relever mes empreintes. Je les ai imprimés avec la police de caractères dont je me sers pour établir mes dossiers médicaux. J'ai semé des fautes d'inattention, les mêmes que dans mes dossiers. Comme « toit » au lieu de « toi ». C'était un meurtre téléphoné, tu as juste omis de décrocher. J'ai tout fait pour me faire repérer par toi, sachant que dès lors que tu aurais trouvé, Lucien refermerait le piège. Tu sais ce que Lucien fait dans la vie ?

— C'est un dépanneur, murmura Milo.

— Précisément, opina Bryony. En plein dans le mille, bravo. Sauf qu'il est avant tout un Moriarty. Et les Moriarty ont le bras plus long que vous ne pouvez l'imaginer. Dites à Lucien que vous avez besoin d'un serpent à sonnette pour votre petite mise en scène, et il en fera surgir un de nulle part. Dites-lui qu'une valise piégée vous serait bien utile, et il embauchera un professionnel pour vous en fabriquer une. Dites-lui que vous voulez un diamant en plastique de la bonne taille pour l'enfoncer dans la gorge d'une jeune personne, et vous êtes sûr qu'elle étouffera. Dites-lui que vous voulez une nouvelle identité, un passeport, un emploi dans l'internat de Charlotte Holmes, et il vous le livrera dans un paquet cadeau. Mon Dieu, l'*absence* de preuve aurait dû être un indice. J'ai renoncé à mon rêve de devenir médecin pour ça. Tu entends ? *J'ai renoncé à mes rêves pour que tu sois punie comme tu le mérites.* Je n'ai eu aucun mal, vu mon niveau d'études, à avoir mon diplôme d'infirmière. Du moment que ça me permettait de venir ici rapidement… Tu vois, pour une fois, mon chou, t'avais un ticket d'enfer.

Elle s'agenouilla devant le fauteuil de Charlotte, posa ses mains sur ses genoux et approcha son visage du sien.

— Voilà pourquoi je suis meilleure que toi. Tu es prête ? Je pourrais te tuer ici et maintenant. Non… (Elle posa un doigt sur les lèvres de Holmes.) Cette valise piégée n'était pas destinée à te tuer. J'étais juste dégoûtée de vous voir, toi et le jeune Watson, jouer cette comédie débile dans ce réduit. Tu veux savoir pourquoi j'ai maquillé le meurtre de Dobson en remake du *Ruban moucheté* ? C'était pour te rappeler que ce ne sont que des histoires, pas la vraie vie. *Tu n'es pas Sherlock Holmes,* tu ne le seras jamais.

Charlotte regarda droit dans les yeux Bryony dont le visage était enlaidi par un rictus haineux. Puis, lentement, elle tourna la tête vers moi et battit deux fois des paupières.

Notre signal pour dire : « Tu joues ta dernière carte. » Mais quelle carte pouvais-je abattre ? J'arrivais à peine à garder les yeux ouverts. Encore moins à parler. Quant à me mettre debout, c'était hors de question.

Mais elle savait tout ça. Que pouvait-elle bien vouloir de moi ?

La veille au soir, une main sur mon front, elle m'avait embrassé bouche fermée. Un goût de rose. Et son sourire lorsqu'elle était sortie de la pièce en me lançant qu'elle ne voulait pas que je meure avant d'avoir pu m'en servir comme dernier atout dans notre jeu.

La lumière se fit dans mon esprit.

Je laissai mes paupières se refermer. Je ralentis ma respiration. Je roulai lourdement sur le tapis à longs poils roses.

— Watson ! s'écria Charlotte en une réplique de sa réaction lorsqu'elle m'avait cru mort.

Des trébuchements. Des bruits de pas. La voix de Bryony : « Oh, merde ! » Elle se pencha sur moi. Je reconnus le parfum de Forever Ever Cotton Candy. L'instant d'après, les doigts froids d'un homme sur ma joue, puis palpant mon pouls sur ma jugulaire.

— Il respire, annonça Milo. Il est vivant, mais à peine.

— Ne le bougeons pas, intervint Holmes. Je vais aller lui chercher une couverture.

J'entrouvris les paupières. Bryony toujours penchée sur moi arborait une mine étonnamment soucieuse.

— Jamie, dit-elle, tout va bien. Ce sera bientôt fini, dès que ta petite amie m'aura innocentée.

Ce n'était pas du tout, mais pas du tout une bonne idée !

— Tu veux bien voir ce qu'il a, Bryony ? lui demanda Milo. Le pauvre garçon…

Bryony leva les yeux. J'entendis le déclic d'un pistolet.

— Lève-toi, commanda Holmes. Les mains derrière la tête.

L'infirmière se mit debout péniblement.

— Tu portes un micro, reprit Holmes. Accroché à ton holster. C'est futé, ça, puisque la plupart des gens se dépêchent de détourner les yeux à la vue d'un pistolet. Mais voilà, je ne suis pas comme la plupart des gens, tu le sais. Salut, Lucien ! Alors, on se débrouille bien dans les deals de drogue à Sherringford, hein ? Comme je te l'ai écrit dans les nombreuses lettres que je t'ai envoyées quand tu étais en taule, je suis désolée de t'avoir valu deux mois d'incarcération, même si les dizaines d'autres gosses à qui tu as vendu de la drogue auraient fini à un moment ou à un autre par te dénoncer. J'espère que tu es content d'avoir été le complice d'un meurtre…

Elle avança dans la pièce, le pistolet braqué sur Bryony.

— Pas la peine de déclencher la bombe que j'ai trouvée dans le placard à linge, je l'ai désamorcée. Je n'ai pas eu besoin de l'aide de Google pour celle-là. Grâce à mon papa, j'en sais plus long sur les explosifs que tu n'en sauras jamais.

Bryony et elle se regardaient dans le blanc des yeux. Bryony ouvrit la bouche. Charlotte leva un pied gainé de noir et l'écrasa sur celui de l'infirmière.

— Du calme. Je crains de ne pas être aussi tolérante que toi. Mais j'apprends, j'apprends…

Bryony gémit de douleur, les mains toujours derrière la tête. D'un geste prompt, Charlotte arracha le pistolet de sous la doudoune et le lança à Milo.

— Bryony Downs, reprit Charlotte, je ne sais pas quoi te dire. Si je pouvais présenter mes excuses à August, je le ferais.

Je notai qu'elle jouait encore le jeu de Bryony en feignant de croire à la mort d'August Moriarty, alors qu'elle aurait pu jeter la vérité à la face de l'infirmière. Mais elle n'avait pas terminé.

— Mes parents m'ont fait faire trois cures de désintoxication. C'est vrai, je l'avoue, je ne me suis pas toujours bien conduite, mais la différence entre toi et moi, c'est que je lutte contre moi-même. Je bataille de toutes mes forces. Je suis peut-être une détective amateur, mais toi, tu es une psychopathe dangereuse. Je préférerais me tirer une balle dans la bouche que de te laisser filer à Saint-Pétersbourg où tu t'en prendras à des adolescents en vivant de la rançon que t'aura versée mon frère. Tu as organisé mon viol, et tu oses me traiter de pute ?

— Alors tu vas laisser mourir ton ami, dit Bryony dans un murmure rauque.

C'est ce que je lui avais demandé de faire, après tout. Qu'elle évite à tout prix la prison. Mais je fus pris de panique. Je n'arrivais plus à respirer.

— Bien sûr que non, soupira Holmes. (Je faillis en mourir de soulagement.) Les agents de mon frère sont en train de récupérer l'antidote dans la chambre de Watson. Une bonne cachette, croyais-tu ? Dissimulé au même endroit où tu l'as infecté. Un exercice de déduction facile. Tu as tes clés qui sortaient à moitié de ta poche au lieu d'être dans ton sac. Et puis la semelle de tes bottines est incrustée de petits bouts de verre. Je les ai vues quand Watson a eu la présence d'esprit de s'évanouir et que tu t'es agenouillée pour vérifier s'il était mort. Des petits bouts de glace sans tain, plus exactement. J'attends d'un instant à l'autre le SMS de Peterson confirmant qu'il a bien trouvé l'antidote.

Son téléphone émit un gazouillis complice.

— Comment le sais-tu… ? Comment peux-tu en être sûre ?

Bryony était jalouse ! Je l'entendais à ses intonations.

— Parce que tu as l'air furieuse, répliqua Holmes. Merci pour cette confirmation.

Bryony cracha par terre. Holmes leva les yeux au ciel.

— C'est une cachette idiote, de toute façon, beaucoup trop proche de ton appartement, si proche que nous aurions eu le temps de courir chercher l'antidote pour l'injecter à Watson avant que tu puisses t'échapper. Pourquoi on t'aurait laissée partir avec trois millions de dollars honnêtement gagnés par mon frère alors que tu n'avais plus de cartes dans ton jeu ?… Sauf que tu gardais peut-être Lucien dans ta manche, ton dernier atout. Rebonjour, Lucien !

Le téléphone de Milo sonna.

Milo sursauta. C'était comme voir le sphinx sursauter.

— Personne n'a ce numéro, grommela-t-il en levant le smartphone à son oreille. Oui, d'accord, je branche le haut-parleur.

La voix de Lucien Moriarty grésilla dans la pièce.

— Rebonjour, Charlotte.

Bryony regarda tour à tour Holmes et le téléphone.

— C'est un coup monté, glapit-elle d'une voix sifflante.

— Non, non, ma chérie, dit Lucien. Ce serait plutôt un coup fourré. Tais-toi, plutôt… Chère Charlotte, tu as une question ? Je te donnerai une réponse. Ce sera ton prix de consolation.

— Un prix de consolation ! Mais j'ai gagné, Lucien ! s'exclama Holmes. C'est moi qui tiens le pistolet.

— Par conséquent, tu n'as besoin d'éclaircissements sur rien. Rien du tout. Pas de questions sur le dealer ? (Sa voix prit des accents sinistres.) Celui qui a eu l'obligeance de fourrer un diamant en plastique dans le gosier de cette dinde ? Celui qui a eu la délicatesse de se pendre afin de rompre définitivement tout lien entre lui et son commanditaire ? Tu n'as pas de questions sur ce commanditaire qui t'appelle à l'instant même de Russie ? (Rire.) Au fait, c'est moi. Au cas où tu serais aussi bête que tu en as l'air.

Je voulus l'insulter, mais je n'avais pas la force d'émettre un son. La main de Holmes se mit à trembler. À peine une légère vibration, mais elle ne m'échappa pas. Elle m'avait appris à observer, n'est-ce pas ?

— Très bien, dit-elle. Tu as gagné. Alors ? Pourquoi avons-nous eu si peu de mal à remonter jusqu'à Bryony ?

— Je n'ai jamais souhaité que tu ailles en prison, dit Lucien d'une voix mielleuse. Ce n'était pas mon intention. Mon plan consiste à te tourmenter, et cela ne serait pas commode si tu étais dans une cellule. Et puis tu pourrais aussi bien déprimer complètement que fomenter une révolte. Ou t'évader. En fait, tout ça n'était qu'un galop d'essai. Je voulais voir ce qui comptait vraiment pour toi. Je voulais tester jusqu'où allait la confiance en toi de ce jeune benêt. Je n'ai aucune envie de me dire que c'est fini.

Personne dans la pièce ne regardait les autres. Je me demandai, très brièvement, si l'un d'eux se rappelait que j'étais en train d'agoniser par terre.

— Vas-y, dit Lucien. Je vois que ton antidote attend devant la porte.

Un déclic, et il était parti.

— Je connaissais son plan, déclara Bryony en narguant le silence. Je l'ai su dès le départ.

— Non, dit Holmes en appuyant le canon de son pistolet sur sa tempe. Tu mens très mal. Désolée, tu m'as forcée à avoir recours à une arme à feu. C'est vulgaire. Milo, attache-lui les mains. J'espère que tu vas l'emmener… là où tu vas l'emmener. Je ne veux pas savoir où.

— Je te promets de ne pas te le dire.

Au ton de sa voix, je devinai que c'était une de ses phrases préférées. Il lui attacha prestement les mains, lui plaqua son propre pistolet contre la nuque et la fit sortir.

Il y avait quelque chose que je n'avais pas compris. Mais aussi, beaucoup de choses m'échappaient.

— Holmes, parvins-je à murmurer.

Peterson choisit cet instant pour se précipiter dans la pièce. Avec une précision brutale, il sortit une seringue de sa poche, s'empara de mon bras, trouva la veine et piqua.

— Voilà, monsieur, c'est fait, dit respectueusement Peterson avant de se retirer discrètement.

— Salut ! fit Holmes en s'asseyant à côté de moi. Tu as une mine horrible. Je suis désolée de ne pas t'avoir mis au parfum de tout. J'avais juste besoin…

— De ma réaction spontanée, toussai-je à travers un sourire.

— Exact.

— Holmes, répétai-je.

— Oui ?

— Hôpital ?

Elle hocha pensivement la tête, comme si cette idée venait tout juste de lui traverser l'esprit.

— C'est ce qu'on a de plus sage à faire.

Douze

Cinq jours plus tard

— Quand est ton vol ? me demanda Holmes en jouant avec l'extrémité de mon écharpe. Tu peux toujours rentrer avec Milo et moi ce soir. L'offre tient toujours.

Son frère m'avait réservé une place dans le jet privé de sa compagnie.

— Ce serait avec plaisir, dis-je, mais après tout ça, je crois que je vais rester quelques jours avec mon père. Je lui dois bien ça. Je serai de retour à Londres le week-end prochain.

Mon père, et c'est compréhensible, était toujours bouleversé à l'idée que j'avais été près de mourir et que je ne l'avais pas appelé au secours. On m'avait transporté chez lui pour que j'achève de me remettre de ma grippe. En fait, mon père ne savait pas trop sur quel pied danser avec cette histoire. Tantôt, les mains croisées comme un collégien qui retient son excitation, il m'interrogeait sur l'expression de Bryony – « Celle d'un reptile ou d'une meurtrière sanguinaire ? » Tantôt il m'interdisait de lui apporter son courrier parce qu'on ne savait jamais, avec Lucien Moriarty qui courait toujours. Mon père était un fervent lecteur de romans policiers, il adorait en discuter en buvant son whisky. Il trouvait génial que son fils ait des aventures comme dans les livres, mais seulement jusqu'à un certain point.

Au cours de la dernière semaine, j'avais justement été au-delà de toutes les limites.

— Bon, dit-il en essuyant ses lunettes. Je suppose que tu te réjouis de revoir ta mère et ta sœur.

— Oui.

Je ne mentais pas.

— Et je suppose aussi que tu ne voudras pas revenir pour le dernier semestre…

Il ne me regardait pas en face.

— À propos, il paraît que quelqu'un m'a obtenu une bourse pour l'année. (J'avais du mal à me retenir de sourire.) C'est vrai que le professeur de création littéraire n'était pas terrible, mais je me suis fait quelques amis. Et puis j'ai découvert que ma belle-maman fait des cheeseburgers à tomber.

Ses yeux brillèrent.

— Papa, tu as de drôles de méthodes, mais je suis quand même content d'être là.

Il me tapota le bras.

— T'es un brave mec, Jamie Watson.

Je faisais de mon mieux, songeai-je.

Holmes me lança avec un sourire bourré d'humour :

— Puisque tu restes, tu prendras ma place comme adversaire de Robbie sur Mario Kart. Ce microbe est super fort. Mais j'ai l'habitude de jouer seule, je suis sûrement facile à battre. Milo n'a jamais accroché avec ces jeux.

— Tu as une console ? émis-je, sidéré.

— Bien sûr, répondit-elle en soulignant cette évidence par un haussement de sourcils. Pourquoi pas ?

Que pouvais-je répliquer à cela ?

Après ma brève hospitalisation, nous nous étions installés chez mon père. Le Dr Warner, logé dans un hôtel du coin, venait chaque jour faire une visite à son malade. Mais en dehors d'une sensation de fatigue inhabituelle chez moi (je dormais quatorze heures par nuit), un teint cireux et un léger tremblement des mains, j'étais tout à fait guéri.

En dépit de ce bulletin de santé, Holmes s'était attribué le rôle de l'infirmière. Cela se traduisait par des bols de bouillon insipide (la règle 39 montrait finalement sa vilaine tête) et des litres d'eau qu'elle m'obligeait à ingurgiter, en plus de me forcer à ne pas bouger du canapé. Elle gardait les rideaux fermés, empêchait les garçons de « m'embêter » (alors qu'ils m'auraient procuré une distraction bienvenue) et ne voulait pas qu'on allume la télévision. Je ne pouvais pas me lever sans qu'elle fasse son apparition et m'ordonne de me recoucher. Quand je m'étais plaint de m'ennuyer, elle m'avait donné une biographie de Pasteur. Je m'en étais servi comme sous-verre. (« Mais il a inventé la vaccination ! » s'était-elle écriée à la vue des taches d'eau sur la couverture.)

Mon confinement ne m'avait pas empêché de recevoir du monde. Mme Dunham était passée me voir, avec un cadeau : le premier recueil de poèmes de Galway Kinnell. Devant ma mauvaise mine – j'avais, c'est vrai, un look de vampire –, elle avait fondu en larmes. Cela ne m'avait pas gêné, bizarrement.

C'est bête à dire, mais après plusieurs mois loin de tout maternage (mon père ne comptait pas), c'était presque agréable de voir quelqu'un faire de l'incident une tempête dans un verre d'eau.

L'inspecteur Shepard était venu aussi déposer son jeton de présence ; le pauvre, c'était une vraie boule de nerfs et il avait sacrément besoin de vacances. Il avait grondé Holmes pour son manque de professionnalisme : « Seule contre une meurtrière ! Dans son propre appartement ! Sans prévenir la police, alors que ton meilleur ami agonisait sur le tapis ! Et maintenant, on n'a aucune preuve pour l'accuser ! » Il avait brodé sur ce thème pendant une bonne demi-heure. Alors qu'il reprenait son souffle, Holmes avait sorti de sa poche une clé USB flash drive.

— Tu as enregistré ses aveux, avait dit l'inspecteur, déconfit.

— C'est mon frère. Je pensais bien que ça vous plairait. Cela dit, retrouver Bryony Downs, née Davis, va vous donner du fil à retordre. Milo l'a… fait disparaître.

— Holmes, lui avais-je chuchoté, ce n'était pas supposé être un secret d'État ?

Elle m'avait répondu par un sourire. L'inspecteur, lui, ne souriait pas.

— Tiens, au fait, avais-je enchaîné, je dois vous apprendre quelque chose sur mon professeur de création littéraire.

— C'est tout ? avait ironisé Shepard. Vous n'oubliez pas de me parler des codes de tirs nucléaires, peut-être ? Non ? Bien.

Sur ce, il était sorti de la maison comme s'il portait des ailes aux talons.

En entendant la porte claquer derrière le policier, Holmes avait soupiré :

— Cela m'étonnerait que la police du Connecticut nous consulte pour une prochaine affaire compliquée. Dommage.

Lena était aussi venue me rendre une petite visite. Sans ôter son manteau de couleur vive, elle s'était assise au bord du fauteuil de mon père et nous avait abreuvés des derniers ragots. (Tom l'avait accompagnée, mais Holmes lui avait interdit de franchir le seuil de la maison.) Tom et elle étaient toujours ensemble, nous avait-elle déclaré. Holmes avait forcé un sourire qui s'était peu à peu transformé en un sourire jusqu'aux oreilles quand Lena lui avait demandé si elle pourrait faire un saut pour la voir pendant les vacances. « En janvier, quand je reprendrai le chemin de la pension, ce serait marrant de demander au pilote de faire une escale prolongée à Londres. On sortirait dîner en ville ! »

On aimait bien Lena, malgré tout.

Quand personne ne sonnait à la porte, je m'occupais à classer les notes que j'avais prises au cours des dernières semaines, mes théories absurdes sur le meurtrier de Dobson, la liste de suspects qui me paraissait désormais risible. J'y attachais des ébauches de scènes. La description du bocal rempli de dents dans le labo de Holmes. Sa façon de fermer les yeux quand elle dansait. Mon blouson de cuir sur ses épaules. La nervosité de mon père tandis que je marchais vers lui pour la première fois depuis des années.

Le tout commença à former une histoire, une trame que j'eus envie de continuer sans savoir à quel moment je pourrais écrire le mot fin.

Charlotte Holmes était peut-être toujours en train d'apprendre à mener une enquête. J'apprenais en tout cas toujours à écrire. Nous n'étions pas Sherlock Holmes et John Watson. Cela me paraissait normal maintenant. On bénéficiait d'avantages qu'ils n'avaient même pas connus : l'électricité, les frigos… et Mario Kart.

— Watson, me dit-elle, tu n'as pas à faire semblant de m'avoir pardonnée.

Je tombai des nues.

— Pour quoi ?

— Pour… ce que j'ai fait à August. Pour ne pas t'avoir dit toute la vérité. À l'avenir, tu n'auras qu'à me faire taire quand je fais ma maligne. Je me tire une balle dans le pied, tu vois. Si nous avions tous les deux eu tous les éléments en main dès le départ…

— *Si*, répétai-je. C'est un grand « si »… Écoute. Je te pardonne. Tu le sais d'ailleurs, même quand tu me rends fou.

— C'est moi qui t'ai entraîné dans cette sale histoire, s'accusa-t-elle. Bryony cherchait à m'infliger un châtiment. Elle s'est servie de toi pour m'atteindre.

— Le prochain crime n'aura rien à voir avec nous. Ce sera un vol de voiture. Dans un autre pays. Un pays chaud. Nous enquêterons sans nous presser, en prenant des bains de soleil sur la plage entre deux interrogatoires. On boira des margaritas.

Elle acquiesça, sérieuse comme un pape.

— Merci.

— Me remercie pas, c'est toi qui paies les billets d'avion… (Je m'allongeai sur le canapé et posai ma tête sur ses genoux.) Sur les îles Fidji, la vie est chère.

— Je n'ai pas envie d'aller aux Fidji, je veux rentrer chez moi… (Elle plongea la main dans mes cheveux.) Jamie.

— Charlotte.

— Rentre vite. Londres ne sera pas Londres sans toi.

— Tu me connaissais pas à Londres, lui rappelai-je en souriant.

— Je sais… (Holmes abaissa vers moi un regard lumineux)… et j'ai l'intention d'y remédier.

Épilogue

Après avoir lu le récit de l'affaire Bryony Downs par Watson, je ressens le besoin d'y apporter un certain nombre de corrections.

Peut-être pas mal de corrections, d'ailleurs.

Pour commencer, il est beaucoup trop romanesque, en particulier en ce qui me concerne. Aussi la meilleure méthode pour dissiper ces idées métaphoriquement fausses me paraît de dresser une liste.

La voici :

1. Je n'ai pas la voix grave de Winston Churchill. Je parle tout simplement comme Charlotte Holmes.

2. Pourquoi donner des noms à mes squelettes de vautours ? Ils ne méritaient pas d'en porter. Ce n'étaient plus que des objets. L'un d'eux avait essayé de tuer Mouse (vacances californiennes, chat paresseux, vautours dépourvus d'odorat), ce qui m'avait déplu au plus haut point. D'où ces deux machins suspendus dans mon labo jusqu'au jour où ils ont explosé. Ce qui, soit dit en passant, me convient tout à fait.

3. J'ai emmené Watson à la soirée dansante parce que l'amie de Lena, Mariella, l'aurait sûrement invité à l'accompagner et c'est le genre de fille qui dévore

les garçons avant de jeter leurs os. (Se référer à 2. Vautours californiens.) J'ai dit à Lena qu'il venait avec moi et ensuite j'ai oublié de le dire à Watson. Si je le lui ai annoncé à la dernière minute, c'est que je suis gênée d'éprouver autant de plaisir à danser sur de la pop music, et que j'étais très occupée. Plus précisément, j'étudiais la vitesse de coagulation du sang à l'intérieur d'un iPhone. J'avais dû en tirer pas mal de mes veines pour obtenir un échantillon représentatif. Comme j'en avais perdu beaucoup, j'étais fatiguée et j'ai dû dormir longtemps pour récupérer. Après quoi j'ai été obligée de rembourser Lena pour avoir fichu en l'air son smartphone. (Elle s'en moquait. Elle m'a même permis de lui prendre du sang. Le mien est O- et le sien O+ : sympathique symétrie.) Tout ça était fort intéressant, et la soirée dansante n'avait aucun intérêt. Je ne m'en suis plus souvenue avant l'explosion de mon bécher. Aucun sang n'a jamais giclé du mur ou du plafond.

4. Tom était moche dans son smoking bleu électrique. Je trouve que Watson est bien trop charitable. Je ne l'ai jamais corrigé sur ce point, parce qu'il faut bien que l'un de nous le soit. Gentil, je veux dire.

Je suppose que le reste du récit est plus ou moins supportable, sauf pour la prolifération d'adjectifs. Mais je suis prête à passer l'éponge sur beaucoup de choses quand il s'agit de Jamie Watson. Il est fan de la vieille série *X-Files*, qui, d'après ce que j'ai compris, raconte l'histoire d'un homme stupide quoique plutôt séduisant aux prises avec des extraterrestres. J'arrive à regarder les épisodes à condition de faire semblant qu'il n'y a pas de bande-son. Nous avons commencé quand il était à l'hôpital. Nous en sommes à la troisième saison et il ne semble pas s'en lasser. Pendant les premiers jours lors de notre retour à Londres, il était pareil avec les bouibouis à curry. J'ai dû endurer pas mal de foutaises de sa part à propos des vertus curatives du poulet Jalfrezi aux épices. Il est incapable de manger indien sans mettre de la sauce piquante rouge partout. Maintenant, je n'oublie jamais de me munir d'un stylo détacheur textile.

Je suis en train de me livrer à toutes sortes d'expériences sur le venin de reptile. Je compte tout savoir de ce qu'il y a à savoir là-dessus d'ici la fin du mois. Pendant que Watson était malade, je me suis informée à fond sur les huîtres, parce que le père de Watson nous en avait servi, et j'avais trouvé ça succulent. Au cours de ce même dîner, Abbie Watson m'a demandé de garder ses deux fils pour lui permettre d'aller faire des courses le lendemain. Sans doute parce que je suis une fille et qu'elle suppose que c'est ce que font les filles pour gagner leur argent de poche. J'ai dit d'accord et je leur ai appris à fabriquer des bombes avec des crottes de chien, et comment les cacher. Après ça, elle ne m'a plus demandé de faire du baby-sitting. Le père de Watson s'est marré, Watson aussi, même s'il refuse de l'admettre. Je vois bien quand il se retient de sourire, on dirait qu'il suce un citron. Quelquefois je lui sors des énormités rien que pour le voir faire la grimace.

Il n'y a pas eu d'autre meurtre. Il n'y a pas assez de piment dans ma vie, quoique cela ne fasse qu'une semaine que le dossier de notre affaire est clos. Une enquête officielle sur les manigances de M. Wheatley s'est terminée par son renvoi. Tom a seulement été renvoyé temporairement. Watson a tenu absolument à pardonner à son ancien compagnon de chambre, ce que je trouve stupide, mais enfin. Tom et lui ont eu une conversation téléphonique dégoulinante de sentimentalisme. J'ai tout entendu de la pièce d'à côté. Cela dit, je n'aime pas voir Watson triste, je l'ai bouclée. Comme disent les Américains, on a de plus gros poissons à frire[1].

Je suis presque convaincue que Bryony Downs est morte, même si je laisse Watson penser qu'elle est entre les mains de Milo. À mon avis, ma théorie est la plus charitable des deux. Quant à August Moriarty, il m'a envoyé une carte pour mon anniversaire. Sans commentaires.

Lucien Moriarty a été aperçu en Thaïlande. J'ai demandé à mon frère de l'équiper d'un traceur GPS, pareil à ceux que l'on met aux grenouilles, mais il a refusé. Nous comptons par conséquent sur les agents de Milo pour surveiller ses allées et venues.

Nous retournerons à Sherringford au printemps. Comme Watson a une bourse pour toute l'année scolaire, nous avons décidé que ce n'était pas la peine de chercher ailleurs. Sa famille n'est pas riche et moi je me fiche de l'endroit où je fais mes études, puisque je mène mes recherches entièrement de mon côté. Milo est d'accord pour que je reste interne, pour le moment, même si mes parents sont assez contrariés.

Je prends goût à les contrarier.

Quant à la drogue, je peux vous dire que je n'en prends plus.

---

1. « On a d'autres chats à fouetter. » (*N.d.T.*)

Un dernier mot sur Watson. Comme le prouve son style, il a tendance à s'autoflageller. C'est un tort. Il est charmant, chaleureux, courageux et même téméraire puisqu'il agit parfois à ses dépens. C'est le garçon le plus formidable que je connaisse. J'ai découvert que je suis pleine de ressources quand il s'agit de le protéger. Je vais donc continuer dans cette voie.

Tout à l'heure, je compte lui demander de passer le reste de ses vacances d'hiver chez moi dans le Sussex. (Ne pas oublier de prévenir mes parents, bien qu'ils aient dû deviner mes intentions.) On attend la visite de mon oncle Leander, toujours sympa et drôle. Nous rechercherons ensemble un meurtre sinon juteux, du moins intéressant à résoudre. Watson sera partant, j'en suis sûre. Il me dit toujours oui.

Remerciements

Pour commencer, je tiens à remercier ma merveilleuse éditrice, Anica Rissi, pour son coup d'œil imbattable, son travail sur le texte et sa foi en ce roman. Merci aussi à Alexandra Arnold et à toute l'équipe de Tegen Books et de HarperCollins. J'ai beaucoup de chance d'être une auteure Katherine Tegen.

Merci à Lana Popovic, ma remarquable agente, lectrice et amie… Tu m'as encouragée du début à la fin. Sans toi, il n'y aurait tout simplement pas eu de livre. Du fond du cœur, merci d'avoir parié sur moi.

Merci à Terra Chalberg d'avoir assuré la promotion à l'étranger et merci à tous ceux de chez Chalberg and Sussman, une agence magique.

Merci à mes amies Chloe Benjamin, Rebecca Dunham, Emily Temple et Kit Williamson d'avoir été des lectrices de premier ordre et de m'avoir soutenue ! Merci à mes professeurs, Liam Callanan et Judy Mitchell, qui m'ont permis de larguer les amarres. Merci à Ted Martin, pour sa patience et nos discussions sur la Sherlockiana.

Je suis aussi redevable à William S. Baring-Gould pour sa science. Son *Moi, Sherlock Holmes*[1] m'a été d'une aide précieuse et mon texte est parsemé de références à son ouvrage. Merci de même à Leslie Klinger pour son *New Annotated Sherlock Holmes* qui trône sur mon bureau depuis deux ans. Je dois aussi beaucoup à tous les universitaires et tous les écrivains qui se sont livrés à ce jeu avant moi.

Merci à mes parents, qui sont mes modèles depuis ma plus tendre enfance. Merci à mon grand-père, qui nous a offert *Les Aventures de Sherlock Holmes*. Merci à Chase pour son amour et sa patience alors que ce livre avait envahi notre vie et jusqu'à nos murs. J'ai vraiment une chance folle d'avoir trouvé quelqu'un comme toi.

Enfin, un énorme merci à Sir Arthur Conan Doyle qui a mis au monde Holmes et Watson. Ce roman a été écrit par amour pour eux.

1. Buchet-Chastel, 1965 (épuisé). (*N.d.T.*)

Ouvrage composé par
PCA - 44400 Rezé

Imprimé en France par
CPI Brodard & Taupin
en juin 2023
N° d'impression : 3053526
S31455/04

Pour plus d'information :
#lisez engagé !
www.lisez.com
Imprimé sur du papier issu de forêts gérées durablement.

PKJ • www.pocketjeunesse.fr
POCKET JEUNESSE

92, avenue de France - 75013 PARIS